そして地下都市へ

To The Underground City

マーク・ダーランド 著

Mark DURLAND

白頭泰子 訳

HAKUTO Yasuko

文芸社

（一）

男はドアの掛け金を見つめながら大きく息を吸った。

この瞬間を長い間待っていた。自分に課した三年の地下生活が六ヶ月早まったがそれでも感慨深いものがあった。二年半の地下生活が今まさに終わろうとしていたのだ。

ハッチへ続く梯子を確かな一歩で踏み出し、ふと後ろを振り返って息子を見た。息子のクールは緊張と期待のあまり不安そうであった。一旦ハッチを開けたら外で何が起こっているか、何が待ち受けているか予測がつかない。この地下壕から早く出たいと息子はさんざん父親に言い募ってきたが、父親はまだ早いと今まで応じなかった。今は根負けした状態である。三年と決めたことに格別の理由があったわけではない。そのぐらいたてば地上は落ち着いているだろう、との判断であった。

息子のクールは十八歳、若者らしい奔放さはあるが父親の命令には一切逆らわなかった。父親は型破りの人間であるが、気まぐれではないと息子はわかっていた。十代の難しい年頃のわりにはものわかりの良い息子であった。だから予定より六ヶ月早く出ることを承諾した父親に驚いた。

梯子を上りきった所で男はハッチを開けようとしたが、スライド式のロックはびくともしない。しばらく引っ張ってみたがダメで、それならと革ケースからピストルを取り出し、ハンドルをハンマー代わりにしてロックの掛け金が動くまで叩いた。手前にラバーを引っ張りそれから押すと開いた。彼は梯子の最後の段へ上り頭だけを外へ突き出した。周りを見渡して何も変わってないのを見て驚くやら喜ぶやら、歳月の変転を感じなかった。木々の葉は未だ緑で地下にもぐった日と同じように生き生きとしていた。

近くに人がいないのを確かめて外へ出た。涼しい初夏の朝の空気が鼻孔をくすぐる。クールもすぐ後に続いた。腕時計の日付は二〇二九年六月十八日。太陽は輝き、レーザービームのように木々のてっぺんから光の筋が流れていた。暖かい太陽の光の中へ朝霧が蒸気になって消えていく。それが霞みかかったぼんやりした景色を醸し出していた。カナダの西海岸のそびえ立つ木々に囲まれて、男は森がさわさわとハミングして彼らを歓迎しているように感じた。静かで何の変哲もない地下壕の生活から一変、小鳥のさえずり、風で木々や枝が揺れる音、自然が奏でるコンサート、彼らがこの世界へ戻ってきたことを実感した。

男の名はジェイコブ・ヒラー、皆はジェイと呼ぶ、四十代の後半で今は濃い黒髪はヘルメットに隠れているが、耳の周りはグレーが交じっていた。百八十センチ弱の背丈、痩せているが筋肉質。への字を描く黒くて逞しい眉。グレーがかった無精ヒゲ。対照的に息子のクールはブロンドの髪、母親譲りの白い肌、父親よりやや背が高かった。父親は地中海地方の人のように褐色の肌で、クールは北欧系でブロンドの髪の巻き毛、二人とも目は褐色であった。

ジェイは注意深く原っぱへ足を踏み出して、顔に太陽の熱を浴びた。長い地下生活の中で失っていた何とも言えない暖かさを感じた。後についてきたクールが、

「日光って気持ちがいいね」

太陽に顔を向けて感激したように言った。

「そうだな」

ジェイは生返事をした。原っぱに何か危険なものがないか目を配るのに集中していた。

二人は原っぱの先端まで百五十メートルほど歩いて立ち止まり、地下壕が埋まっている場所を振り返った。彼らが立っている前に森があり、そこにハッチの入口が隠されていた。周りは灌木の茂みで目を凝らしても入口を見つけるのは難しい。

隣家の敷地へ向かって丘を登っていくとウインストン山の頂上に着く。左手へ行くとそこは原っぱの南端である。そこにジェイが数年前に小川の水を引き込んで造った池がある。その池には小さなタービンが設置されており、水流を電流に変換して地下壕で使用されている。原っぱを横切って真っ直ぐに行くと岩山で、かつて二人が住んでいた家がその頂上にあった。

ジェイは注意深く原っぱを歩いた。太陽の暖かい日差しが顔を直撃した。地下壕での数

年間に足りなかったものはこれだった、と実感した。二人は未知なるもの、予期せぬもの、予想できないもの、この三つのものに備えていつでも戦えるように戦闘服に身を固めていた。ヘルメット、防弾チョッキ、消音器付グロック、ハンドガンを戦闘用のベルトに付け、M16半自動小銃やその他もろもろの物、例えば水、粘着テープ、万能サバイバルキット、薬品、双眼鏡、交信機、そして手榴弾などをバックパックに入れて携帯していた。

ジェイは周りを見渡した。流れる水のリズミカルな音、土地に輪郭を描くようにしてそびえ立つ木々、自然の匂い、そして二人の上に広がる青い空、この素晴らしい平和な景色からは、二人が地下に潜ってほどなく世界が破壊されたということを想像することは難しい。

「そんなに悪くないんじゃない？」

クールはヘルメットの下の髪から滴り落ちる汗の玉を拭った。初夏の陽射しがこんなに強いとは、彼はすっかり忘れていた。

「そうだな」ジェイも頷き汗を拭った。

「だがここに何があるか、何が起きるかわからない。気をつけろよ。この場所の美しさに見とれている場合じゃないかもしれないぞ」

「それでどこへ行く、父さん？」目は好奇心に溢れていた。

原っぱの向こうの岩崖の頂上で、静かに主を待っているように佇んでいる家の方を向いた。

「俺らの家を見に行くか」

二人は原っぱを横切り木々の間を通る小径に向かった。そして崖の右側から登っていった。注意深く、静かに周りに目を配りながら登っていった。足元の地面は見たところもとも注意が必要で、彼らは一歩一歩慎重に足を運んだ。近づくにつれてその家はかなり損傷しているのが分かった。壁板と木板はなくなっていた。どこかで使う為に誰かが剝がして持っていったのか。美しい海の景色が見えたポーチにはそこら中に弾丸の跡があった。

ジェイは玄関から三十メートルほどの所で立ち止まった。その家は十五年ほど前、彼が自分で建てたものだ。家を見つめたものの突然虚しさと悲しさが同時に襲ってきた。

「今は中に入るのをやめよう」

長年大切に使ってきた家具、食器類が無残になっているのを直視するには覚悟がいる。

「まず周りを見てみて、それから海へ下ってマリーナとジョンソンの店を見てみよう」

ジェイは悔しそうに家を見つめながら言った。

家から離れて二人は敷地からつながっている小径に入り、左側に曲がって崖の反対側にある車道を下りていった。道は池から流れてくる小川に沿って、いくつかの土地を通って海へと続いていた。背の低い灌木の茂みが道路と彼らの土地を分けていた。勝手知ったる懐かしい場所である。クールが先に道路に着いた。その後ジェイが続いた。反対側には口ータリーがあり両側に家が立ち並んでいる。道路はマリーナと雑貨店の所で行き止まりになっていた。全体にさびれた感じで、道路を渡ってロータリーを下っていくと海に面した家々はほとんどが焼け落ちていた。一方、海を背にした家々は酷く壊され弾丸の穴や、一部の木製のパーツが盗まれていて修復不可能な状態であった。また数年放置されていた結果、灌木にのみ込まれている家も多々あった。

「建築会社がここへ来れば大儲けできるね」クールは言った。

「それはどうかな」父親が意に介さず言えば、

「客がいないか」と彼は笑った。

二人がマリーナのジョンソンの雑貨店に着いたが、店には何も残っておらず、地面に黒く残った焼け跡がそこに何かがあったことを教えていた。隣接しているマリーナにある船はモーターボートで、多くは半分沈んでいて苔やカビで覆われて汚れていた。

水は透明で澄んでいた。潮は引き潮であった。自然は変わらない。潮は引いたり満ちたりを繰り返し、鳥は頭上でさえずり、木々は風に吹かれて揺れ、灌木や植物は大きく育っていた。かつて、小さな入り江の向こうは美しい景色と個人用ドックを備えた高級住宅地であった。彼らが立っている所からは家々はまったく変わってないように見えた。

「何軒か家をチェックしてみようよ」クールが提案した。

「よかろう、だが離れるんじゃあないぞ。気をつけろ、何があるかわからないからな」

二人は来た道に戻り、そして最初に見た家に近づいていった。それは小さな白い家で車寄せにはまだ車が一台残っていた。正面の窓ガラスはすべて粉々に割られていた。玄関の入口は大きく開かれ、ドアはアプローチの上に転がっていた。

「おーい！　誰かいるか？」

クールが開かれた入口から叫んだ。それから、わからない、というような仕草を父親に見せた。ジェイは銃を構えて中へ入っていった。中はメチャクチャであった。家具はそこらに転がっており、人間に破壊された物もあるが自然に朽ちた物もあった。二、三分歩き回って彼らはもうこれ以上探索しても無駄だと結論づけた。その後、数軒まわったがどこも同じ状態であった。カーターズ入江へ行く主要道路に出た時、二人は左へ曲がってマリーナやパブへ行くことにした。たった五分歩いただけで、さらに多くの破壊され朽ち果てた家の前を通った。この場所の景色の美しさと無残な破壊が似合わなかった。パブの前には六台の車が放置されていた。運転手側の窓はほとんど割られており、すべての給油口の蓋は開けられていた。パブの外壁は傷だらけで玄関への階段を上ると、いたる所に骨が散らかっていた。二人は骨をまたいでロビーへ入っていった。骨は明らかに人骨であった。ゆっくりと慎重にパブに入っていくと、もっと多くの人間の形を留めている骸骨が部屋の片側に積み上げられていた。二人はショックを受けて黙ったまま見つめた。この気味の悪い光景に対して言うべき言葉がみつからなかった。固まったまましばらくいた。

「トイレをチェックしてみようか。クール」

ジェイが沈黙を破った。

「ここにいるのは自分たちだけだと確認しておかないとな」

クールは言われたようにした。

「何もないよ」

トイレから出ながら言った。

「でもうんこ臭かった」

「人間が吐きだすものに香しいものはないな、よし、次は台所だ」

二人は一緒に台所へ入った。中は暗かった。ジェイはベルトから懐中電灯を取り出した。

クールにもそうするよう勧めた。

「持ってきてないよ、いるとは思わなかった」

クールの顔をライトで照らしながらジェイは彼を静かに叱った。

「ベルトをつける時はいつも理由があるんだ。息子よ、いつ何が起きるかわからない。二度と同じことをするなよ」

台所は徹底的に荒らされていた。床には割れた皿やガラス製品が散らかっており、食べ物の痕跡はなかった。その奥にあるオフィスのドアは開いていた。そこにジェイは頭だけ突っ込んで中を見た。何もないが紙やゴミがそこら中に散らばっていた。

準備室を通って台所に入りながらクールに「元の場所に戻ろう」と伝えた。

骨の山を見つめながらクールは呟いた。

「ここで何が起きたんだ?」

「想像するに、この人たちは壁に向かって並ばされて、たぶん一斉に射殺されたんじゃあないか。壁に弾丸の穴が見えるだろう?　つまりそれ以外どうして片側にだけ骨が集まっているか説明がつかない」

クールは答えなかった。少し経ってジェイは続けた。

「爆撃の後、ここはかなり混乱したと考えられる。人は生き延びる為にできることは何でもしたのだろう。食べ物はない、ガソリンもない、情報も、法律も規則もないんだ。犯罪を犯したとしても誰が取り締まる?　やったもん勝ちだ。外へ出てくる前に話したがまさにこれがそうだ。ここは無法地帯になったようだ」

「酷いな、吐き気がする」

クールの澄んだ瞳が苦しそうに歪んだ。

ジェイも同じように精悍な顔を曇らせた。

「人々を並ばせて射殺するなんて人間の仕業とは思えない」

「まったくだ。だがどこかの国の指導者たちは全世界を吹き飛ばしたんだぜ。すべてをガラクタにし、その上大勢の人を殺した。ここととかわりはない。ここはまだ可愛いもんだ」

だから何だというんだ。クールはやりきれなさそうに俯いた。

「地下壕の方へ戻ろう。そしてその後サムとアンジェラの場所へ行く。今日はあまり遠くへは行きたくない。今のところは俺らがカーターズ入江周辺で平和に暮らしていける確証は何もない」

ハッチの入口の後ろにある森を通ってサムとアンジェラの場所へ向かったのは昼下がりであった。サムとアンジェラの二人もジェイと同じくらいの土地を持っていた。サムは引退した大工で、自分たちの森の木を切って、それを製材して素晴らしい夢の家を建てた。

この夫婦は社交的ではなくプライバシーを大切にした。サムはジェイが地下壕を掘っていた時、その過程を見に来た唯一人の友人だった。彼は三年間ジェイが何を作っているかずっと見続けた。一度彼に一緒に作らないかと誘ったことがあるが必要ないと一笑に付された。年が年だし、自分のドリームハウスも建てたし、もしこの世の終わりが来たらその時はその時、ここで死ぬだけだ、とあっけらかんとして言った。

ジェイとクールは森を抜けて五分で丘の上のサムの家に着いた。家はなくなっていた。焦げた木片と土台だけが残っていた。ドリームハウスを建てている時に住んでいたもう一つの家は損傷を免れていたが空っぽであった。そこを通り過ぎてかつては木を挽いていた小さな製材所へ行ってみた。高く積み上げられた材木はサムがここからいなくなった年月を教えてくれていた。そして製材機もバラバラになっており修復不可能であった。二人の死体はどこにもなかった。逃げていればいいが、案外このドリームハウスの焼けた灰の下に埋もれているかもしれない。

「あんな美しい家を焼いてしまうなんて、もったいないことをするもんだ」

若いクールは信じられない様子で呆然と立ち尽くした。

「特にこの家、道路から離れてプライバシーが保たれ非常に上手く建てられていたが、数か所増築されたので通り抜けができない。だから燃やされてしまったのかもしれないな」

ジェイは言葉を切って、焼かれた家の残骸を残念そうに見つめた。それから二人はその場を離れた。

「今はもうすべて終わってしまったのかもしれない」

ジェイはクールに聞かせないように小さく呟いた。少し歩いてからクールが気分を変えるように明るい声で言った。

「湖へ行こう。そこは景色が良いからドックに座ってリラックスしようよ」

「それはいい。ここにはもう調べるものがない。気分がめいってくるだけだ」

二人はよく知った小径を下っていった。サムが灌木の林の中に隠していたカヌーがまだあるのをジェイは目ざとく見つけた。

クールがドックの上に乗った。彼のブーツが重かったのか、ドックが老朽化したせいか数歩歩いただけで木の床がきしみだした。あまりに酷い音なので、

「もう少し静かに歩けんのか、壊れたロボットのようだぞ」

ジェイは茶化すように頼んだ。クールは座ってブーツの紐をほどき始めた。そうしてふと目を上げると、二、三百ヤード離れた湖の上をカヌーが横切っていくのを見て紐をほどくのをやめた。

「父さん、船に人がいるよ。湖のこちらから向こう岸に行っているようだ。双眼鏡を持ってきている？」

ジェイはバックパックに手を伸ばした。クールは這ってドックから下りてきた。父親から双眼鏡を受け取るとまたドックの端まで這っていって双眼鏡を覗いた。

「何が見える？」

「カヌーが二つ、それぞれのカヌーに四人乗っている。湖の向こう岸で待っている人の所へ漕いでいるのかも。カヌーに乗っている人も待っている人も武装しているように見える。女もいるようだ。けどはっきりしない。何人かがおんぼろ小屋のあるあの場所で立っている。どこのこと言っているかわかる？　父さんがいつも何というボロ小屋だ、恥ずかしいと言っていたとこだよ」

「ああ、わかる。湖からちょうど半マイルの所にあるやつだ。奴らは危険そうか？」

ジェイはできるだけ多く、早急に彼らの情報を知りたがった。

「うーん、こんなに遠くからではあいつらが危険かどうかわからないよ」

「おい、しっかり見てくれ。聞いている意味がわかっているか」

「危険かもしれないよ。皆武器を持っているから」

　ジェイは独り言を言うように、

「奴らはどこから来たんだろう。湖のこちら側には何もないし」

　それからクールに、

「こっちへ戻ってこい、俺が自分で見てみるから」

　クールは這って戻って双眼鏡を父親に渡した。それから立ち上がった。ジェイはクールがいた場所まで這っていった。数分、双眼鏡を覗いていたが戻ってきた。バックパックを摑むと双眼鏡を中へ入れた。

「奴らが何者かわからないが、とりあえずすぐ帰ろう」

　クールの左足を指差して、

「ブーツの紐を結ぶのを忘れるなよ」


　二人ともその夜はよく眠れなかった。破壊された家々、パブにあった死体、明日見つけるかもしれないまだ知らないもの、そして湖での人たち、それらすべてが眠れない原因であった。地上での初日は二人にとってあまりにも衝撃的であった。クールはパブでの死体にこだわっていたし、ジェイは湖の人たちを考えていた。何故、彼らは湖にいて、どこから来たのだろうか？

翌朝、よく眠れなかったが二人は早く起きて出かける支度をした。昨夜までは半径六百メートルより遠くへは危険なので行かないことにしていた。それ以内は安全圏内と決めていた。今は二人とも彼らの周りで何が起こっているのか探索し、知りたがっていた。特にクールにとって時間の概念が年取った者とは違っているようで、一刻を争うように外の状況を知りたがった。もう六百メートルうんぬんはなしにすることにした。

地下壕を出ると、その日もまた良い日で太陽が歓迎してくれた。二人は岩山の頂上にある彼らの家へ行くのに昨日と同じルートを取った。ゆっくりと慎重に、人の気配や危険物に目と耳を使って家へ近づいていった。自分が建てた家が見るに堪えない状態であるのは二人にとって辛いものであった。今すぐではないが、ここで再び安全に暮らせる日が来るかもしれないと期待していたのだ。

玄関まで来て二人は立ち止まった。何か人の気配や音がしないか耳をすました。

「まず家の周りから見る方がよくない？」

今朝はクールが慎重であった。

「その方がよさそうだな」

クールが先に歩いた。仕事場だった一階の壊れた窓を覗いた。日が射していたので散乱している床に死体が一つ転がっているのが見えた。骨格を保っている死骸に布の切れ端が絡みついていた。

二人は玄関の周りに戻った。玄関ドアはロックされていた。ジェイがドアを蹴ったがピクリとも動かなった。クールが通りに面している横の窓が壊れているのに気づいた。そこから入っていった。自分の家なのにこれではまるで泥棒だ、と二人はボヤいた。中は完全に破壊されていた。散らかった生ゴミや紙クズ、カビが生えた壊れた家具、割れたガラス、木の端片が床に散乱しており、そしてそこにも一体の骸骨あった。

数分室内を歩きまわった。二人が暮らした痕跡はあまりなかった。

「二階へ行ってみよう」とクールが言った。

「二階も同じだろうな」

彼らはゴミの上を歩きながら壊れた家具などをよけて階段への道を作った。ジェイが先に行った。「離れるなよ」

彼は広い階段を上っていった。階段を上りきるとそこは一階と同じような状況だった。どこもくまなく探し尽くされていた。二人は瓦礫の間をぬってすべての部屋を調べた。主寝室にはもっとたくさんの骸骨があった。血痕のついたベッドの上にボロボロになった服や骨、近づいてよく見るとベッドに横たわっていた人は頭を撃ち抜かれていた。

「骸骨を見るのはもう慣れてしまったよ」

クールが感情を押し殺して言った。クールの部屋、オフィス、それと二つのバスルームには死体がなかったがドアの後ろに犬の死骸を見つけた。バスルームはロックされていたので犬は明らかに餓死であった。可哀想に無防備な犬の死骸は人間のそれよりもっと二人にショックを与えた。犬は彼らが飼っていた犬ではなかった。

「父さん、これって何か不思議だ」

クールが瓦礫の中から何かを見つけた。

「僕らの家で時間が止まったままの家族」

彼は汚れた写真立てを拾い上げて父親に見せた。そこに父と母と一人の子供が幸せそうに笑っていた。

「驚いたなあ。あの頃の俺らがいる」ジェイが答えた。

「その写真を撮った日を覚えているぞ」

父親は懐かしそうに微笑んだ。

「俺らはビーチにいた。お前はちょうど一ヶ月前に三歳になったばかりだった」

穏やかな日々。クールはその写真をじっと見つめた。

「僕はこの写真がずっと気に入っていたんだ。ここで僕らを待っていてくれたんだね。でもここで何が起こったか写真は教えてくれない」

クールは写真立てをバックパックに大事に入れた。

「この骸骨の人たち、殺されたと言って問題ないだろう」

彼は周りを見渡して言った。

「それはわかるよ。それよりどうしてなの？　ここには誰が住んでいてなぜ殺されたの？」

「そうだな、それについてはわからないな」

二人は二階をゆっくり歩きまわった。部屋から部屋へ行っているうちに気分が落ち込んできた。

「骨以外は何もない。父さん、気がめいるよ。通りの向こうにある丘の家に行こう」

家を出て道路を下っていった。丘の家は通りを見下ろせる崖の上にあった。道はカーブを描いて岩崖の周りをまわり、小さな前庭と小さな駐車場まで続いていた。戦争が勃発する前、その家が売られるまで二人は数回ここへ来たことがあった。二人は何か動きがないかと道路を見上げたり見下ろしたりし、それから岩崖の下まで走っていった。その家はすべての窓が板や木で打ち付けられた状態で現れた。中へ入るのは難しそうであった。カーブを描いている道をゆっくりと上っていき、玄関ドアの方へ進んでいった。

ジェイが二階を見上げたその時、窓からライフルの銃身が突き出ているのを見た。直後、バンという大きな銃声がしてクールが胸に直撃された。ジェイはライフルが突き出していた窓に向かって自動操縦機で反撃した。クールは防弾チョッキを着ていたので少しの痛みはあったもののすぐ起き上がり、道の右手の岩陰に飛び込んだ。

「大丈夫か？」

「ちょっと胸に一撃をくらったようだけど大丈夫だ」それから一息ついてから、

「誰か見えた？」

「ああ、でも人は見えなかったが弾がどこから発射されたかは見当がついている」

ジェイは開かれた窓を見上げて叫んだ。

「お前は誰だ？　我々は必要以上に攻撃はしない。でもまた撃ってきたらこの家ごと吹っ飛ばすぞ」

返事を待ったが沈黙だけが返ってきた。

「俺を援護できるか」

「何をする気？」

「一か八かだが援護を頼む」「うん」

ジェイは万が一の為に銃は窓に照準を合わせたままゆっくりと後ずさりした。岩陰に隠れているクールの傍まで来ると彼の横で膝をついた。

「いつも防弾チョッキを着るように言っているのはこんな時の為だぞ、わかっただろう？」

クールはさすがオヤジとばかりに頷いた。

「気分はどうだ？」

「最初は痛かったけど、今は大丈夫。丈夫なのを買っといてくれてよかった」

「俺もだ」

「何をするつもり？」

「わからんが、この家は爆破する価値がない」彼はもう一度家に向かって叫んだ。

「我々は必要がなければお前に害を与えない、食物を盗んだりしない、怪我をさせることはない。たぶんお前を助けられると思う」

「僕を撃ってきた奴を助けるというの？　そんなにダメージはなかったけど、もしこれが父さんだったらと思うと僕は許せないよ。こんな家、奴と一緒に空高く吹き飛ばせばいいんだ」クールは憎々しげに家を見上げた。

「シー！」

ジェイが手でクールの口をふさいだ。

「ちょっと静かに。聞いたか？」

「犬が吠えているようだけど」

「それと数人が話している」

二人は黙って聞き耳を立てた。

「声が大きくなっている。下の道路からこちらへ向かっている、ここを離れよう」

「どこへ行くの？　地下壕へ帰る？」

「そうだ、お前が先に行け。だがドライブウェイの下までだ。道中お互いに援護する。前に俺が教えたようにやれ」

クールはドライブウェイを下りていった。一方の目は家の方を、もう一方の目で道路を見た。真ん中まで来た時父親にサインを送った。ジェイは弾が飛んできた窓に銃の照準を合わせたまま後ろ向きで下りてきた。道路の端に立ってみると犬の吠える声と人の話し声がだんだん近くなっているのがよくわかった。そしてそれは道路の下の方から来ており確かに二人の方に向かってきていた。

「間違いなくこっちに来てるよ」クールが眉をひそめて言った。

「銃声のせいだ。チクショウ！」

二人は道路の下を見下ろしたが何も見えなかった。

「大丈夫だ、行こう」

彼らは道路を横断し、廃屋から反対側の道路を上がっていった。ジェイが後に続いた。タイミングを見計らってクールが木々の間に身を隠した。父親もそれにならった。二人は屈んで灌木や大きな岩の後ろから覗いてみた。そこからは丘の前面と道路がよく見えた。数分後、道路の真ん中から四人の男が大きなドーベルマン二匹を連れて歩いてくるのが見えた。犬は狂ったように吠えていた。まるで二人のいる所がわかっているように紐をピンと引っ張って道路を上がってきた。一人の男が二人と家の方向を見上げ、そちらへ行こうと指をさした。

「ここを離れた方がいいよ、父さん」

「そうだな、行こう」

ジェイとクールは崖の裏側の小径を駆け下りた。原っぱに着いて木々の間に隠れた。そして今来た道を振り返ってしばらく耳をすました。話し声と犬の吠える声が再び聞こえた。二人を追ってきたのだ。

「行こう。けど見えないように木と木の間に隠れながら移動しろ」

二人が原っぱを横切って森に着いた時に、地下壕の入口の近くで男たちが小径から原っぱにひょいと現れた。犬はいっそう狂ったように吠えたてた。一人の男が犬に近づき首輪を外した。放たれた犬が原っぱを横切って二人の方へ突進してきた。

「やばい！　父さん、どうしよう。犬は臭いを追って地下壕まで来ちゃうよ」

「こんなこともあるかもしれないと思っていたが、地下壕に戻ろうとしたのは失敗だったな」

「父さん、時間がないよ」

クールは父親がピストルを取り出して急いで消音装置を取り付けているのを見た。

「用意はできたぞ。お前のも消音装置を付けろ。何が起きても俺を撃つなよ」

クールはチョッキに手を突っ込んで消音装置を取り出した。ピストルを引き出した時、犬が原っぱから森の中へ入ってきて二人の前二十メートルほどの所に現れた。

「しゃがんで、クール」父親が緊迫した声で言った。

「隣にいて俺がやるようにやれ」

クールは言われたように父親が狙っている下り坂に銃を定めて屈んだ。彼は父親を見、そして下り坂を見た。犬が牙をむき出して二人の方へ走ってきた。ちょうどその時、隣で消音銃を発射するのを聞いた。そして犬は空中にもんどり打って倒れた。一発もミスすることなく仕留めたが、父親は飛び出すと犬の方に歩いていきそれにもう二発を撃ち込んだ。

「クール、よく聞け。俺らはあいつらを殺さにゃならん」

「何だって？」

「聞こえただろう。もしそうしなければ、奴らは俺らを探しにここに来る。地下壕の入口は見つけられないかもしれないがリスクが高すぎる、先手を取るのだ。幸い奴らは平らな原っぱに立っている。運がよければ奴らが歩きだす前に殺すことができる」

「そんな必要があるの？」

「俺はかわいそうより安全を選ぶね。後悔先に立たずだ。俺らは森にカバーされている。お前の射撃の腕は上級レベルだ。お前が百ヤード離れているターゲットを打ち抜いたのを見たことがあるぞ。唯一違っているのは、違っているのは……」

「違うのはターゲットが生きている人間ということだね」

「俺が数年かけてお前に教えてきたのはこれなんだ。お前はいつかは一人で戦って誰かを殺さなければならん」

　ジェイは灌木の葉がザワザワと揺れる音を聞いて話すのをやめた。彼が身構える前に二匹目の犬が現れた。犬は空中に飛び跳ねてクールに跳びかかってきた。彼は地面に尻もちをついた。犬に噛まれないように首輪をつかんで犬と戦った。そして犬にケリを入れると犬は空中にもんどりうって倒れた。犬が起き上がって再び襲おうとした時、ジェイが残りのカービン銃を犬に向けて発砲した。

「クール、大丈夫か？」

　起き上がるのを助けようと駆け寄った。

「ああ、噛まれてないと思う」

　クールは死んだ犬を見ながら答えた。

「あいつらを始末しなければ。お前、マシンガンを持て」

　クールとジェイは木々の間をぬって駆け下り、森の入口で原っぱから目を離さないで待った。四人の男たちはゆっくりと二人の方へ歩いてきた。犬がどうなったのかと口ぐちに言い合っていた。

「なんて間抜けな奴らだ」

　ジェイはM16のスコープを覗きながらクールに囁いた。

「あのように何もない原っぱを歩いているなんてカモが座って待っているようなもんだ。近づいてくるまで待て。お前は右の二人をやれ、俺は左の二人をやる。用意はいいか？」

「いいよ」

「あと一分待とう。俺が息でカウントを始めたら、お前はお前のタイミングで撃て。前に教えたように」

二人は息を殺してゆっくり近づいてくるターゲットを待った。彼らは木々の間に隠れているクールとジェイに気づいていない。森の入口から約三十メートルまで来た時、ジェイの合図でターゲットを見定めて一発ずつ撃った。二人とも一発で仕留めた。残った二人は自分たちが原っぱの真ん中で格好の的になっていると突然気づき、その場で立ち止まった。ジェイの次のターゲットも簡単に地面に倒れた。クールは二発目を放ったが男は雑草の中にひょいと隠れて、彼らの場所から見えなくなった。

「二発目を外してしまったよ、父さん。草の中のどこかにいると思うけど、見えない」

「落ち着いて、大丈夫だ」

「アッ聞こえる？」

クールが耳を澄ました。それは男が痛みでうめいている声だった。怪我を負わせたが、死に至ってはいない。

「よし、そいつから目を離すな。怪我はしていても銃は撃てるからな。必要ならもう何発かぶち込んで確実に死んだか確かめてもいいが、生きたまま捕まえるのもいい」

「どうするの？　逃がすわけにはいかないよ」

「もちろんだ」ジェイは次のことを考えて一瞬黙った。

「お前はここにいて奴がどこへ行くか見張っていてくれ。もし俺が奴だったら、ここを出てどこか隠れる所へ這っていくだろうな。崖の後ろの方とか、あっちの方とか」

原っぱの右側の森の方を指さした。

「逃げて隠れるとすればあそこが一番近そうだ。俺は森を出てあそこへ行って奴が出てくるのを待つ。勝手に森から出るなよ、目立つからな。わかったか、ヒーロー気取りはなしだ。ＯＫ？」「わかったよ」

ジェイが予想したように最後の男は森の一番近い所へ這って逃れようとしていた。ジェイは木の後ろで五分間待った。草の中から男の頭がひょいと現れた。男が森の入口に着くまで待った。そして走る準備をした。約二十メートル離れた所から彼の右肩を狙って撃った、殺してしまわないように願いながら。それからクールにこちらへ来るよう手を振った。クールがそこに着くまでにジェイは男を木に縛りつけ、そして口に猿ぐつわをかました。それで彼は話すことも叫ぶこともできなくなった。

「うまくやったね、父さん」クールは感嘆の念を込めて言った。

「ありがとうよ、だがまだ終わってはいないぞ。原っぱにいる男をチェックしに行かなければ。調べたら何かわかるかもしれない」

「父さんが行った後何も動くものはなかったよ」

「そうか、でもチェックに行こう。毎度のことだけど、気をつけろよ」

原っぱには三つの死体があった。一つは明らかに怪我をしていて死ぬまでに五十メートルほど這っていったようだ。後ろに血の筋が残っていた。他の二体は頭を撃ち抜かれて即死であった。ジェイたちは三人の死体を引きずって一か所にまとめて隠した。

それから木に縛ってある男の所へ戻った。木に近づくと男の頭は垂れ下がっており、自力では立っていなくて彼を縛っているロープにかろうじて支えられていた。首から滴り落ちている血がシャツを赤く染めていた。ここを離れて十五分以上は経ってない。その間に誰かが彼の喉を切り裂いたのだ。二人をずっと見続けていた者がいたに違いない。

縛られた男を木からほどき、原っぱから犬の死体や男たちの死体を森の中の人目につきにくい所まで引きずってきて、簡単な墓を作りそこに埋めた。死んだ男たちの銃を回収して二人は安全な地下壕へ戻った。

何事も起こらなかった初日のあとで、二日目は二年半の地下生活で予想していた以上の現実に直面して神経がざわついた。午後はその分地下壕でリラックスした。

「誰があの男の喉を切り裂いたのか、考えたら止まらなくなる」

クールは台所のテーブルに座って早めの夕食を食べながら父親に言った。

「そのことについてはあまり考えるな。時間が経てばいずれわかる。これからももっと酷いものをたくさん見るだろうよ。だから見たものを受け入れるしかない。そのことだけに集中してエネルギーを無駄にしない方がいい」

クールは父親の方を見て言うは易し、行うは難しだよ、父さん、と呟いた。

「殺した奴を見つけられんかもしれないが、どんなものにも原因があるのだ」

「そうだね。なんだろう。わかっているけど、釈然としないんだ」

クールは静かに答えた。直面した現実に戸惑っていて、考え込んでいた。

「今まで僕は一度も人を撃ったことがなかった。喉をかき切られた人を見たことがなかった。父さんは以前にこのような経験をしてわかってたようだけど、でも僕にはシュール（超現実的）なんだ」

「わかる。俺も初めて人を殺した時そういう感じだった。だが奴らがやられるか、自分がやられるかどっちかの時は自分を取る。よく覚えておけ、もしお前がためらったり考え過ぎたりしたら、お前か俺が殺されるんだ。お前がためらったり失敗したら誰かの死につながる。想像できないだろうが、そのことはずっとお前にまとわりつく。俺もそうだった。自責の念の中でも最もやっかいなものだ。お前がやるかやらないかの決断は誰かの死につながっていて、ずっとお前を苦しめる、ガンのように蝕む。俺は軍隊で訓練を受けたがお前は友人の死を見る心構えすらない。もっとも心構えをしていたとしても、現実に初めて見た時は恐くて気が狂いそうだったよ。しばらくしたら慣れたがな。もしお前が恐ろしさを感じなければ、気ちがいか馬鹿だ。今までに知っていることはすべて教えた。後は経験を積むだけだ」

「イラクへ戦いに行った時、父さんは陸軍にいたんだよね。だから大勢の人や武器が後方支援をしてくれていたんじゃあないの？」

「軍隊ではないが、最初に見た戦争はイラクが初めてだ。その頃イラクは混乱していた、何度も言ってきたがアメリカが馬鹿げた争いに首を突っ込んだことが悲劇の始まりだった。ほとんどの時間俺らは誰と戦っているのかさえわからなかった。誰が敵なのか。誰が味方なのか。それでアメリカの軍服を着てない奴は誰でも敵とみなしていた。命令された物の半分は単純に間違っていた。話をしていないが、未だにその時の悪夢を見るんだ。女や子供が泣き叫んでいる顔、身体が吹き飛ばされてバラバラになった戦友、あるいは仕事だとはいえ俺が殺した男たちの顔。友達や兵士はオイル（石油利権）の為に戦い死んでいったんだ。さらなる金や権力を欲しがる多くの腐った金持ちの為に死んでいったんだ」

ジェイは突然話を止めた。見るからに怒っていた。立ち上がって台所の流し台へ行き、そこで食べ終えたばかりの皿を洗い始め、ついでに顔を洗った。

「大丈夫？　父さん？」

クールが驚いたように聞いた。息子の方へ向けた顔はもう平常であった。

「あの頃のことを考えると腹が立ってどうしようもなくなる。イラクに侵入したアメリカは傲慢だった。奴らは国民に嘘をつき人々を誤った方向へ導いた。まるでゲームをしてるかのように。俺は若くて世間知らずだった。何の疑問も持っていなかった。ただ行って仕事をしただけだが、何人の人を殺したか？　奴らは民主主義を広めるとか、テロとの戦いとか言って国民に宣伝するがそれはほとんど建前であって実態は違う。常に金がつきまとう。戦争はこの世で最も忌まわしいものだが、指導者や国家は平和的な解決を見つけるといって、戦争行為を正当化する。奴らは戦争で金儲けをするだけなのだ。そして最後には人々の期待に反する結果になる。つまり奴らはうまくやる方法が見つからないと戦争でメチャクチャに破壊してごまかしてしまうんだ。指導者は強欲で傲慢だ。今回奴らだってまさか自分たちまで破壊するとは思わなかったはずだ。自分たちが世界を操っていると思っているからな。そして解決策を見つける代わりにこのように世界をぶっ飛ばしてしまった。この戦争で誰が勝ったんだ？　誰も勝った者はいない。強いて言えば瓦礫の山の上で勝利の雄叫びを叫ぶのは、生き残ったがすべてを失くした庶民だ。一から始められる自由があるからだ」

ジェイは話すのをやめてクールの後ろの壁を見つめた。そこには爆撃前のカーターズ入江の美しいポスターが貼ってあった。

「今回はここも酷い目に遭った。でも自然は変わらない。見習って俺たちも逞しく生きていかないとな」

（二）

エリック・ジョンソンは自分の家のバルコニーに立って遠くの山や海を眺めていた。そこからの景色は森や海、山と空、緑と青の濃淡で様々に彩られていた。

山をくねくねと登っていった道路の終点にその家はあった。頑丈にガードされた門があり中に彼の大きな家や手下の質素な家がたくさんあった。電気を作るソーラーパネルと発電機が設置されており、敷地の所々に雨水を溜める大きなバケツ状の容器が置かれていた。

カーター集落のキャプテンたち十数名は水曜日の定例会に集まってきていた。毎週二回行われている定例会の一つである。

エリックは四十代後半で赤ら顔の大男であった。古代北欧系の容貌と気質を持っていた。大爆発の後、少ししてサンダースから百名近いグループを引き連れてカーターズにやってきた。そしてよそ者を歓迎していた地元の人々にうまく取り入って、いつの間にか組織を作り、その地域のボスになり上がっていた。

すべてのキャプテンたちが到着するとすぐに、エリックは中へ入りテーブルの上座に座った。彼はいつも手下たちを威圧する意図で赤いシャツを着ていた。難しい顔をして、早速ドスの利いた濁声で話し始めた。

「お前たちの耳にもう入っていると思うが、二日前にパトロール中の四人が消えた。四人は湖のほとりの家に配置されていた。道路上の方から銃声が聞こえたので捜索に向かった。その時、一緒に行った犬も同じように消えた。それ以降何の情報もない。誰が殺したのか、探したが死体も見つからない。あの辺りをくまなく探したが何も見つからない。それで俺は殺した奴らが死体を処分したのだと確信している。時々若い女が使っている家へ捜索に行ってもらったが女は留守だった。四人の男と犬は無造作に殺されたのではない。何らかの意図があって殺されたのだ。俺らはこの新しい事態に対処しなければならん。何か変わったことはなかったか？」

キャプテンたちはお互いを見やった。エリックは一人一人に鋭い目を向けて、何か言ってくれるかあるいは何かサインでも送ってくれるか期待した、がだれも何も言わない。二、三分待った後、彼は続けた。

「この時点では俺らは用心する以外あまりすることはない。知らない奴に会ったり、また何か変わったことに出くわしたら、すぐに俺かウエインに知らせてくれ」

一人が周りをはばかりながら手を挙げた。彼は海の家のガードを任されていた。昔からのメンバーでエリックは彼を見知っていた。

「こんなどうでもいいことを言うと怒鳴られそうだが、二、三日前、俺の手下があのパブに入ったり、あの周りをうろついている二、三人の男たちを見たと言った。奴はマリーナから二百メートルほど離れた所にいたので、それが動物かもしれないが確かに何かが動いていたというのだ。そこで双眼鏡を持ってこさせて見たが、何も見えなかった。でも奴は絶対何かが動き回っていたというんだがね」

「お前は確かめに行ったのか？」

「ああ、行ってきたとも。でも実際には何も見つからなかった」

「そうか」

エリックがあっさりと頷いたので男は拍子抜けした。いつもなら嫌味の一つや二つ言ってバカ呼ばわりされるところである。エリックは薄くなったストレートの金髪を掻き上げながら目を細くした。

「少なくとも何かがある。たいしたことではないかもしれないが、今からこのような些細なことでも知らせてくれ」

そして思いついたように、

「さし当たってはパブとカーターズ入江と湖の家の間の監視役をもう少し増やそう。できることならいなくなった男たちに何が起こったか、その手がかりだけでも見つけてくれ」

（三）

ジェイは四人の男と犬を殺した後は数日地下壕に潜んでいるのが一番と考えていた。しかし三日目になると二人とも退屈しだしてきた。それでちょっとだけ冒険に出かけることにした。ジェイは丘の上の家に戻り数日前にクールを撃ったのが誰かを調べに行こうと言った。二人はクールを撃った者が、二人が原っぱで殺した男たちと関係ないという意見で一致していた。

地下壕を出る気分は彼らにはまだ新鮮であった。ハッチのドアを開けて外へ出る度に何が待ち構えているか、未知なるものへの期待でワクワクと心が躍った。

その日は曇りで肌寒かった。雨はやんでいたが木々からはまだ水滴がしたたり落ちて地面を濡らしていた。丘の上のその家へはできるだけ危険が少ないルートを取った。道路の左側の林を抜けて家へ近づいていった。正面玄関に着いた時、数日前に見た時とは様相が一変していた。玄関ドアは無理やりこじ開けられ、その横のフロントガラスを覆っていたベニヤ板は剥ぎ取られ地面に散らばっていた。

二人は注意深く玄関ドアに近づいた。ジェイがドアを見張り、クールは二階の開いている窓をサッと見た。また撃たれたくはなかった。玄関ドアに着くとジェイは中を見て、それから空き部屋に踏み込んだ。父親が中を調べている間、クールは外で見張っていた。突然、林の中から女の声が頭上にふってきた。

「あなたたちは誰？　何が欲しいの？」

　クールは驚いて家の中に飛び込んだ。彼は壁の横の開いているドアの隣に立った。ジェイは部屋の中にいてその声を聞いた。

「撃つな！　君に怪我をさせるつもりはない」クールが叫んだ。

「私を撃たなければ、私も撃たないわ」

　透き通ったきれいな声が返ってきた。ジェイがドアから頭だけを突き出して叫んだ。

「よかったら君と話をしたい」

「あなたは誰？　どこから来たの？」

「説明するにはちょっと難しいが君に危害を加える為にここに来たのではない」

　ジェイは待ったが返事はなかった。

「ここに下りてこないか！　そうすれば大声を出さずに済む。俺はこのドアの後ろから出るけど、撃つようなら取引は中止だ」

　彼はドアから一歩出て、前の方へ二、三歩歩いた。全身が晒された。声の方を見たが何も見えなかった。

「もう一人の男はどうしたの？」

「俺の息子だ。奴もお前を撃たない」

「息子に、出てきてあなたの隣に立つように言いなさい」

「もしそうしたら、君も出てくるのか」

「ええ」

「この家の中にまだ誰かいるのか？」

「いいえ」

クールは歩み出て、父親の隣に立った。彼の銃は右手に握られていたが、地面の方を向いていた。

「家から目を離すなよ」ジェイはクールに小さな声で言った。

「誰かが後ろで待ち伏せしているかもしれないからな」

「わかった」

ジェイは女が林の中から現れた時、何か動くものや人の気配がないか森の中を素早く見た。彼女は四十メートルほど離れた岩山に立った。太陽の明るい日差しが彼女の上に降り注いでいた。ブルーのジーンズに、黒のTシャツ、腰にはジャケットを巻いていた。長い褐色の髪が顔に半分覆いかぶさっていた。手にライフルを持っていたが、彼らに焦点を当てていない。

「何が欲しいの？」女は抑えた声で聞いてきた。

「俺の名はジェイコブ。皆はジェイと呼んでいるがな。こちらは息子のクールだ。たぶん、俺らはお前を助けることができるかもしれない」

「私を助けてくれるって？」

女は信じられない様子で「なぜ？」と訝った。

「お前は一人か？」

ジェイは返事を待たずにたたみ込むように聞いた。

「ここに下りてこないか。そしたらもう少しわかりやすく話ができる」

女はためらっていた。

「あなたたちがこの前何をしたか見てたわ」

「どういう意味だ？」

「男たちを殺すのを見たわ。原っぱの上の家から見てたの」

「木に縛っておいた男を殺したのは君か？」

返事はなかった。

「こっちへ来ないか？　もう少し話をしよう。こうして叫んでいては知られたくない情報も言えない。腹はすいてないか？　食物はあるぞ」

女は少しためらったが岩場から消えた。そして木々の間を通って再び現れた。銃口はずっと二人に向けられていた。ゆっくりと二人から目を離さないで急な坂を地面まで下りてきた。そして二人から五メートルほど離れた所で立ち止まった。女は痩せていて汚れていた。たぶん恐れてもいたのだろうとジェイは観察した。しかし強そうに振る舞っていた。そして目には快活ではあるが懐疑的で鋭く二人を観察していた。

「名前は？」ジェイは聞いた。

「ヴァレリー」

疑い深い表情のまま小さく答えた。

「君はここら辺の出か？」

少し間をおいて、

「ハミルトンで育ったけれど、今回のことが起きる四年前にここに引っ越してきた。あの日あなたたちが行っちゃった後、男たちが探しに来るのがわかっていたので私はこの二、三日は隠れていたの」

「なぜ戻ってきた？　この周りに隠れる所はたくさんあるのに」

女はちょっと躊躇してから、

「正直言うとあなたたちが戻ってくるのを待っていたの。あなたがあの男たちを射殺するのを見た時、あの仲間でないとわかったから」

彼女は当たっているでしょうとばかりに大きな目をしばたいて彼に向けた。

「俺らはあいつらの仲間ではないよ、ヴァレリー、第一奴らが何者か知らないんだから」

彼はあの男たちの仲間と間違われたことに気を悪くしたように言った。

「お前は一人なのか？　家族は？　友達は？」

「私は一人よ」

「それは辛い。寂しくないか？」

「寂しいわ。でもずっと一人だったわけじゃあないの」

「そうなのか？」

ヴァレリーは彼女の前に立ってフル装備している二人の男を見定めていた。不安がないわけではないが行く所がなかったと付け加えた。それから落ち着きなく目を泳がせ、あいている手で何度も艶を失ったボサボサの髪を耳にかけた。

ジェイはクールをちょっと見て、それから女の方を見た。彼女が必死で隠そうとしても彼女の絶望を感じ取ることができた。

「俺らと一緒に来ないか？　その方が安全だ」

ヴァレリーは二人を立ったまま、目を大きく開けて見つめた。それから震え出し、目が潤ってきた。あまりにも意外な言葉に心が反応した。涙が頬に流れ落ちてきた。

「いいの？」

彼女は半信半疑で聞いた。

そして泣き始めた。腕で顔を拭いたが涙が止まらずすすり泣きが大きくなっていった。

「だけど」彼女は前に立っている二人の男を見て、

「私は誰かを信じるのが怖いの」

ジェイは彼女に近づいた。若い女に不似合いなすえた臭いがした。彼は彼女を抱きしめた。女は抵抗しなかった。まだ少女ともいえるあどけなさが残っているヴァレリーを彼は守ってやりたいと思った。

「俺らを信用していい、約束する」

彼女は寂しさと今までの苦労を洗い流すかのように泣いた。彼女にとっては崖から飛び下りるような決断であったが、人恋しさに抗いがたい喜びがあった。

（四）

地下壕は驚くべき造りであった。入口のハッチを開けて梯子をおりると十五歩ほどのトンネルがあり地下壕に繋がっていた。メインの部屋へ入る所に鉄製のドアがあった。中からは容易く開けられるが、ロックされていたら、爆破するしかなかった。鉄鋼製のコンテナを地中深くいくつも埋めて、それを溶接で繋ぎ合わせて非常に広いスペースを作っていた。突然侵入されて逃げなければならない時の為に緊急用の出口も別に作られていた。

一つのコンテナには食べ物の貯蔵庫。ここには缶詰類とビーフジャーキーなどの乾燥食品。飲料水は地下水を引いていた。他のコンテナには生ごみ。生ごみはコンテナの外に穴が掘ってあり土と一緒に埋める。この辺りの地中の温度は夏でも低い。干し肉の塊もうまく保存ができた。一番奥のコンテナには床に小さい穴が開いている。その下に五メートルほどの深い溝が掘ってあって、そこには台所、洗濯、シャワーなどの排水が流れていて、人の排泄物も一緒に流してくれる。そしてそれは近くを流れる小川に注がれていた。別のコンテナにはアルミ製のボート、バギー、ボブキャット、２５０ccのオートバイ、ガソリン、チェーンソー、その他必要な道具類が収容されていた。また武器室、作業部屋、本棚、いつか地上に出た時の為にトレーニングルームまで造られていた。それらはドアでメインの部屋と繋がっていた。別に二個のコンテナがあって寝室と居間、もう一つは台所と食堂。空気通気口も設置されている。六人が五年間暮らせるというのがジェイの自慢であった。

ヴァレリーを地下壕へ連れて帰るのはリスクがあると思ったので、念の為彼女に目隠しをし、遠回りをして帰った。そうすれば地下壕への行方がわからなくなる。最初彼女は抵抗したが二人は説得した。

地下壕へ入って目隠しを外すと、ヴァレリーはその場所の大きさと設計に驚いた。最初二人が快適に暮らしたと聞いた時は信じられなかったが、今それを目の前にして納得した。ほとんどの人たちが生き延びるのに死力を尽くしているというのに、こんな近くで安全にのほほんと暮らしていた人がいたとは。

二人は彼女をテーブルに座らせた。クールは食べ物を用意しに台所へ行き、ジェイは彼女と一緒に座った。

「さて　ヴァレリー」

ジェイは始めた。

「俺はお前のことや、この辺のことを知りたい。俺たちは実際何もわからないので心配なのだ。最初の核爆弾が落とされてからずっとこの地下に住んでいる。ほんの二、三日前に地上に出たばかりなんだ」

「ほんとう？」ヴァレリーは畏敬の表情で言った。そして、

「ここに二年半も住んでいたなんてすごい」

と付け加えた。ジェイは彼女の反応を楽しんだが、そんなことよりもっと彼女のことを知りたかった。彼女は話し始めた。

「最初は私、父、母、弟と一緒だった」

クールが温かく湿らせたタオルを持ってきた。彼女はそれで顔を拭いた。汚れを落とすと整った美しい顔が現れた。ジェイはクールが気を利かせてくれたのが嬉しかった。

「ありがとう」

彼女はすっきりした顔でクールに笑顔を見せた。それから続けた。

「まず中国が口火を切った。それに追従して北朝鮮。アメリカも負けてはいなかった。石

油のだぶつきを一気に解消しようとロシアとアラブ諸国が参戦した。私たちは不安になって最初の数ヶ月は我が家の地下室で暮らした。そこは爆撃や放射能の死の灰から免れるとおもったから。でも長い間暮らすには食べ物が足りなかった。爆撃が始まった時、私たちは一階の居間でテレビを見ていた。その時世界中の都市が爆破されたと報道されていた。二時間近く見ていた後、突然テレビが映らなくなった。私たちは何をしたらいいのかわからなかった。電気とインターネットが使えなくなったのは真夜中で、近所を含めて辺りは一面真っ暗になった」

「だけど何か準備はしてたんじゃないか?」

「少しはね。でも戦争はそんなに長くはないと思ったの」

タオルをテーブルに置いて、どこから話そうか、とタオルをいじりながら逡巡していたが、再び話し始めた。

「私たちの家は町の北、入り江の傍にあった。電気が止まった時、外に出たら周りは真っ暗だった。見上げると星がキラキラと輝いていた。それからミサイルのようなものが空高く真っ直ぐ飛んでいくのを見たわ。狂気の時代は一気にやってきた」

「このような何かが起きる時はそんなもんだ。交渉は数ヶ月続けられるが、全世界がそれに従っていると思っていると、あっという間に意表をつかれる。数千年かかって築いてきた文明をたった二日足らずで壊してしまう」

「私にはその愚行がわからない」

「わかる奴がいたらお目にかかりたいもんだ。それからどうした？」

憂鬱な気分になっているヴァレリーに追い打ちをかけるように話の続きを促した。

「私たちは地下室へ日用品や食物を運び込んだ。その時四発の核爆弾が数分ごとに爆発したのを見たわ。本当に怖かった。空が明るくなり、それからオレンジ色と黄色に変わり、その後きのこ雲の煙が見えた。その光景に思わず立ちすくんだわ。よくないことが起こると思い地下壕に入り鍵をかけた。でもこの状況は数日で終わると思っていた」

クールがヴァレリーへお茶とクラッカーを持ってきた。それから父親の隣に座った。

「チリ料理もあるよ。五分で作れるから」

「ありがとう、いただくわ」と彼女は言い、

「私たちは地下にいられるだけいた、と言っても四ヶ月ぐらいだったけど。その頃水と食物がなくなりだして、また簡易トイレが機能しなくなった。臭いがし始めて本当に酷い情況だった。ついに一階に戻ったのだけど、そこは略奪されていた。たぶん数回、二台の車も含めて貴重品や役立つものはすべて盗まれていた。幸い父は猟が大好きだった。私たちに猟の仕方や森での生きるすべを教えてくれたの。彼は計画を立てて何かをするというより直感的に行動を起こす人だった。あなたたちのように準備していれば私の家族はまだ生きていたかもしれない」

「父親を責めてはいけないよ。彼はベストを尽くしたと思う。誰もどうなるかなんて予測できないから」

「あなたはしたわ」

「ああ、でも俺が穴を掘ってるのを知っているのは多くはないが、皆俺が気が変になったと思っていたな」

「本当だね」クールが思い出して合槌をうった。

「皆笑っていたな。それにどれだけムダ金を使っているか、とも噂をしてた」

「良い投資になったじゃあない」

「残念なことにな」

ヴァレリーは頬に涙を流しながら、

「もう一つ言ってもいい？」と聞いた。

「もちろん、いいよ」

「あなたたちが木に縛った男」

ヴァレリーはちょっとためらってジェイを見た。彼の目は促していた。彼女は目の前に置いたタオルを手に取って涙を拭いた。

「あなたが男を縛っているのを見てた。あなたたちが去った後、私は駆け下りてそいつを殺した。目を見てナイフを喉に突き刺した。死ぬのを怖がっているようだったけど、気にしなかったわ。男が私に何か言おうとしてたのがわかったけど、たぶん命乞いか何かでしょう。あなたたちが猿ぐつわをかませていたので何も声が出てこなかった。私は真っ直ぐに彼の顔を見た。そして父を思ったの。男は叫んでいた。口ではなくて目で。私は彼の喉を切ると走って道路を渡って戻ったの」

「なぜ？　あいつらは何者なんだ？」

「皆はカーターの者と呼んでる。何人いるかわからない。でもこの辺りを仕切っているわ」

「このエリア、つまりカーターズ入江のことか？」

彼女は頷き、さらに続けた。

「奴らの許可なしでは誰もこの地域に入ることも、出ることもできないの。知らない人に出くわしたら殺すか、または捕虜にするか、価値のある物なら何でも盗む」

クールが立ち上がってチリビーンを入れた大きなボウルを持って戻ってきて、ヴァレリーの前に座った。彼女は話を止めて、ためらうことなく食べ始めた。食欲は旺盛で彼女の胃袋は食物がなくなるまで収容していった。二人が彼女の食べっぷりをあっけにとられて見つめているのに気づいて、

「あら、いやだ」と突然恥ずかしそうに顔を赤らめた。

「まるで動物のようだわね」

「いや、いいんだ」ジェイコブは慰めた。

「もう長いことこんなにおいしい物を食べてなかったから。生き延びる為に何を食べてきたか、あなたたちには想像できないでしょうよ。もう少しもらえる？」

「いいよ」クールは立ち上がって台所へ戻っていった。

「ヴァレリー、なぜあの男を殺したんだ」

ジェイは聞いた。ヴァレリーは彼を見た。目を細め顔を強張らせた。そして憎々しげに怒りを込めて、

「あいつが父を殺したの」とテーブルを叩いた。

（五）

カーターズ入江の南二十マイル離れた廃家のデッキにチンは椅子に座って待っていた。デッキは海岸の岩場の上に木で造られていた。

そこから遠くクレセント湾の美しい入り江や島々が眺められた。真昼の太陽が頭上に直接ふりかかり、下の岩場には打ち寄せる波がピチャ、ピチャと優しく音を奏でていた。

この地区のほとんどの家は別荘であったが、今は略奪されて荒れ果てていた。略奪が何度も繰り返されて、家の中の価値ある物は何も残っていなかった。

チンはホンダCBR600に乗って一人で二十五分かけてここに来た。今日はこの海岸線における四つの主要グループのキャプテンたちが集まる二回目の月例会合日であった。クレセント湾からクリス、サンダースのワッチ、パーカーズからハシモト、この三人とカーターズのチンであった。今回は良い会合になるだろう、とチンは期待していた。

十五分後、彼は砂利の上を走る車の音を聞いたがそのまま太陽の陽射しの暖かさを甘受し、リラックスし続けた。次に車のドアが閉まる音、それから通路を歩く音、パテオの門がパタンと閉まり、男たちが階段を上ってきた。そこでチンは立ち上がった。クリスを先頭にハシモトとワッチが後に続いた。三人はそれぞれ手下を一人ずつ連れてきていた。六人の男たちは広いパテオを横切ってチンが待っている所まで歩いてきた。

「長く待ったか？　予想外に時間がかかってしまった」

そう言ってクリスはチンと握手した。チンは細い目をさらに細くして愛想よく、

「日光浴をしながらここの景色を楽しんでいたから大丈夫でしたよ。ところで皆一緒に来たのですか？」

「ハイウエイを出た所で出会った」クリスが答えた。

「ハシモトとワッチは道に迷ったみたいだが、幸い俺の手下に会って教えてもらったようだ。運が良かった」

「そうか、では皆さん、席についてください」

チンがイス付きの大きな木製のパテオテーブルの方へ促した。手下たちはパテオの下の岩場で待機した。

「先月からの議題を続けましょう。まず一緒に仕事ができる共通のものを見るつけること、最近プライベートでクリスとハシモトに会った。二人は興味を持ってくれた、それでワッチにも伝わったようで、奴は一ヶ月それについて考えていたそうですよ。だから今からそのことについて話を詰めていきたいと思います」

「そう、この前クリスに会った時俺に話してくれたことを考えた」

チンに促されたわけではないがワッチが話し始めた。

「だがおらの手下とクリスのクレセント湾の間で未だに喧嘩が絶えない。血も流れている、何か新しいことを一緒にするのは難しいすよ。おらたちがサンダースを全部支配できるなら話は別だがよ。そしたらよそ者が通過しても見逃すがね」

ワッチは田舎者らしく訛りが酷かった。無精ひげを口の周りにたくわえ無骨な体格で、頭で考えるより腕力で解決する方が早そうな人物であった。

「ダウンタウンを支配するのは無論だが、おらたちはもう町の北を押さえている。入江の地区とサンダースの南はまだだがよ。まあハリソン湾かセカラ領の間、おらたちとパーカーズランドの間が手に入ったらごっつあんだがな、あの地域は危険だらけで誰も通りたがらん。だからハシモトはボートで来たんだろう?」

ワッチはハシモトに同意を得ようと彼を見た。すかさずチンが話し始めた。

「今日の会合の目的はあの地域の安全を考えることと物の流通。もう少し仲間を増やし、食料、武器、日用品、それには基本的にチームの協力が不可欠です。私どもが皆生き延びる為に一致団結が成功のカギです」

チンの言葉に皆頷いた。気をよくして彼は続けた。

「もし私どもがサンダースのダウンタウンを支配できれば……」と言いかけた途端、

「私どもとはどういう意味だ？」ワッチがすかさず大声で反応した。

「すぐにカッカするのはやめろ、ワッチ」クリスが止めた。

「チンの言ってることはわかるだろう？」

「ああ、でもサンダースはおらたちの土地だ」

ワッチは鋭く言い返した。アフロヘアーの頭を振って顔を赤くしている。

「二年前におらがお前に食物の援助を頼んだ時、お前はドッグフードの残りすらくれなかったくせに。今度はおらの町を寄こせだと？」

チンはワッチを冷ややかに見つめて、

「さすがワッチと呼ばれるわけだ」

ワッチはライアンという名があるのだが　すぐワット（ｗｈａｔ）ワットというので皆は彼をワッチと愛称で呼んでいる。

「あの時は私どもが人にあげるほどの余分な食物がないのがわかっていたはずですよ。もし嫌ならばこの計画からおりたっていいのです。この提案を他のギャングに持っていくだけの話です。その時はお前がバカだったということになるでしょう。それから、あそこはまだお前の町ではない。まだコントロールする決め手になる球を持ってないじゃあないか」

ワッチは立ち上がってチンに叫んだ。

「何だって！　今お前をこの手でぶっ殺してやろうか。誰がその決め手を持っているか見せてやろう」

「お前のアイリッシュファックをぜひ見たいもんだ」

チンの冷ややかな反応にワッチの腕が上がった。クリスが立ち上がって口をはさんだ。

「俺の畑にたくさん腐ったじゃが芋がある。お前と死んだ仲間にじゃが芋スープを作ってやろうか？」

「なんだと？」

ワッチの腕がクリスに向かった。男たちが殴り合いを始めた。その時チンが家の壁に立てかけてある斧を手に取って、争っている男たちの目の前でテーブルを叩き壊した。突然、木製のテーブルを壊すという乱暴な行動は皆の肝を冷やした。二人は虚をつかれたように黙った。チンに恐れをなしたようである。ストレートの黒髪をかきあげながら彼は何事もなかったかのように話し始めた。

「話を元に戻しましょう、原住民の領土以外ではカーターズ入江周辺は飲料水を供給できる最大で唯一の地域です。しかも海岸の便利な場所にあります。おかげで、ここに住んでいる私どもは比較的放射能の影響を受けていない。放射能の害を心配しないで農作物を育てられるし、水を飲むことができるのです」

彼はハシモトの方を向いて続けた。

「ハシモトはボートを持っていてメインランドに一番近いが環境が破壊された土地に住んでいます。それでボートでいろいろな所を回り飲める水と食べられる食物を探しています。だが、その為に交換できる物がいります。賢いことに彼はそれを商売にして利益をあげようとしています。私どもは彼と一緒にやりたいし彼も私どもを必要としています」

ハシモトはメガネの奥でニヤリと笑い、そうなんだよと頷いた。

「クリスはこの二年もの間、クレセント湾を支配しています。支配する為にたくさんの抗争を勝ち抜いてきました。時には私どもにも挑んできました。クリスは一番多くの戦力を持ち、多くの武器、ガスも一番。しかも食べ物もある。それでも手下の者と家族を食べさせるには十分ではないのです。すでに私どもは奴と取引を始めています。いくつか見直さなければならないこともありますが、幸い私どもが作った農場が最初の収穫期を迎えます。その一部がクリスの元に行くことになっているのです。だからわかりましたか、ワッチ?」

チンは彼を冷ややかに直視した。

「計画はすでに始まっているんですよ。個人的にはお前がサンダースを支配するボールを持っていようがいまいがどうでもいいのです。私が気にしているのは、お前が提案されているものを理解し最終的にそれに参加するかどうか、その判断ができる頭脳を持っているかどうかです。私どもは一つまたは二つ、サンダースを安全に通れる道を最終的には確保したいだけです。間違いなくお前の敵は食物、水、ガス、武器とお前の首を持っていけば喜ぶでしょう。代わりに奴らの領域をただで通させてくれるはずですよ」

チンは細い目をさらに細くして皮肉っぽく言い放った。

（六）

ヴァレリーはシャワーを浴びて気分が爽やかになった。今まで着ていたシャツは洗濯をすることにしてクールから茶色のTシャツを借りた。髪を後ろで一つに束ねながら適当にリビングのイスに腰を下ろした。

ソファに横になって本を読んでいたジェイは彼女を見て、

「おお見違えたよ。気分はどうだ？」と声をかけた。

「最高よ。これ以上の所はないわ。温水まであるんだもの」

ジェイは微笑んだ。

「当然だね。それがない生活なんてここでは考えられない」

ヴァレリーは何も言わなかった。彼女は床を見つめ、何か考え事をしているようだった。

「大丈夫か？　急に悲しそうに見えたから」

「時々いろいろなことを考えるの。そして混乱して自分を見失ってしまう」

「どんなことでも話してくれていいよ」ジェイは安心させるように言った。

「私の家族について考えていたの」

「そうか、で何を思ったの？」

「どれだけ家族に会いたいかとか、家族がこの場所を見たらどんなにビックリするかとか」

彼女はぎこちなく赤面し、それから付け加えた。

「そして、あなたに助けられてどれだけよかったか。家族がこの場所を見られたらよかったのに。あなたのような人に会えたのを家族はとても喜んでくれると思う」

彼は心を動かされた。そしてヴァレリーのような人々の為に自分もクールも戦わなければならないと思った。多くのものを失い一人ぼっちになった善良な人々の為に。

「お前の親に何が起きたか聞いてもいいかい？」

彼は彼女の懸念を感じてすぐに言い換えた。

「つまり、殺されたのはわかったがいつ、誰にどのような状況下で？　お前が殺した男はお前の父親を殺した。では母親や弟は？　こういうことを知るのも俺にとっては重要なんだ。それで俺が誰に直面しているかわかる。もし不愉快でなければ話してくれないか。話したくないのもわかるが」

彼女は最初、何も言わなかった。代わりに空になった食器を見つめスプーンでそれをこすっていた。

「もし話したくなければ、話さなくていいよ」

彼は彼女の気分を楽にしようと心掛けた。

「約六ヶ月前まで」

彼女の声は落ち着いていて静かだった。空の食器を見つめたまま、

「私の家族はここからそう遠くない人里離れた一軒家に住んでいたの。ある日、父と私は猟に出かけた。母は猟には一度も行ったことがなく、弟はその日やりたいことがあって行かなかった。一日中狩りをして帰ってきたら、二人は変わり果てた姿で横たわっていた」

ヴァレリーはその時の光景を思いだしてまた涙を流した。

「母は泥の中でうつ伏せになっていて、背中のシャツが血で赤黒く染まっていた。最初母を見つけて、少し離れて弟を」

彼女の声は震え始め、タオルで涙を拭った。

「私は何が起きたかわからなかった。二人がどうして死んだのか、誰が殺したのか？　道路から話し声がしたので、五分ほどで私たちはその場を離れた。家の中から大事なものだけ持って、できるだけ早くそこを離れた」

数日後、父親はそこへ戻って家の近くに二人を葬った。彼は彼女にこのことを忘れてほしくって手伝いをさせなかった。でも彼女は今でもそこにお参りに行くそうだ。

この痛々しい体験を想像しただけで、ジェイの胸は痛んだ。イラクやアフガンで同じような光景をいくつも見てきたが、その時は若くて、鈍感で、独り者、親の子への愛情がもう一つわかってなかった。あの頃は罪の意識と自己嫌悪に悩まされて、鈍感にならざるをえなかったと言い訳してごまかしていた。

「父と私はこのあたりの廃家を転々としていた。夏は猟をするので森の中で過ごした。父はパトロール中のカーターズに出くわすと彼らを撃ち殺し始めたの。私も隠れていて、パトロールがそばを通ると何人かを殺した。それから死体を森に運んでいって隠した。しばらくはうまくいっていたが、最終的には行く所がなくなった」

「いつごろのこと？」

「だいたい二ヶ月ぐらい前。私たちはワイテイ半島まで追い詰められたの。カーターズは出口をふさいで、半島を隈なく探したので、私たちはもうどこへも行くことができなかった。一週間はなんとか逃げ延びていたけど、万策つきて、父がダメ元でやってみようと言ったの。それは夜明け前にこっそりと海岸線を移動して山に入ることだった。移動していると、父が振り向かずにできるだけ速く走れ、と言った。俺に計画があるからただ走れ、心配するな、あとは任せろ、って。私が走っている間、父は見張りをしているカーターズの方へ行き、数人を殺して彼らの注意をひきつけた。私がまだこうして生きていられるのは父のおかげなの。私は百メートルほど走って、父がついてこないのに気がついて戻った、けど遅かった。父は逃げようともせず、あの男の前に立っていた。私は林の中で、あの男が父を至近距離で撃ったのを、見てたの」

彼女は両手で顔を覆い、しばらくは気持ちを落ち着かせていたが、

「あの光景が頭から離れない」

と呻いた。手を顔からはずした時は顔は能面のように無表情だった。

「あの男は父の上に立ってもう一度撃った。あなたたちが木に縛った男があの男とわかった時は、私はカルマを感じたわ。だけど今は酷い気分。今までに感じたことがないどん底にいる気分。奴を殺したからって、両親も弟も帰ってこないんだもの」

「復讐はその点説明がつかない虚しい行為だ」ジェイはやさしく同調した。

「俺もイラクから帰ってからは数年悪夢と暮らしていたよ」

「イラクにいたの？」ジェイは頷いた。

「戦争で？」

「そう」彼はニヒルに笑んだ。「誰もあそこへ休暇を楽しみに行かないな」

彼の返しで彼女は笑い、痛みを少し和らげた。

「そうだけど、どんなだった？」

「人によって違うと思うけど、自分にとっては酷いとこだった。今のここより酷かった。少なくともここはまだましだよ」

「ここの周りだけはね。海岸の南側は荒廃してるわ。そしてあなたは最悪の状況をみていない。爆撃の後六ヶ月は地獄だった。私たち以外は大勢で固まって暮らしていたけど、放射能で半分死につつあった。そのうちに食物や薬は足りなくなった。皆必死だった。生き残る為には何でもした。このような現実はまだ続きそうだけど、その次の年も酷かった。残酷極まりなかった。食物がないという理由で病人はベッドで殺された。そして人々は生き残る為にギャングを結成して戦う。それ以来ずっとその状態が続いている。最近は少しマシになったみたいだけど」

クールがゆっくりとやってきて座った。

「パブの人たちに何が起きたか知ってる？」クールが彼女に聞いた。

「カーターズに殺されたと思う」

「いつ？　なぜ？」クールは興味深げに聞いた。

「なぜかは知らない。たぶん食べ物や銃が欲しかっただけじゃあない。他の理由があるわけないもの。たぶん一年半前頃だと思う」

「皆一列に並ばされて射殺されたみたいだ」

クールはまだ二、三日前に見たことが頭の中に残っていた。

「男たちと年取った女性だけだった」

ヴァレリーは当然とばかりにたいして感情を見せずに。

「若い女は畑で働かせるか売春宿で働かせるので生かしておくの。一つ聞いていい？」

「もちろん、何でも聞いていいよ」クールは嬉しそうに頷いた。

「あの犬、あなたたちが殺した犬。どうしたかな、と思ったの」

「ああ、穴を掘って弔ったよ」

「そうよね。でも私なら食べたわ」


次の日、ヴァレリーが台所へ入っていくとジェイが食事の用意をしていた。

「良いタイミングだ」

彼女が座ると彼は言った。

「今朝の気分はどうだ？」

「ここ数ヶ月のうちで一番いいわ」

ジェイに微笑んでそれから付け加えた。

「正直安心して眠れるってどれだけ幸せか言い表せないわ。私を救ってくれて、ここにいられるよう連れてきてくれてありがとう」

ジェイは礼を言われるほどではないというように持っていたヘラを振った。

「コーヒーはここだ」彼はカウンターを指さした。

「トーストとパウダーエッグそれとハッシュブラウンだけど」

「すごい、ありがとう」立ち上がってコーヒーを自分で入れ、

「クールは？」と聞いた。「やつは他の部屋にいる」

ジェイは皿を彼女に渡した。彼女はテーブルに座った。ジェイは台所のドア越しに「クール」と呼んだ。「朝食の用意ができたぞ」

彼はカウンターに戻ると自分で食物を取ってヴァレリーの隣に座った。

「それでまず初めに知っておいてもらいたい。もし俺らと一緒に住むならばいろいろお前に頼みたいことがある」

ヴァレリーは怪訝そうに彼を見たが何も言わなかった。

「見たところお前はタフで有能な女性のようだ。この辺りのことをよく知っている。この環境でうまく生き延びてきた。お前は俺らにとって、情報そのものだ。とても役に立つと思う。俺らがお前を助けると同じようにお前は俺らを助けてほしい」

「つまり只飯はないってことね」ヴァレリーは含み笑いをした。

「この朝ごはんは俺のおごりだよ。だが、この後はお前の言うとおり只飯はないな」

クールが台所へ入ってきた。

卵とハッシュブラウンをたくさん持ってきながらヴァレリーに挨拶をした。

「おはよう、クール」ヴァレリーは答えた。

「今ちょうどある物を直している最中なんだ。だから朝食は武器室で食べる。何かやることがあったら知らせて」

入ってきた時と同じように足早に出ていった。ヴァレリーはジェイの方を向いて、

「個人的な質問をしてもいいかしら」

「質問によるがな」

初めは少し戸惑っていたが、

「クールの母親のことが気になっていたの。彼女は今どこにいるの？　前は結婚してたの？　それとも彼女に何かが起きたの？」

ジェイはたいした反応を見せずに彼女を見つめた。

「あっ、ごめんなさい。失礼だったかしら、興味があったものだから」

「いや、いいんだ。お前も自分のことを話してくれた」

ジェイはコーヒーを少しすすった。そして少し考えて話し始めた。

「俺が友達に会いにバンクーバーに来て二人は意気投合した。そして一年後に結婚、二年

後にクールが生まれた。それから七、八年はすべてが順調だった。だが、少しずつずれてきて感情的になってつらい時期が始まった、俺らは喧嘩をするようになった。二人がいかに違っているか気づき始めた。俺は過去を捨て去ったと思っていたが、イラクやアフガニスタンでの経験や悪夢が鮮明にまとわりつくようになった。俺はどうしていいのかわからなかった。怒った彼女や他人に説明するのが難しかった。説明したとしても奴らは理解できなかった、と思う。たとえわかったと言ってくれてもだ。軍隊の仲間やあそこに行ったことがある人々は完全に違っていた。普通の人は見た目だけで判断するが、奴らは俺が何を体験したのかわかってくれた」

「奥さんは何とかしようとしなかったの?」

「してくれたさ。奴は本当に我慢強かったが俺が変わることができなかった。何かしてくれればくれるほど、彼女を遠ざけた。本当に良い奴だった。奴が去っていくのを止めることはできなかった。俺は、過去の亡霊や悪魔と戦うのに精一杯だったのだ。彼女は郊外の一軒家で家族とつつましく暮らしたいだけだったのに、俺は時々それすら無視した」

ジェイは声を落として、十年前の自分を恥じるように静かに話した。

「だが俺が浮気してから変わった」

「なぜ　そんなことをしたの?」

彼女は大抵の女性がする質問をした。なぜ良識ある男がそのようなことをするのか、ジェイの心の内を探りたいようだった。それに応えることにした。

「その頃、俺らはうまくいってなかった。俺は自分のボートで、一人で過ごすことが多かった。一人で酒を飲んでいたある日の午後、友達が二人の若い女を連れてきた。ボートで海に出て酒を飲んだ。俺が覚えているのはそこまでだ。気がついたらキャビンには女が一人と俺だけだった。女のビキニが外れていた」

「それで」

ジェイコブはヴァレリーをちらっと見て言った。

「何が起きたかわかるだろう？　お前はわかったと思う。俺らが別れた時、俺はここへ逃げてきて新しく生活をし始めた。クールは母親と一緒にいた。奴はほとんどの時間を町で過ごしたが夏はここで過ごした。クールが十三歳になったある日、朝一番に母親がプレゼントを渡そうとすると、プレゼントの代わりにここへ来て父親と一緒に暮らしたいと言ったそうだ。彼女は傷つき、数年間は俺を憎んだ。彼女はまたクールに罰を与えた。それは決して息子を訪ねてこないというものだった。クールは母親が関心のある買い物とか郊外での見栄っ張りな生活、上品な雑談、そしてくだらない高校生活には関心がなかった。奴はすでに俺のようだった。アウトローで独立心があった。しかしどうしていいかわからなかった。ここへ来ると元気になった。本来の自分に戻ることができた。まず俺は大型機械の操作の仕方、銃の撃ち方、ダンプの運転、物の作り方等々を一から教えた」

ヴァレリーはモールと郊外生活か、それとも銃と大型機械か、ずいぶん大胆な選択だと思った。

「男の子は男になる、と思う。息子を溺愛している母親から息子を取りあげるのは俺の本意ではないが。思うに奴はすでに男になろうとしてたんじゃあないかな。母親はそうさせる方法がわからないんだよ」

「今母親はどこ？」

「町で暮らしていた。そして死んだ。俺はここへ来て一緒に住もうと誘ったが奴の人生観が俺のと違っていた。あいつに言わせたら、アルマゲドンの為に莫大な金と時間を費やしている俺は馬鹿なんだと。最初のミサイルが発射された時すぐ電話をしたが、つながらなかった」

「気の毒に。母親はクールの成長を見たかっただろうに」

（七）

三台の車が頑丈に補強されたバリケードに着いたのは午後遅くであった。道路のどちら側にもコンクリートブロックがあり、その真ん中に一台のブルドーザーが停めてあった。道路の右側は海に面しており、そしてもう一方は五十メートルほどの急な崖になっていた。

崖の上では重装備した男が見下ろしていた。チンはバリケードの責任者に話しかける為にバイクを降りた。その後責任者は一人の男を止めてブルドーザーを動かさせて、車が通れるように命じた。チンはバイクに再び乗って皆を誘導した。

三台の乗物にはチンがクレセントベイで会った男たちが乗っていた。今朝の会合で三人の意見が一致してうまくいき、そののりで彼は皆を農場へ連れてきたのだ。皆もチンが自慢している農場の収穫能力がどのくらいあるか、自身で確かめることができるとやってきた。クリスとハシモトは一緒にクリスのトラックで、ワッチは自分の車に手下のアイルランド人のシーンを。クリスの手下のケイルとハシモトの手下のスミティーは最後尾の車に一緒にいた。チンは道路の片側に立って車がバリケードを通れるよう見定めてから、

「もうすぐですから」そう言って皆を安心させた。

「十五分ほど行くと道が分かれていて、それからもう十五分ほどで我々の第一農場に着きます」

三台の車はカーターズ入江で二回目のバリケードを通る時も止められた。それからすぐに曲がりくねった道路を通って農場に着いた。

「俺はまだここととパーカーズランドがどうしてこんなに違っているかわからない」

ハシモトは窓の外を眺めながら言った。

「俺らの方は森や土地は完全に荒廃している。たった五十キロしか離れてないのに、

ちょっと信じられない」

ハシモトの言葉に同調して、

「俺らはたった二十五キロ離れているだけだが」クリスは言った。

「俺らの土地は風の流れのおかげでほとんど使い物にならない」

カーターズ入江周辺は山や海流やトムソン島によって風から守られている。

「トムソン島へは二、三回行ったことがある」

ハシモトが言った。

「島の北東に小さな集落があって、俺はそこへ日用品を届けている。島の半分は放射能に汚染されていて使い物にならない。残りの半分はほとんど影響がない。同じ海岸線なのに」


彼らは数分後に第一農場の正面ゲートに着いた。以前は夏のキャンプ地として使われていた所で、今は用途に応じて使いやすいように改良されていた。周りは大きな木製のフェンスで囲まれていて、敷地のほとんどが農地であった。キャビンは住居として使われ、雑然としたホールも同じ目的で使われていた。そしてもう一つある大きな建物は拘置所であった。彼らが建てた唯一の建物は大きくて、質素、それは労働者の住む家であった。農場から離れた所にもう一つフェンスに囲まれた場所があって、進入禁止のサインがあり奥に二階建ての小さいが瀟洒な家が見えた。

訪問者は主に農場と食糧生産システムを簡単に見学した後、とうとうこの見学会のハイライトを迎えた。

「私どもはこのキャンプを悪徳キャンプと呼んでいます」

チンはもったいぶってそう言い、皆の関心をひいた。

「この見学会が終わった時、その名前の由来がわかるはずですよ」

進入禁止のゲートの外に立ってチンは、見張り台にいるガードマンを呼んでゲートを開けさせた。中に入れ、と手振りで示した。

「もし入りたければの話ですが」

ともったいぶった様子で付け加えた、が手下たちはここまで、と留め置かれた。

四人の男たちは開いたゲートをくぐり、大きな部屋と待合室へ。待合室には武装した男が二人イスに座っていた。ここからは誰も武器や鞄の持ち込みは許されない。持ち込んだとしてもすぐに発見されてしまう。しかしながら、ワッチが抵抗した。彼はコルト45のピストルを取り出してチンの顔に向けた。

「お前も時々はサンダースへ来い。そうすればなぜ俺が銃を手放さないかがわかるだろう」

「お前が望むなら」チンは驚きもせずに答えた。

そしてワッチに照準を合わせているガードマンに銃を下ろすように言った。

「私たちはここへ楽しみに来てるんです。争う為ではありませんよ。ワッチよ、銃がそれほど重要なら持っていていいですよ」

ガードマンの一人が悪徳キャンプへ行くドアを開けた。彼らは三棟の異なる、離れて建つ建物を見つめた。そしてその場所の臭いに気づかされた。

「なんだ、この臭いは？」

ハシモトが聞いた。誰かが答える前に、悪徳キャンプの責任者が挨拶をしに来た。

「ようこそ」男はチンと客人に言い、

「私の名前はヴィクター」

彼は東ヨーロッパの強いアクセントで、

「あなたたちはこの訪問を楽しんでくれると思うが、まず初めに言わなければならん」

彼は素早く銃を取り出すとワッチの額に当てた。

「私はウクライナから来た元シークレットサービスの一員だ。私の国では人の顔に銃を向けるのは非常に無礼だ、と考える。特に主催者に向ける人には。銃を私に渡せ、さもないと死体からもらうことになる。三秒やろう」

「わかった、わかった」ワッチは自分の銃をヴィクターに渡した。

「協力ありがとうございます」ヴィクターは微笑んで銃を取り上げた。

「それではまた見学を続けてください」

銃を離した右手をワッチは着ているオーバーオールの胸当ての中へ入れて、この中に一つ短銃を隠しておけばよかった、とうそぶいた。チンはそんなワッチの横を通り過ぎながら、如才なく笑った。クリスは分別なく、

「なーんだ。お前は全然タフではなかったじゃあないか」

とワッチの顔を覗いてあきれたように言った。ハシモトはただ黙っていた。

最初の建物へ入ってすぐに鼻を突くような臭いに迎えられた。彼らの前にはマリワナの畦が幾重にも作られていた。全部ではおおよそ数百株はあるだろう。

「さて、みなさん」チンはマリワナ入りの煙草を見せて、

「煙草を吸ってみませんか?」

そう言って煙草に火をつけた。そして左側にいる男に渡した。クリスとハシモトは吸った。一方ワッチは拒んだ。

「おや、お前の趣味じゃないのですか」チンは彼の反応をいぶかった。

「みそこなうな。これがお前の言っていたビッグサプライズか」

「いや、これはほんの一部で、まだありますが」

チンは続けた。

「二つの建物は野菜を育てるのに使われています。すぐに最近の食糧需要に十分に応じら

れるし、今後も供給できる自信があります。他の温室を使って増産するつもりです。今から私について温室の反対側に行って、二番目のサプライズをお見せしましょう。上品なアイルランド人であるワッチも気に入ると思いますよ」

四人はマリワナの畦を通り過ぎて建物の裏口に出た。そこで彼らは二つの建物を見た。一つは前にフェンスの向こうに見えた家で、もう一軒は半分オープンになっていて半分は完全に覆い隠されていた。そしてその下には十二サイズのアルコール蒸留酒製造器が操業していた。その製造器というのは僻地で密造者がよく使っているものである。アルコールの良い匂いが漂っていた。

「ここにいるヴィクターはウクライナの車庫の裏でウォッカを作っていたそうです。ここではウイスキーを作っています。夏の終わりにはワイン作りも始まりますよ」

「実にすばらしい。我々をこのキャンプに連れてきた意味がわかった」

ハシモトはそう言って目を凝らした。

「同時になぜお前たちと一緒にやりたいかわかってくれたはずですよ」

チンはずるそうなキツネ目で付け加えた。

「酒とマリワナより良い取引が他にありますかね」

「あの酒は飲めるのか?」ワッチが聞いた。

「飲めるかどうか確かめましょう」

チンは楽しそうに言い、

「ただし私についてくる気があるなら」

とまたもったいぶった。二階建ての家へ入っていくと彼らは色鮮やかなランジェリーとハイヒールを身に着けた若い女性たちに迎えられた。両脇に女性を従えてバーに立っていたのはエリック・ジョンソン、カーターズのボスである。薄くなった頭髪を伸ばしてオールバックにして、赤い半袖のシャツを着ていた。彼はニコリともせず、彼らの品定めをするように上から下まで舐めるように見た。さすがのワッチも一言も発せず、彼の視線に射すくめられた。

帰る時、三人はアルコールを一ケースとマリワナ入りの大きな袋を土産に渡された。

「それより、女を一人欲しいなあ」クリスはそうジョークを飛ばした。

チンの提案で二週間後にまたあの場所で会合を持つことになった。それまでにこのトレードを決めておかなければならなかった。チンは一緒にやるメリットを強調していた。ワッチを含む他のキャプテンたちはやる気顔で笑みを浮かべて帰っていった。

後で会合の成果をエリックに聞かれた時、チンは事もなげに、

「あいつらを取り込むことなんざ、朝飯前でござんすよ、ボス」

チンは薄い唇をゆがめて笑った。

（八）

ジェイ、ヴァレリーとクールはランチの後地下壕を出た。彼女は人目につかない小径や秘密のルートをよく知っていた。探索中に何かあった時の為に彼女に防弾チョッキ、ヘルメット、そして消音器付きのセミ自動マシンガンなどを持たせた。

三人は木々の間を縫って、人の手が入ってない自然の中を歩いた。カーターズの湖の家と検問所の上三十メートルほどの所に見晴らしの良い場所があった。そこまでカーターズの誰にも会わなかった。

ジェイは双眼鏡を覗いてみた。キャンプ場には七、八人の男たちがいた。湖の向こうにドックと道があり、その道は緩やかなカーブを描いて非常に広い空地へと上っていた。昔からそこにあったかどうか定かではないが、そこにキャンプ場らしきものがあった。キャンプ場の片側にいくつかの家があって高い木のフェンスに囲まれていた。数日前に湖にいた人たちはこのキャンプ場にいる人たちではないか、と彼は思った。双眼鏡から目を離して、

「湖の向こうのキャンプ場のことを何か知らないか？」

ヴァレリーに双眼鏡を渡しながら聞いた。彼女はすぐそれを目に当てて、

「う〜ん、知らないわね。人々が湖を行ったり来たりしているのは気がついていたけど、何も聞いてないわ。あれは単に人々が農場と呼んでいるものだと思う」

「どれどれ貸して」クールも双眼鏡を手に取って覗いた。

「僕もそうだと思うよ。たぶん果物か野菜を作っているんだと思う」


ジェイは大きな杉の幹の根に座った。

「父さん、ここにたくさんの野イチゴがあるけど、食べられるかな」

クールがヘルメットに一杯摘んできた。

「大丈夫よ、私はいつもこういう物を食べていたの。ここにはブルーベリーもたくさんなるのよ」

ヴァレリーも自分のヘルメットにブルーベリーを入れて、ジェイと一緒の所に座った。

彼らは自然の恵みに感謝しながらそれらを食べた。静かで平和な時が流れた。

「俺は今ケイシーと奴の家族のことを考えている」

ジェイが静かに言った。

「ケイシーの何を？」

「奴らは生きているかどうか」

「ケイシーって誰？」

「父さんと仲が良い友達だよ」

「奴はここら辺では俺の一番の友達だ。ダンロップに住んでいた。俺が地下壕を作ると言ったら、奴も自分の土地に作った。もしまだ生きていれば俺たちの良い仲間になるのだがな」

「ダンロップはちょっと遠いわね。三、四時間はかかる。それに非常に危険な所よ。おまけに原住民領だし」

「原住民領だと？　それはないだろう」

「ダンロップの周りは全部沿岸の南や北から来た原住民たちに占領されたの」

「あのあたりはウエナチ族の土地かと思ったが」

「それは爆撃前の話よ。爆撃後は沿岸にいたすべての部族があそこにやってきて住みついたの。彼らは原住民以外の人を殺したり、追い出したりしてる。ダンロップへ行くにはバッフォードの道路脇にある検問所を通らなければならないし。あそこへ行くのは良い考えだと思えない」

ヴァレリーは悲しい顔をして息をついだ。

「あなたの友達と家族がそこでまだ生きているなんて考えられない。言いたくないけど死んでいると思う」

ジェイは彼女の話を静かに聞いていたが、太い眉が大きく動いた。

「ケイシーはウエナチの人とはうまくやっていたのだ。ダンロップで生まれ、育って生涯をそこで過ごしてきた。何年にもわたってたくさんのウエナチを雇ってきたんだ。あいつが部族のやつらに殺されるなんて考えられない」

「それでもとても危険なことだわ。それに何に出くわすかわからない。まちがいなく検問所はある」

ヴァレリーはなんとかして彼の気持ちを変えようとしていた。

「マリーナの入口にいつも誰かが駐留してる。それに原住民の人たちは自分たちの領地に自分たち以外の人が入るのを好まないの。本当に行く価値があると思う?」

「俺にはやってみる価値がある」

彼はそう言って、思いきったように、

「俺がやりたくないことの一つは挑戦することを恐れて生きることだ。そんなのはモグラのように地下壕で一生を過ごせばいい、ケイシーを探すことは俺には必要なんだ」

「恐怖の中で生きていたら、困難を求めることなどしないわ」

ヴァレリーは皮肉っぽく言った。

ウインストン山を越えると二つの道路をつなげる道がある。その道を行けば下の検問所を避けることができる。

「ヴァレリー、」ジェイは聞いた。

「カーターズの入口に検問所があるかどうか知らないか？」

「行ったことはないけど、二つあると聞いたことがあるわ。一つは南からの道路を見張る為で病院の前。もう一つはハイウエイを出て百メートルほど行った所にあるらしい」

「北側へ出る分岐道はないのか？」

「わからないわね」

「南の検問所は心配ない。ハイウエイの検問所を避ける方法は一つ。ウインストン山の道路とカーターズ入江の道路がぶつかる所から数百メートルの所に道がある。その道を小川に沿って行くと教会の駐車場に入る。そこからハイウエイに入る。どの道のことを言っているかわかるか？　クール」

クールは頷いた。

「それでいいか？」「いいんじゃない」

「ケイシーの所はハイウエイから遠くない。たぶん分岐点から四百メートルほどだ。その辺の状況を何か知らないか？　ヴァレリー」

「この前話したこと以外は知らないわ。原住民は自分たち以外を皆追い出してからは、そこを固守してるって聞いたことがあるけど、危険だわ」

「もし来たくなければ来なくてもいいぞ、ヴァレリー」

ジェイは彼女の反発を承知で言った。

「じゃあ貴方は危険かどうかわからずに行くっていうの?」

「そうだよ、時にはそれも必要なんだ」

（九）

手下どもを帰らせた後、ハシモト、クリスそしてワッチはクレセント湾で別れるまで、一緒にだべっていた。帰りの後半はカーターズ入江の売春宿で酒を飲み、好みの若い女と浮かれ騒いだ。農場での長くてつらい日々、最低限の食事、売春を拒む女への日常的な殴打などを一瞬なりとも忘れることができた。ここではウイスキーとマリワナ以外にもどんな高級品でも手に入れることができた。その対価はクリスのトラックに転がっていた二キロのじゃが芋でこと足りた。

三人の男たちは敵同士としてその日は始まったが今は仲間であった。ワッチはあの時ヴィクターに身のほどを知らされて、何かつき物が落ちて気が大らかになっていた。

「おらあ悪徳キャンプで銃を持たなかった。あんなことは初めてだった」

ワッチがシンデーという名の背が高くて痩せた女を抱きながら言うと、

「お前があんなルールに屈するなんて驚きだったぜ。だがヴィクターがお前の脳をぶっ飛ばす前に、屈してくれてよかった」

二人はハシモトをマリーナまで送っていった。そこにはボートを見張るように残してきた三人の手下が待っていた。彼はよろめきながら酒ビンを手下に渡すと、ドックを下っていき、自分の三十二フィートのクルーザーに乗った。彼の目は赤く充血していてキャビンの底まで来るとそこで気を失った。こんなことは一度もなかったと手下の者たちは肩をすくめて囁き合った。

ワッチとクリスはハシモトを見送った後、ドックに座った。まだ別れ難く、どちらともなく一年以上敵対していたことを詫びた。

「あの頃は本当に腹ペコだった」とクリスが言えばすかさず、

「今でもだ」とワッチが応じた。ピチャピチャとおしゃべりをしているような波の音に二人はしばらく聞き入っていた。酔った身体に潮風が心地よい。

「ところでお前、爆撃前は何をしてたんだ?」

クリスが聞いた。ワッチは少し考えた後、

「山へ入って木を切って、それを製材所へ持っていく、早い話、木こりって奴よ。爆撃の時は山小屋で寝ていてよ、周りが昼間のように明るくなって、それからすごい音がした。何が起きたかわからんかったが、不思議と怖くなかった。山にいると、山が守ってくれると思うのだ。実際今回も守ってくれたな。下りてみたら町は酷いことになっていて、山にいてよかった。山は頼もしいぞ」

ワッチは顎のヒゲを撫でて目を細めた。それからクリスの方を向いて、

「お前は何をやってたんだい？」

「ああ、俺か？　俺は親の代からの百姓だ。本当は百姓にはなりたくなかった。高校をでたら大学へ行ってカナダの歴史を勉強したかった。でも今になってみると百姓でよかった。食べ物だけはある。俺がクレセント湾のボスになれたのも食べ物のおかげさ。皆食べ物欲しさに俺の言いなりさ」

クリスは豊かな黒髪と伸びたヒゲ、むさ苦しい感じであるが青い目はやさしかった。

「ハシモトはどうだろう。奴は何をやってたんだろう、知っているか？」

ふと思いついたようにクリスが聞いた。

「ああ、奴はあまり自分のことをしゃべらないが、今回飲んだ時ちらっともらした」

ワッチが言った。

「なんでも日本から出張に来ていて帰れなくなったそうだ」

「商社マンって奴か。道理でビジネスに強いわけだ。日本には妻子がいるかもしれないな」

クリスが気の毒そうに言った。真っ暗な空に星が輝いていた。ワッチが星を仰いで、

「宇宙の向こうはいいなあ、あそこまではミサイルは届かなくてよ。こんなことに巻きこ

まれなくてすむもんな」

「でもなあ、あの星の中に地球から打ち上げられた宇宙船があるんじゃあないか。飛行士の奴らはどうなるのかなあ」

「しばらくは迎えには行けそうにないな」

「じゃあ見殺しってやつか」

二人は黙った。波の音が大きくなった。風が出てきたのか潮の匂いが鼻孔をくすぐった。

「やっぱり地球がいいか。地球でも田舎がいい、俺たち田舎もんでよかったんだぜ」

二人はそう言って笑った。

「ところで我が友よ」

クリスが改まった声で言った。

「チンの提案どう思う？　俺はとてもいいと思うのだ。サンダースは海岸へ出るキーポイントだ。そこを通らなければ誰も海岸へ行けん。そこには入り江への道もある。うまくやればもう一度町ができるかもしれんぞ」

「おらに今必要な物は兵士になる男どもと武器だ。お前は食べ物で人を服従させてきたみたいだが、おらは暴力で黙らせてきた。これで町をコントロールしてるんだ」

ワッチは力瘤を自信ありげに見せた。

「俺は一般的な日用品と入り江へ行くアクセスが欲しい。ハシモトは水路を押さえていて、取引する事業を立ち上げ、うまくやっていけるようだ。俺もそれを見習いたい。奴が町について言ってたのを聞いたか？　奴の目標は倉庫に座っているだけで必要な物はすべて揃うことだそうだ。それってすごくないか。今港の周りの人間は爆撃で死んでしまい、生き残った奴らも放射能で死につつある。だから俺たちにチャンスはある。生き残った者の特権だ」

「だがサンダースを支配下に置くのは容易くないぞ。たとえ男たちを俺に調達してくれたとしてもよ、あそこにはいくつかの小さいギャングのグループがあるからな」

「そこで酒とマリワナを使うんだ。ひと儲けできるぞ。おっと、今は銭は役に立たないんだったな」

「そうだよ、おらなんか山に入っていたら金を使う時がなくてよ。銀行に入れてタンマリためていたのに銀行がなくなってしまったんだ。ひでえ話だ。これから何を信じればいい」

「そうだな。人間は信じられないな。都合のいいように嘘をつく。俺は自然を信じる。自然は嘘をつかないし、裏切らない。お前も山を信じてるだろう？」

「ああ、山は嘘をつかない」

「俺も農業で農作物の誠実さに驚かされている。手をかければそれなりの実りをくれる。今人間が作った高度な作り物の世界が破壊された。自然と向き合っている俺たちにチャンスがあると思うのだ。早いもん勝ちだ。生き延びた者の特権だ。俺はお前に食べ物と男たちを調達しよう。二人が結託すればサンダースを支配できる」

「サンダースを制圧したら、その後のことはおらに任せろ」

ワッチはチンからもらったマリワナを袋から出して火をつけた。クリスにも勧めた。

「俺たちの未来に乾杯、それからチンに乾杯」

二人は口ぐちに言いながらその場で夜明けまで過ごした。

（十）

夜明け前から穴を掘り始めた。ジェイはコンテナの端に大きな穴を開けて、そこに車を収容していた。地面に開いた穴をカバーするベニヤ板とそれを支える柱に角材を使い、ベニヤ板の上に数センチの土を被せた。車とボートを取り出しやすいように穴の中にはスロープまで作ってあった。

月明かりの中、まずボートを出した。ボートはすぐには使わないので森の中に隠すことにした。森の入口から五十から六十メートルの所の木々の間に隠し、底を上に向けてその上に土や木の葉をのせてうまく隠した。どこに隠したかわかるように、目立たないよう木の幹に目印をつけておいた。それから、そこを離れ、旅の準備をした。

夜が明けて一時間後、東の方から徐々に木々が現れだした頃、彼らは出発した。いつものように戦闘服に身を固め、必要な道具で一杯になったバックパックを背負った。それと常にオンにして持ち運べる小さな交信機。

その日は曇り空で朝の空気は冷たく湿っていた。ダンロップへの道は寒くなるだろう、と皆覚悟した。

ジェイがバイクに乗り、ヴァレリーとクールが一緒にバギーに乗った。ウインストン山の裏側を回る道をとった。その道は地下壕から数メートルの所で二つに分かれている。ジェイとクールはこの道を百回以上バイクで通っている。勝手知ったる馴染みの道である。

ヴァレリーがこの道を行くと検問所があると言った。それで彼らはゆっくりと注意深く進んでいった。ジェイが道を先導した。道路の片側は入り江に面しており、もう一方はウインストン山のふもとであった。潮は引き潮で、普段は水をたたえた海であるが、今はほとんどぬかるみの泥地であった。景色を見ながら運転していると、その昔クールと一緒にこの道をバイクで走っていた平和な時代を思い出した。

道が曲がり角に来た時、一台の廃車が道を塞いでいるのに気づいた。そして廃車の傍にある家のポーチに何人かの男たちが座っていた。彼らはオートバイの音に気づいてはじかれたように椅子から立ち上がった。ジェイはとっさに車の左側にバイクなら通れる十分なスペースがあるのを見てとった。速度を上げて道路のカーブした端と車の横を一気に走り抜けた。男たちは銃を取って撃ってきたが、勢いよく通り過ぎたので、弾はどれも当たらなかった。何が起きたのか気がついた時にはジェイはもういなかった。道路を数百メートル下った所でバイクを道路の片側に寄せて、検問所から見えない所で交信機を取り出した。

「クール、聞こえるか？　まだそこにいるか？」

彼は緊迫した声で言った。

「ええ、聞こえていますよ。銃声が聞こえたので止まったの。大丈夫ですか？」

ヴァレリーが答えた。

「よかった、間に合った。神よ、ありがとう」

二人が機転を利かせて車を止めたのを知ってジェイは大きく安堵の息をついた。

「連絡がくるのを待っていたの。私たちはどうしたらいいの？」

「いいか、そこから少し来ると道路がカーブしている。その真ん中に車が道をブロックしている。俺はそこを抜けてきたが、お前たちには無理だ。それに玄関ポーチに三人の男たちが座っている。俺はそこを猛スピードで通りぬけて奴らを驚かせてやった。後から撃ってきたけど後の祭りだった」

「それで私たちはどうしたらいいの？」

「奴らを待ち伏せするんだ。気づかれてなければいいが。そこを抜けるにはあの車をどかさなければならん。聞いてるか？」

「うん」クールが交信機に答えた。

「よし。俺は道路を数百メートル行った所でバイクを止めた。今から戻るつもりだ。同時にお前たちも歩いてきてくれ。道路ではなく、道路脇の木々の間を目立たぬように来い」

「今隣の家の裏にある小屋まで来て隠れてるの」

「そこから何人の男たちが見える？」

「ポーチに一人、家の中に少なくとも二人。一人が家の中へ入ろうとしてるわ。家の中の誰かに話そうとしてるみたい」

「そうか、俺が見たより一人多いな。でもよかろう。そこからどのくらい離れてるんだ」

「大体五十メートル。そちらは？」

「十メートルだ。手榴弾のピンを外す準備をしてる。お前たちでどいつを撃つか決めて、手榴弾が爆発したら撃て」

「了解」ヴァレリーが交信機に答えた。

　家は農家風の平屋で裏は入り江が眺める大きなパテオがあった。比較的良い状態であったが、パテオには使えなくなった家具やゴミ袋が山のように壁際に積まれていた。頭を低くしてジェイは素早く静かに最後の十メートルを走った。台所だと目星をつけて、開かれた窓の下にうずくまった。バックパックの中から手榴弾を取り出して、ピンを外して窓から放り込んだ。同じ頃クールとヴァレリーは小屋の後ろに隠れながら襲撃の準備をしていた。爆発がいつおきてもいいように家までの道を確認していた。ところが驚いたことにジェイが投げた手榴弾がそのまま戻ってきたのだ。家の中にいた誰かがそれをキャッチして投げ返してきたのだ。それが爆発してジェイは地面に叩きつけられた。

一方クールとヴァレリーは家が爆破されるとばかり思っていたので、大きな爆発音を聞いた時、あれ？　と思ったが、それが合図とすることにして灌木を走り抜けた。パテオにいた男たちはすぐ飛び上がって銃を取った。その前に二人は彼らを撃ち殺した。それから玄関前を撃ちながら走っていると二つの窓から銃弾が飛んできた。彼らは完全に身をさらしていたので、クールはすぐ地面に伏せた。ヴァレリーにも伏せるように言おうとしたが、彼女は気づいてなく、胸元から弾を取り出して玄関先まで走っていった。その時家が爆発した。まさに目の前で彼女は爆風で吹き飛ばされたのだ。反射的にクールは起き上がってヴァレリーの方へ走った。家の前がバラバラに破壊されていた。彼女の上に屈んだ時、父親が煙の中から走ってくるのが見えた。気を失った彼女の傍に膝をついて、

「大丈夫か？」とクールに聞いた。

「酷いよ、父さん。もう少しで家と一緒にヴァレリーも吹き飛ばされるところだった」

すぐに気がついたヴァレリーは二人を見てニヤリと笑った。

「どうだった？　私はうまくやったの？　奴らをやっつけたの？」

「よくやったよ、ヴァレリー」

ジェイは彼女が怪我をしてないのを知って運が味方してくれた、と思った。

「気分はどうだ？」

「胸が痛いわ」銃で撃たれた胸に左手を当てて答えた。

「それは銃で撃たれたせいだよ」

クールが教えた。

「気がつかなかったの？」

「何かは感じたわね。でも気がつかないほど緊張してたから」

「タフな子だ」ジェイは感心して言った。それからクールを見た。

「防弾チョッキの上から撃たれて泣いていた誰かさんとは違うな」

「僕は泣いてなんかなかった」クールは口をとがらせて抗議した。

「でもすごく痛かった」

三人は明るく笑って彼女が立つのを手伝った。

車を片側に動かした後、三人はそこを抜けて道路に戻った。通常の道を避けて教会へ行く道路を行った。その道は灌木と雑草ばかりであったが、まだ通行可能であった。ほどなく教会の駐車場に来た。そしてそこからダンロップへ行くメインのハイウエイへ入った。高校の前を通り、ゴルフコースを通り、そこから以前は金物屋と材木店、今は黒焦げた柱だけが残っているその前を通った。ハイウエイに沿って家は多くないので誰かに出くわす心配はあまりなかった。ヴァレリーがここは誰も支配してない土地だと確信あり気に言った。森の周りには奥にある小屋へ行く道路がいくつかあるが、それ以外は何もなかった。朝の空気は新鮮で道路の線は美しく、少し前の交戦を忘れさせてくれた。湖は穏やかで誘い込まれるようであり、道路の両側からは頭上を覆うように木々の葉が生い茂っていた。

　間もなく三人はケイシーの家へ行く道路に入った。ジェイは勝手知ったるこの道がいかに変わってしまったかを知ってショックを受けた。今は荒廃してしまった湖のリゾートレストランを通り、しばらくはダンロップへ行く道を進んだ。そこには人間の痕跡は何もなかった。ジェイはクールたちの前数百メートルの分岐点で、ダンロップへ行く方で止まり二人を待っていた。そこへ二人が追いついて彼の横に車を止めた。アクセス道路の隣の木に大きな張り紙が貼ってあるのを見つけた。張り紙にはこう書いてあった。

〝ここからは原住民の領だ。立ち去れ、さもなければ死ぬのみ〟

「どう思う?」とクールが聞いた。

「書いてある通り歓迎されないってことだ。ケイシーと家族がまだ生きているといいのだが。彼の地下壕はここからそんなに遠くない。今はどう呼ばれていようともこの道を百メートルそこらから行った所だ。もし運がよければ原住民の誰とも会わずに行けるかもしれない」ヴァレリーの方を向いて、

「ヴァレリー、バギーを運転できるか?」

「できるわ」彼女は自信ありげに答えた。

「私たちが狩りに行く時、車を使っていたから」

「よし、ではお前が運転しろ。クールは銃を持っていつでも撃てるよう構えていろ。だがむやみに撃つなよ。それと俺が最初に撃つまで待て。よく知っている友達を探しに来ただけなんだ、ここへトラブルを探しに来たわけではない。ここからは一緒にかたまって行動すること」

　ヴァレリーとクールは席を替わった。そして道路を進んでいった。数分後広くて平らな場所に出た。そこにケイシーの地下壕がある。車を止めると広場の向こうから馬に乗った二人の男たちが駆け寄ってきた。ジェイたちは構わず丘を登り始めた。馬に乗った男たちはついてきた。速度を上げて丘を登ると、ケイシーの地下壕に来た。玄関ドアが広く開いていて、ドアの蝶番が壊されていた。瓦礫があちらこちらに散らばっていて目も当てられない。ケイシーに何があったのか。ジェイは馬の男たちが駆けてくるのを見つめながらクールとヴァレリーに、

「バギーから降りてその後ろにかがめ」と大急ぎで命令した。そして何があっても自分が撃つまで撃つな、と付け加えた。それからオートバイの警笛を鳴らして、

「ケイシー！　ジェイだ！　いるか？」と大声で呼んだ。返事はなかった。

　馬上の男たちが近づいてきた。

「大丈夫なの？　父さん」

　クールが不安そうに声をかけた。彼は馬上の男たちに狙いを定めたままバギーの後ろに膝をついていた。この時点ではクールたちの方が断然有利であった。なぜ撃たないのかクールは理解ができなかった。馬上の男たちは明らかに原住民で、褐色の肌。現代風の服を着ているが、伝統的な物もいくつか身につけていた。羽根飾りのついた帽子を被り、黒い革のベストを着ていた。ジーンズに革のブーツ。二人とも長い黒髪を三つ編みにしていた。銃を直接突きつけられて馬はいなないたが彼らは怯まなかった。

「ここで何をしてるんだ？」一人の男が叫んだ。

「張り紙を見なかったのか？」

「見た」とジェイコブは答えた。

「友達を探している。ここは奴の土地だった。まだ生きているかどうか教えてくれたら嬉しい。生きていたら、今どこにいる？」

「名前は？」

「ケイシー、ケイシー　ベイカー、ここは奴の地下壕だ」

　ジェイは答えた。もう銃は彼らに向けてない。代わりにクールたちにそのまま狙っているよう目で指示した。

　二人の男はちょっと話し合っていたが、一人の男が「一緒に来い」と言った。

「奴が生きているかどうか教えてくれなければ、お前たちとどこへも行く気はない」

「奴は生きている」

「じゃあどこにいるんだ？」

その時、クールが遠くの林の方を指さして大声で叫んだ。

「父さん、見て」馬に乗って丘を駆け下りてくる男がいた。

「ケイシーみたい」

クールが跳び上がって手を振った。

「ああ、神よ」ジェイは大きく息を吐いた。あれはまさしくケイシーだ。男は馬の上から手を振った。彼も手を振って、驚いたなあ、と呟いた。

ケイシーはスピードを落としてジェイの前に止まった。

「よぉ、ジェイ。ちょっとここで待っていてくれ、あの男どもに話してくる。すぐ戻るから」

「待つのは構わないからゆっくりやってくれ」

馬に乗ったまま三人の男たちは話し始めた。話し合いは初めは緊張気味で原住民の一人がジェイの方を指さして声を荒げていたが、少しして向きを変えて去っていった。

ケイシーは満面の笑みをたたえてゆっくりとやってきた。ジェイは彼の方へ歩いていって、馬から下りるのを手伝った。彼は以前と変わらないように見えた。ジェイより数センチ背が高く、褐色の髪だが、白髪が目立ってきていた、痩せているせいか、きれいに剃った顔にはしわがくっきりと刻まれていた。明るいブルーのジーンズをはき、赤い縞のジャケット、そして原住民の伝統の茶色の革のブーツ。二人は抱き合った。

「驚いたよ。いつものように俺の土地のチェックに来たら、お前がいた。よく来たな、会えて嬉しいぞ」彼は顔をクチャクチャにして言った。

「俺もだ。お前の地下壕を見た時心臓が止まるかと思った。あちらにいる男が、お前が生きていると言うまではな。次にお前が不揃いな歯を見せて笑いながら馬で駆けてくるのを見た。びっくりしたなぁ。本当に会えて嬉しいよ。家族はどうだ、皆元気か？」

「ああ、皆元気だ。わかっていると思うが生き延びている」

彼はまずそう言って、それから表情を変えて付け加えた。

「しかし事はかなり深刻だったよ」

「何があったんだ、ここで？」ジェイは彼の地下壕の方へ指さした。

「使っているようには見えない、がそれでもお前は生き延びている」

「後で話そう」ケイシーはそっけなく言った。思い出したくない嫌な記憶でもあるのか。

「おい、クールを覚えているよな」

ジェイが話題を変えた。クールが一歩前へ出た。そして二人は握手した。

「会えて嬉しいです、ケイシーさん」

「お前がクールか、大きく逞しくなったなぁ」

ケイシーはニコッと笑ってクールを見た。そして顔をヴァレリーの方へ向けて、

「そして、そちらの魅力的な女性は？」

「ヴァレリーだ」ジェイが答えた。

「彼女はたくさんの困難を経験し乗り越えてきた。美しいけれどタフでもあるぞ」

「そうか」

「初めまして、ケイシーさん」

彼女はいたずらっぽく彼を見つめ、短くハグをした。

それから、ジェイはケイシーに聞いた。

「もし地下壕に住んでないなら、お前は今どこにいるんだい？　家族は？　ついでに言うとここでまたどうやって暮らしているのだ。原住民の所で？　Dances With Wolves になっちゃったのか？」

ケイシーは笑って手をジェイの肩に置いて言った。

「俺の家へ行こう。そこで話そう」

ケイシーは馬に乗って丘を登っていく。ジェイ、クール、そしてヴァレリーが後に続いた。小径は狭く、二メートルほどの幅である。溝や岩に乗り上げないよう注意しなければならない。頂上には数分で着いたが、そこに行く前に小さな平地があって、そこから素晴

らしい海を眼下に眺め、入り江の向こうには雪をかぶった山々が望まれた。三十メートルほどの高さがある岩山の前に三角屋根の家と木製のポーチが造られてあった。ジェイはポーチの岩崖の側に洞窟の入口のようなものがあるのを見た。

ケイシーの妻のリサが洞窟の中から現れてタオルで手を拭きながらポーチに立った。ケイシーは馬から下りてジェイたちに乗り物を止める所を手で示した。車のエンジンを止めると、近くのどこかから水の流れる音がした。それは映画のセットのような山の風景に完璧な音響効果を提供していた。二人の子供が火の周りで動物の肉を串に刺して焼いていたが、立ち上がって訪問者を見にやってきた。香ばしい良い匂いが周りに漂っていた。

「俺らのパラダイスへようこそ」

ケイシーが皇帝に謁見する時のように恭しくお辞儀をした。リサがジェイに近づいて大きなハグをして右側の頬にキスをした。彼女は中肉中背の女性で、明るい金髪を後ろで束ねていた。

「お互いに生きて会えるなんて本当に嬉しい。子供のケイスとヘザーよ、覚えてる？」

「もちろん覚えているさ。二人とも元気か？」

ジェイは言って、

「俺の息子クールだ。覚えているだろう？」

クールは手を挙げてぎこちなく皆に手を振った。ジェイは続けた。

「そしてもう一人紹介したい人がいる。ヴァレリーだ。えぇーと」

彼は言いよどんで、

「俺はまだラストネームを知らなかった」

「ヴァレリー・ライアン」

代わりにクールがジェイの方へ気取った笑いを見せながら言った。

「お会いできて嬉しいわ、リサ」

「ライアン？」ジェイは詮索気味に聞いた。

「お前はアイルランド系か？　名前から想像したんだが」

「半分アイルランドで半分ブラジルよ」と彼女は答えつつ、

「この二つからそんなのがわかるのね」

「色々わかるぞ」ジェイは笑った。

「こんにちは、ヴァレリー」ヘザーが彼女の方へ近づいてきた。

「ハイ、ヘザー。何歳？」

「十二歳よ」彼女は興味津々で嬉しそうに言った。

色の白い、ブロンドの髪の少女で年齢より上に見えた。ケイスを見て、今は十四歳か十五歳だろうとジェイはふんだ。

「息子のクールを覚えているかい？」

「元気かい、ケイス？　大きくなったなぁ、君の父さんみたいだ」

　妹よりずっと恥ずかしがり屋のケイスはクールの言葉にはにかんだ。最後に会った時よりかなり成長していた。彼はケイシーに似てきたが、十代の若者の特徴でまだ自分自身に自信がなかった。「ハイ」と小さな声で返事を返したが、すぐクールが持っている物に目を奪われた。

「それってマシンガン？」とクールに聞いて目を輝かせた。


「挨拶はそれぐらいにして」ケイシーが出し抜けに言った。

「腹がすいた。産み立ての卵があるぞ、朝食を一緒にどうだ？」

「俺らは大丈夫だ。ここへ来る前に食べてきた」ジェイは丁寧に断った。

「ちょっと待ってよ」クールが不満そうにさえぎった。

「新鮮な生卵だよ。食べたいよ」

「今朝とれたばかりだぞ」ケイシーは明らかに食べさせたそうだった。

「ヴァレリーはどうだ？」

「迷惑をかけたくないわ」と控えめに言った。

「迷惑なんかじゃないわよ」リサが明るく言った。

「皆が食べる以上にあるからね」

「そういうことなら私は新鮮な卵をいただきたいわ。本物のオムレツが食べられるなんて信じられない」

「お前たちは量が多い方が良さそうだからたくさん作ってやれ」

ケイシーは嬉しそうに子供たちを見てリサに言った。

ジェイはクールとヴァレリーに、

「ちょっとそこらにいてくれ。朝食を手伝っていてくれてもいい、俺はケイシーと個人的な話があるんで、いいか？」彼はケイシーに聞いた。

「もちろん、俺らの助けがなくても朝食は作れそうだ」

二人の男は平地の端の方に歩いていった。目の前には美しい景色が広がり、それを眺めながら二人はローチェアーに沈んだ。何から話そうか。話すことがあり過ぎて、胸から溢れんばかりであった。

「あのおなごをどこで見つけたんだい？　ずいぶんイカスじゃないか」

しばらくしてケイシーが口火を切った。

「そうかい、気づかなかった」

ジェイはさりげなく答えた。

「もし気づかないと言うなら、お前はもう世捨て人か？」

ジェイはヴァレリーに会った時のことを話し始めた。なぜ彼女の家族はみんな死んでしまったか、どうやって彼女は一人で生き延びたか。一般的に言って彼女は生き残る能力や戦う能力が高いこと、そして最近一緒に住むよう彼女を誘ったこと等々、ケイシーも知っているあの地下壕でこの二年半どのように暮らしていたかを話し、そしてつい一週間前にそこから出てきたこと。それからカーターズのことやカーターズ入江周辺についても今まで見たことや知ったことを話した。

ジェイは話し終えたので、ケイシーが今の状況を話し始めた。その時クールがやってきて話を遮った。

「二人ともまだ話が続くようなら、ケイスがこの周りを案内するって。この周りには涼しい場所がいくつかあるんだって」

「いいんじゃないか。でも交信機はオンにして銃も持っていけ」

「ここは結構安全だぞ」

「それはどうかな。ダンロップ道路に入る入口に看板があって本当は歓迎されていないじゃないか。どんな時でもクールはマントラの呪文を知っている。俺よりも」

「後悔先に立たず、ってやつ」

クールがジェイの言葉を引き継いで茶目っ気たっぷりに笑って言った。

「いつものやり方を知っているから心配しないで。もし早く帰ってきた方がよかったら連絡して」

「ヴァレリーはどうするんだ？」

ジェイが聞いた。

「彼女はリサとおしゃべりしながら朝食の準備を手伝っている」

クールは向きを変えてケイスとヘザーが待っている方へ走っていった。そして彼らがやってきた反対の小径へ入っていき、すぐに林の中に消えた。

ケイシーは話し始めた。

「実際都市や町に住んでいた連中は爆撃で死んだのも多くいたが、それよりもその後のことで生き延びることができなかったんだ。考えてもみろ、電気がない、車がない。便利な生活をしていた都会人には不自由だらけだ。一番は食べ物を調達する手段がないことだった。それと比べると原住民は逞しい。車の代わりに馬を使っている。ガソリンがなくてもどこへでも行ける。不自由なんてないのだ。生き延びたのは当たり前だが原住民の方が多かった」

ケイシーはここで大きく息をして続けた。

「あの地下壕には十二人で住んでいた。四、五ヶ月は問題なかったが、俺らのことを知った他の奴らが時折食物をくれとドアを叩くんだ。事は明らかに悪い方へと転がった。俺はお前のように十分に準備はしてなかったからな。それにそんなに大勢と暮らすようになるとは考えてもいなかった。リサは友達が大勢いて、地下壕のことを話してしまったんだ。

あれの兄とその家族、大工仲間のテムと妻、二人の子供、皆地下壕で暮らすことになった。その時はそこから出たらどうなるかわからなかった。皆の話では町を破壊した核爆弾が放射能を撒き散らしていて、特に海岸の南の方で深刻な被害が出ていた。それで沿岸の原住民たちがこぞってダンロップに移住してきたそうだ。奴らはボートでサンダースから入り江を上がってきたそうだ」

久しぶりに会ったケイシーは饒舌であった。彼が話している間、ジェイは静かに黙って聞いていた。

「初めは川に浮かべたボートに住んでいたが、ガスや食べ物がなくなると陸地に上がってきた。奴らはガスがなくても火を作って魚を焼いて食べるんだ。陸地の方が問題なく暮らせる。それと比べると我々は便利という武器に飼い慣らされてしまって、ぶざまなもんだ」

ケイシーは自虐的に手を広げてギブ・アップのポーズを取った。

「日増しに俺らの食糧や日用品がなくなってきた。それで原住民の集落の食べ物を横取りしようとして喧嘩になった。奴らは元々森や山に住んでいたので、爆撃の影響は少ない。リサの兄、マイクは原住民と戦う白人の方についた。お前も知ってのとおり、俺はこの地方の白人より原住民の友達が多い。そこを出て原住民領へ行こうかと思ったくらいだ。子供の安全の為にもだ。そんな時ウエナチ族の酋長のロバートが俺を訪ねてきた。彼は平和に共存できるなら何でもすると言ってくれた。が他の部族の者は非原住民と戦う、と勝手に行動し始めた」

ケイシーは言葉を切ってため息をついた。ジェイは話の先を促した。

「それで俺は酋長と一緒に住めるか相談をした。酋長と俺は長年良い友達だったから。だが難しいと言った。俺と家族を守ることはできるが、彼はセカラ族のシラー酋長に個人的に狙われている。その危害が俺らに及ぶかも知れないというのだ。俺らの安全とあの地下壕に住むことは可能だが、他の者たちは出ていかなければ殺されると言って一ヶ月の猶予をくれた」

「映画みたいだな」

ジェイはケイシーの話にすっかり引き込まれていた。それで、と先を急がせる。

「信じてくれ、これは全部本当のことなんだ」

ケイシーは苦々しく言い、そして続けた。

「俺は酋長との話を皆に伝えた。皆は俺を責めたが、食料はほぼ底をついていたので俺と家族を追い出す正当な言い訳になった。俺らは外にいても安全だろうと言って、俺に銃を向けた。それで俺らは村へ行って原住民に混ざって一ヶ月ほどそこで暮らした。地下壕で暮らしているよりよほどましだった。実際俺らは村で幸せに暮らしていた。食べ物はいつでも心配だったが、山で猟をして何とかなった。どこへでも行けた。危害を加える者は誰もいなかった。だが、一ヶ月後酋長の言葉は本当になった。他の集落の男たちが地下壕を襲ったのだ。その時ロバート酋長は傍観していた。彼らはドアをノックする代わりにガスバーナーでドアの蝶番を焼いた。俺の地下壕の仲間と原住民との間の戦いは短かった。十分以内に地下壕の人間は皆死んだ。子供も女も。酷い話だぜ。俺もその時そこにいたが止められなかった。戦いが始まった後俺はその場を離れて家族の所へ戻った。この地方にいる白人たちはこの地を去るか死ぬかどちらかであった。残っている白人たちは二、三軒の家に立てこもり、食料不足と外への恐怖に耐え忍んでいたと思うよ。それも時間の問題だったがね。今になってロバート酋長は虐殺を止められなかったことを悔いている」

「ええと、あの酋長」ジェイは酋長の名前が出てこない。

「セカラ族の酋長、名前は何だったたっけ?」

「シラー」ケイシーは答えた。

「やつはどんな男だ」

「奴は権力の亡者だ。そして原住民でないすべての者に敵意を持っていて、全体にいけ好かない野郎だ」

「お前とロバート酋長との関係はどうだ?」

「この状況だから少し緊張感はあるが大丈夫だ」ケイシーは続けた。

「俺と酋長はガキの頃からの友達だ。どちらの親父も同じ製材所に関わっていた。一緒にスポーツをしたり、ボートや馬や古いバイクに乗ってこの周りを探検したりして育った」

「ダンロップのパブで奴と俺の話をしたことがあるか?」

「いいや」

「聞きたいか?」「もちろん」

「そうだな、十六歳かそこらの時、俺より二、三歳年上のいかにも頭が悪そうで身体のでかい四人のレッドネックたちが、ロバートにけんかを売ってきたんだ、ダンロップのパブで。その時彼はガールフレンドと食事をしていた。俺はバーで友達とパイントとかシクスというビールを飲んでいた。奴らは彼の名前を呼び続け、そして一緒にいる白人の彼女をけなし始めた。奴らはロバートをけんかに誘い込むか追い出すか、あらゆる嫌がらせをやった。ロバートはどちらにも乗らなかった。奴らが諦めるまで静かに食事を続けた。最終的に俺はロバートをけなしている奴らにいらいらしてきて、奴らの所へ行った。そしてロバートのことを知らないふりをして、いじめるのをやめるよう言った。奴らはよそ者で数時間酒を飲んで出ていったが、ロバートが少し遅れて外に出ると奴らは待っていたんだ。俺はひょっとして奴らは……と感じるものがあってすぐ外へ出た。案の定パブを出るとすぐにガールフレンドの悲鳴がした。ロバートは地面に倒れていた。四人は彼の周りに立っていて、ずっと笑いながら、かわるがわる革のブーツで彼を蹴っていた。俺は奴らに突進して大きく腕を振り回した。最初に殴った奴の鼻に当たってびっくりした。奴の顔はつぶれて血が飛び散った。あとの三人が俺に跳びかかってきた。次の瞬間、俺は地面に転がって蹴られた。その時銃声が聞こえた。パブのオーナーが外に出てきてレッドネックたちに突き付けていた。ここを立ち去れ、さもないと次は空砲では済まないぞ、と。レッドネックたちは乗ってきたトラックで大急ぎで立ち去った。俺とロバートは女の子を家まで送った後、またパブに戻って立てないほど飲んだ。最終的にはオーナーは俺らを追い出したがね。俺らはよろけながら家に帰った」

「ダンロップの夜の普通の光景だな」ジェイは軽く言った。

「翌朝ロバートの父親、その時は酋長だったんだけれど、家に来たんだ。親父がお前に客が来てると起こしに来た。ロバートの父親は玄関に二日酔いの息子と並んで立っていた。何か小言を言われるだろうと緊張したが、彼は丁重に感謝を示した。そしてウエナチの名誉住民となるよう招待してくれた。次の土曜日に正式なセレモニーが行われた。そこで俺は正式に集落の一員と認められたんだ」

「それって普通のことか？　彼らがそんなことするのか？　特に白人に対して」

ジェイは集落の慣習とかマナーとか何も知らないので驚いた。

「これはめったにないすごいことなんだ。それにある意味この儀式には他の思惑があったと思う。その頃は白人と原住民が一緒にやろうと本気の努力があってうまくいっていた。お前にも言わなかったように、俺はこの名誉住民のことをめったにしゃべらないから、ロバートとその儀式にいた原住民以外知っている者はいない。今は原住民とこの地方の白人との関係は昔のようではない」

「特に今は」ジェイが言った。

「そう、特に今は」ケイシーが答えた。

「これでわかったと思うが、俺と家族はいつでもこの辺りに住んでいいのだ。肩にウエナチ族の印のタトゥーすら入っている。ほとんどの白人はその意味を知らないが、もし大勢の原住民に囲まれたらそれを見せるんだ。奴らはその意味がわかっている。お前がオオカミとダンスをしているのかと聞いたけど、本当はそうなんだ」

「なぜ洞窟の代わりに村に住まないんだい？」

「それはだな、前にも言ったようにここには色々な原住民の部族がいる。奴らは白人と一緒に住むのが好きではない。だから俺らも居心地が悪いのだ。村へはいつでも行ける。生活は村だからって五つ星リゾートホテルってわけじゃあない。原住民同士の争いがあって奴らだっていつも死と直面しているんだ。ここにいれば好きなように暮らせる。俺はここに大きな畑を持っていて、必要な食べ物を育てている。もっと悪くなったかも知れない状況なのにラッキーだと思う」

「もっと酷くなっているぞ。ここの外では何が起きてるか知ってるか？　沿岸の南の地方のことは？　バッフォードのギャングについては？」

「いや、あまり知らない。ここは人里から離れているから。だけど沿岸の南の地方は爆撃の後無残な状態になった。サンダースは本当に危険だ。そしてパーカーズランドとグリーンヴルは今やゴーストタウンになっている。クレセント湾はカーターズと同じでギャングに支配されている。ダンロップ、カーターズ入江とクレセント湾は放射能に汚染されてないが、サンダースは何らかの影響を受けている、南部はすべて結果的にダメだ。隣近所では食べ物の取り合いでお互いに殺し合いが始まった。酷いものだったと聞いている。だから原住民はここに上がってきた。入り江の奥深くに何人かの移住者がいるが、ボートがなければ行けない場所だ」

　ケイシーは知っている限り話した。今度はジェイが続けた。

「他の地方から大勢の人がこの場所へ移住してきた。この地方の放射能汚染は大丈夫だとわかった途端、今度はここに住む白人と沿岸の他の地方から移住してきた白人との戦いが始まった。カーターズ入江周辺は移住してきた連中が勝った。奴らはここの白人を一掃した。どうやらサンダースからやってきた男、名前はエリックというのだがここら辺りを牛耳っているようだ。それ以上は知らないが、噂では奴は以前は政府の会計監査官だったそうだ、それだけだ。カーターズに何人いるかわからないか?」

「わからないな、ここととカーターズ入江の間にいくつかの小さいグループがある。同じように島にも。でもカーターズと原住民以上の大きな集団はない。正直なところ、お前がカーターズ入江を通ってきたと聞いて驚いている」

「そうだな。俺らはウインストン山の裏側を通った。道路が行き止まりになった所で、二人の男を殺した」

「あそこを通ってくるのは大変だったろう」

「まあ俺らはそれなりの道具を持っている。車と武器、それから……」

ジェイは少しためらった後、適当な言葉を選んで、

「危険をやり過ごす経験をそれなりにしてきたってことかな。今までに八人殺した。だがエリックは誰がやったかわからない。俺が誰なのか、どこに住んでいるのか知らない」

「それはうまい戦略だな。だがここに来た理由は他にまだあるんじゃあないか？」

ケイシーは青い瞳でジェイの表情を探った。ジェイはかなわないなと頷いた。

「イエスいやノーだ。ここへ来た一番の理由はお前が生きているかどうか。もう一つはうまくいったらお前の家族が俺らと一緒に住めるかどうか、と期待してきた。ここでは良い生活ができているようで安心した」

「今のところは問題ない。だが事態はすぐ変わりそうだ。部族間の争いは絶えずある。セカラの酋長のシラーは俺を目の仇にしている。いつなんどき警告なしで襲ってくるかわからん。それが怖い。ロバートも今は尊敬されていて力もあって従う者がいるが、それでも難しい時代だ。彼のお情けで暮らしているだけなので状況は厳しい。現に今朝のことだっ

て、お前たちがここに着いた時、一人は冷静に対処しようとしたが、もう一人の奴はすぐ殺そうとした」

「奴が実行に移さなくて良かったよ」ジェイは自信あり気に言った。

「殺されたのは奴の方だったからさ。もしそうなったら事態はさらに厳しいものになったな」

「そうだな。お前はいつも先を見てる。帰る時無事ここから出られるよう俺が先導する」

「そこで聞きたいのだが、お前はここにいたいのか、それとも俺らと住みたいか？」

「すぐ返事をするのは難しいぞ。今朝までお前が生きていたなんて知らなかったんだから。びっくりした。俺はお前の地下壕がどのくらい安全か、食料事情はどうか、ここと比べて生き延びられるチャンスはどのくらいあるかを知りたい。はっきり言えるのは子供たちが絶えず恐怖の中で育って欲しくないのだ。それと未来について話し合える環境と人が必要だ」

　彼は話すのをやめて海と山を眺めた。

「ここの景色は離れ難い。少し時間をくれ。もう少しよく考えてみる。ところで腹がすいた。お前はどうだ？　朝ごはんの支度ができているか様子を見に行こう」

「よかろう」

　ジェイは交信機を取り出して、クールと子供たちに戻ってくるように言った。それからローチェアーから立ち上がると、腕を真っ直ぐに伸ばしてストレッチをした。

「さあ、生卵を食いに行こう」

ケイシーとジェイは原住民領の外側にあるハイウエイに入る手前十メートルの所で落ち合った。

ケイシーは馬に新鮮な食べ物をたくさんのせてきた。ジェイはオートバイを引いて、二人はおしゃべりをしながら、ゆっくりと丘を下っていった。

最初の平地に来た時、ジェイは畑で働いている数人の原住民の女性たちを見た。そばを通ると彼らは立ち上がってよそ者を見つめた。ケイシーは彼らに手を振った。そして何人かから手を振って答えてもらった。廃屋になったバンカーを通り過ぎ次の丘を真っ直ぐに下って山の麓の駐車場へ、そしてそこから次の道路へと向かった。森を出て開けた広場へ来るとすぐ原住民のグループに遭遇した。突き進んでくる馬に乗った二人の男と他に五人の男たちがいた。

「ここで待っていてくれ」

ケイシーは言って馬に乗って彼らに近づいた。馬と馬が鼻をつき合わせる格好になった。

ジェイ、クール、ヴァレリーは六メートルほど後ろで車をアイドリング状態で待った。

「どうしたんだ」ケイシーが男たちの一人に聞いた。

「簡単に言うと」男は答えた。

「こいつらはお前の友達を殺そうとここに集まっているんだ。俺はそれを止めようとここへ来た。ロバート酋長が間もなく来る。それまで奴らはここで待っているそうだ」

「そうか、では俺も待とう」

ケイシーは答えた。ジェイはその気になれば問題なくここから出られそうだったけれど、それはケイシーと子供たちの死を意味する。原住民たちはジェイに対して自信満々に見えた。だがたぶん彼らは軍事訓練はしていないだろうし、間違いなく自動小銃もない。彼らが持っている物は戦う勇気と意志のみと推測した。待つこと十分、ロバート酋長が馬に乗って道路を下ってきた。彼はケイシーと馬に乗って待っている男たちの方へ近づいてきた。彼には力があって重要な人物であると直ちにわからせるだけの威厳を備えていた。馬に跨っているのでわからないが、やせ形で四十代後半だが年より若く見えた。長く黒く輝いている髪を後ろでゆったりと束ねて、鞣した革で作った茶色のフリンジのついたベストを着ていた。ケイシーと話した男は名をダコタといって、酋長の横に自分の馬をピタッと横に付けていた。それで他の馬に乗った男たちとは対面する形になった。彼はロバート酋長に簡単に説明した。酋長は他の男たちの方を向いた。

「お前たちは何をしてるんだ」怒ったように怒鳴った。

「ケイシーはわしの友達でこちらは彼の客人だ。わしはお前たちの酋長ではないかもしれないが、ここはわしの土地だ」

彼は〝わしの土地〟を強調した。

「わしの土地にいる限りはわしの命令に従ってもらいたい。さもなければ悲しい結果になるぞ。ダコタがお前たちに彼らのことはほっておけ、と言ったはずだ。けどお前たちはその命令を無視した。彼の命令はわしの命令でもある。わしは節操もなしに何でもやっていいというシラーの考えには反対だ。うんざりしている。もう帰れ」

男たちはお互いに顔を見合わせて、子供たちが何か悪いことをして大人に叱られたようにすごすごと立ち去った。ロバート酋長とダコタとケイシーだけが残った。ロバート酋長はケイシーの方に向いて、

「さて、お前さんの友達をわしに紹介してくれんかね？」

「ああ、もちろん。遅くなってすまん」

二人はジェイ、クール、ヴァレリーが待っている所へ行った。酋長は馬の上から彼らを見下ろした。そして彼らが持っている銃、防具、車両などを素早く見定めた。

「わしはお前の命を救ったのではなくて、あいつらの命を救ったようだ」

と言ってにっこり笑った。ケイシーが口を開いた。

「酋長、こちらは俺のベストフレンドのジェイだ。それからこちらは息子のクール、友人のヴァレリーだ」

ロバート酋長は馬から下りて彼らの方へ手を差し伸べて一人ずつ握手をした。

「皆に会えて嬉しい。ここにいるのはわしの一番の部下のダコタだ」

酋長は一緒にいた男を紹介した。ダコタはよろしくと握手をした。眉毛が太く、丸い鼻、髪は短く散切りで、いかにも若者らしい。

「ここにいつでもおいでと言いたいところだが、残念ながらお前さんたちは歓迎されていない。わしらも生きていかなければならないのでな」

「酋長に会えて嬉しいです。わかりますよ。私たちもあなたをややこしい状況に追い込みたくありませんし、ケイシーと家族をどんな危険にもさらしたくないですからね」

とジェイは答えた。

「わかってくれてありがとう」と酋長は言い、

「なぜ今までお前さんのことを見たり、聞いたりしなかったんだろう。お前さんのように武器を持ったよそ者に会うのは滅多にないから目立つはずだが」

「無礼だとは思いますが、酋長、それは今は言えないんです」

さもありなん、とばかりに酋長はニヤリとした。察しのいい酋長だとジェイは感心した。

「事情があるのだろう。ところでわしは他の用事があるのでこれで失礼するが、無事家に着くよう祈っているぞ。どこへ帰るかわからないが」

酋長はちょっと皮肉っぽく言って笑った。

原住民領の出口で別れる時に、ジェイとケイシーは五日後に再会を約束した。その後はすぐハイウエイに入り、カーターズへ行くいつもの道を通っていった。

この日帰り旅行でジェイは原住民との関わりについて学んだ。ロバート酋長だけでなく他の原住民も今まで出会った人とは違っていた。何かプライドとか自信の持ち方が違っていた。ジェイは自分を殺そうとした原住民に強く印象づけられた。アフガニスタンやイラクで出会った戦士たちはアメリカや欧米の為に戦っていた。いわば見えない敵と意味のない戦いをしていた。ここの原住民はただ自分たちの領土を守りたい、その為には命を惜しまない人々だということだ。彼にとっては驚くべき人々であった。

ハイウエイを出た後、ウインストン山の裏道をゆっくりと安定したスピードで進んでいった。今朝のあの場所にはまだ煙が燻っていたが周りには誰もいなかった。瓦礫の中にはいくつかの死体が転がっていた。彼らは車を止めずにその場をやり過ごした。そして誰にも見られることなく、彼らの地下壕がある場所に着いた。ジェイは近くのどこかの廃家を見つけてそこにバギーを隠すことにした。この地区にはたくさんの廃家があったので、それほど時間はかからなかった。三十分足らずで隠すことができた。そこから地下壕へは歩いて帰った。無事地下壕の中に入ると、皆安心して、疲れが出たが誰も部屋へ行かなかった。皆気分がよかった、旅行は成功で、特にケイシーを見つけたこと。そして無事帰れたこと。皆興奮して話は尽きなかった。

（十一）

ナンバー2のウエインが話しにやってきた時、エリックはポーチでウイスキーをすすっていた。ウエインにもウイスキーを勧めたが彼は断った。

太陽が一日の始めを告げてからしばらくたち、山の後ろからすべるように上がっていた。

ウエインは背が高く、ほっそりした体形で、青白い顔。誰かが彼の顔にパンチするとそのまま倒れそうな男に見えた。髪はミリタリールックの短髪で栗毛、軍隊にいたことがあるらしいが、短期であったろうと思われる。

ウイスキーをちびちび飲みながらエリックはいつものようにダミ声で聞いた。

「それでなぜウインストン山の道路の家から今日は誰も報告に来なかったんだ？」

「ハイ、皆死んだからです」

ウエインは感情を見せずに無表情でそう答えた。

「なんだと？」

「そして、あの家は爆破されました」

「家が焼けただと？」

「いえ、残念ですが爆破です」

「一体何が起こったのだ？」

　エリックは動揺していた。

「五日前、四人の仲間、その中には我々のキャプテンもいたのですが、湖の行き止まりのポンプ小屋の傍で銃声が聞こえ、それを調べに行った後忽然と消えたのです。今またウインストン山の道路の家が爆破されて四人死にました。あの地区は過去何年も静かな所でした。あの女の父親が死んだこと以外は。あそこに人が住んでいる気配がありません」

「すべてがあの女と関わりがあるのか？」

　それはないと思いながらエリックは聞いた。

「それはないです。彼女は一人暮らしです。正直私にも何が起きているのかわかりません。誰もカーターズに車で来てはいない。それは確かです。そうでなければ我々が気づくはずですから」

「ボートで来たということは？」

「可能ですが、どうですかね。我々は湾の入口に見張り役を置いています。彼らに見つからずに入ってくることはできっこない。入ってこようとするボートはすべて襲撃されますよ。彼らは命令を順守しますから」

「ではこの者たちはどこから来たんだい？」

　エリックはウエインに聞きながら自分でも考えたが、見当がつかない。

「わかりません。が、家を爆破し四人を殺した。かなり手ごわい相手でそれ相応の武器が必要です。奴らはダイナマイトか手榴弾を使っているはずです。他の物は考えられない。これは町のチンピラとか拠り所を失ったはぐれ者のグループの仕業だとは思えません」

「絶対違う」エリックも言下に否定した。

「最近はすべてが穏やかだった。なのになぜ突然どこからともなく問題が起きてくるのだ」

エリックは混乱していた。昨年に彼はこの地区を支配下に置いた。そしてその間抵抗する者はほとんど殺していたのだ。

「たぶん二番目の農場に集中し過ぎていたかもしれないな。同じようにヒックズ湖の西、浮浪者の一掃にも力を入れ過ぎた。マリーナの地区にもう少し集中すべきだった。お前はできるだけ多くの男たちを連れてマリーナ、ポンプ小屋、それとウインストン山の間の地区を調べてくれ。どんな異常でも奴が住んでいるという痕跡を見つけるのだ」

「わかりました。朝一番でやりましょう」

「死んだ男たちとあの家についてもう少し詳しい情報はないのか？」

「はい、死体が酷く焼けただれている状況から、襲撃された時、二人は家の中にいて、あとの二人は外で撃たれています。道路を塞いでいた車が少し動かされたようなのです」

「動かされたって？　どういうことだ？　一台が通り抜ける幅はなかったのか」

「もちろんないです。ほんの数メートル片側に押されていました」

「他には？」

「いや、それだけです」

（十二）

寝室のドアがノックされた時、ジェイはダンロップの旅のことを考えながらベッドに横たわっていた。時計を見た。午前十時。もう一度ノックがあってクールの頭が現れた。

「入ってこい、起きてるぞ」

「おはよう、父さん。雨が激しく降っているのを知らせたくて。今日は何かプランがあるの？　外で時間を過ごすのは良くない日だよ」

「雨が降っているのか？」

「そう言ったんだけど」

「それは好都合だ。ちょっと外へ行ってくる。ヴァレリーは何してる？」

「まだよく寝てるよ」

「まさかお前一人で外へ出たんじゃあないだろうな」

「外の天気がどうなのか頭だけ出して見たんだよ」

「まあ、よかろう」ジェイはキルトのベッドカバーを跳ね上げるとベッドから起きた。

「ちょっと外へ行ってくる。もしコーヒーがまだなら淹れておいてくれ」

「もう淹れてあるよ」クールはドアを閉めながら言った。

五分後、ジェイが入ってきてコーヒーの方へ真っ直ぐに歩いていった。

「雨が降ると何で好都合なの？」クールが聞いた。

「俺らがつけてきた足跡やトラックの車輪の跡を雨は完璧に消し去ってくれるだろう？」

彼はコーヒーを注ぎながら答えた。

「昨日の旅のことを考えていた。ケイシーと話していてわかったことがある。あそこには慎重に近づき襲撃する必要があると」コーヒーを一口すすった。

「今は本当に深刻で、あぶない時期だ」

クールを見ながら、

「実際問題、ヴァレリーよりお前を危惧している。彼女は経験しているので俺が言っていることを十分理解している。それに今の世界が情け容赦のないことも知っている。お前がこれをゲームと思ってないか心配だ。言っておくがこれはゲームではないぞ。俺だって時々自分に言い聞かせている。地下壕に長いこと安全に隠れていたから、ここより良い所がどこかにあるはずだと思っていたが、それは世間知らずか、または無知だからだ。今回外に出てみてよくわかった。ここは安全だ。昨日の体験が教えてくれた。それと俺は自信過剰でうぬぼれ屋だと気づいた。訓練や軍隊経験は俺を強くしてくれたが、そこらの週末の兵士より少しましなだけだ。実際はたいしたことはない。過去二年半、暴力や恐怖を経験しなかったのはただここにいてラッキーだったにすぎない」

　いつの間にかヴァレリーが入ってきて深刻に聞いていた。彼は言葉を切って、コーヒーをすすった。

「貴方がそう言うのを聞いて安心したわ。貴方の無謀な計画を心配してたの」

　ヴァレリーは言った。

「最近八人の男を殺した。これは奴らにとってはらわたが煮えくり返るほど悔しいに違いない。今こうして話をしている間にも、俺らは何者で、どこからきたのか話して探しているだろう。一人でも捕まったら、どこに住んでいるかわかるまで何でもする。自白しなければ拷問も厭わない。俺は個人的に拷問を受けたことはないが、拷問の訓練を受けたことがある。嫌なもんだ」

「僕も嫌だ」クールが即座に反応した。

「だからあせらず、ゆっくりと注意深くやる。五日後にケイシーに会う約束をしている。それまでは地下壕から出ないでおく。奴らに俺らを探させておこう。見つからなければどこかへ行ったと思うだろう。奴らを惑わすのも、戦略の一つだ」

　ジェイは立ち上がってもう一杯コーヒーを注いだ。そして壁に寄りかかって、

「今はケイシーに会うことだけを考えよう、他のことは考えないことにする。今はっきりしているのは、カーターズが俺らを探していることだ。それを心に留めて行動すること。それから今度ケーシーに会う時は陸路をさけて海上を行くことにする」

（十三）

エリックは会議室へ入っていった。そこには十二人のキャプテンが待っていた。ウエインがエリックに続いて入ってきた。チンがエリックの為に空けてある椅子の隣、テーブルの上座に立っていた。

ウエインは各キャプテンたちのポジションのチェックとその仕事ぶりの監視。チンの方はより曖昧で、キャプテンたちの多くは彼が何をしているかはっきりとは知らなかった。

その日、チンは原住民の連絡会議に出席して早めに帰ってきた。そしてエリックとウエインにわかったことを報告に来たのだ。

エリックが座って会議が始まった。急いでやってきたのかチンは汗を拭きながら話した。

「最近カーターズのどこかに知らない奴らがやってきて住んでいるようだ。そいつらがいろいろトラブルを引き起こしている。皆も知っているように五日前にパブとマリーナの方で銃声が聞こえた。それを調べに行った四人が消えた。二日後、ウインストン山の道路の家が襲撃を受け、四人がまた吹き飛ばされた。昨日、ウエインと私は二十五人もの男たちと一緒に調べに行った。湖の南端からあの地区を隈なく探し歩いた。パブやマリーナ、ウイストン山の道路、すべて調べた。だが何にも見つけられなかった」

チンは時々ウエインに同意を求めるように彼を見て、彼が頷くのを見て話を続けた。

「だが今朝の会議で二人の男と一人の女が、原住民領の高い所に住んでいる白人に会いに行ったと報告された。白人の名はケイシー。私は一度もそいつに会ったことはないが、やつはずっとこの周辺で働いていたそうだから、お前たちの中には知ってる者がいるかもしれない。想像だが奴らはオートバイかバギーでそこへ行ったかもしれない。奴らが何を話したか、またどうして知り合ったかわからない。わかっていることはロバート酋長が奴らへの攻撃をやめさせ、それが他の集落の酋長の反感を買って不穏な空気になっているそうだ。部族間の緊張が高まってきており、明らかに今は奴を酋長の座から引きずり下ろそうとしている。私は誰が酋長になろうと構わないが、奴らの争いは好都合だ。そちらへ関心がいっている間はこちらへの脅しは少なくなるから」

チンは一息ついて、再び汗を拭いた。

「その二人の男はあの女と一緒にいるのか?」エリックが聞いた。

「わかりません。女の名はヴァレリー、ポンプ小屋から向こうの丘の家を転々と場所を変えて住んでいた。二人の男はカーターズ周辺のどこかに住んでいるはずだ。それでなければ四人の男が消えたこと、同じようにウインストン山の道路の家の襲撃の説明がつかない。もし奴らがカーターズを出てウインストン道路を通ったなら、あの家の傍を通らなければならない。だからあの家を襲撃したんだと思う」

チンの報告によると、二人の男と同じように女も戦闘服を着て、ヘルメット、フロックジャケットを身に着けて、自動小銃まで持っていた。その上手榴弾のような物で監視小屋を爆破した。

「ということは、奴らはそこらにいる製材所の労働者くずれではないということだ。元軍人かもしれない。奴らが持っている武器から推測できる」

チンは細い目で皆を見渡した。この目で見られると大抵の者は何かを見透かされているように何も言えなくなる。

「私とウエインはあの地区の家をすべて調べた。だが何も見つからなかった。森のどこかには住んでいると思うが、場所を転々としているのかものかもしれない。そんなわけで今後あいつらを最も危険な人物とみなす」

チンの報告を引き継いでエリックがダミ声で続けた。

「ほんの一時間前にチンがこの情報を持ってきた。だから今奴らにどのように対処したらいいか対策を練る時間がない。俺とチンはここが済んだら、また違う会合がある。そこでどうするか考えようと思う。とにかくお前たちは目を見開いてどんな小さいサインでも見逃さず見張っていてくれ。慎重に近づくのだぞ。奴らは狂犬と同じだ。可能なら生きたまま捕らえてほしいが」

エリックは言い、そして思い直したように、

「状況によっては死んでもかまわない」と、ニヤリと笑った。

「何か質問は？」

キャプテンの一人が声をあげた。

「よくわかりました。もし奴らに出くわしたらどうしたらいいのでしょうか？」

「部下を大勢連れていたら、すぐ捕らえろ。慎重にやれよ。奴らはもう八人も仲間を殺しているんだからな。もし数人だけの時は援軍を要請しろ、目を離さないで後をつけて、どこに住んでいるかだけでも見届けて援軍を待て」

エリックは他に質問はあるかと皆を見た。質問がなかったのでいつものように、

「皆良い日であるように。この後ウエインからいくつか連絡事項があるようだ」

立ち上がるとさっさと部屋を出ていった。チンが後を追った。チンは明日の朝一番に原住民領へ行ってシラー酋長と会う、と言った。エリックはよかろう、と鷹揚に了承した。

（十四）

ケイシーはローチェアーに座って子供たちと話をしていた。その時小径を駆け上がってくる馬の蹄の音を聞いた。立ち上がって見るとロバート酋長とダコタだった。ダコタは馬を下りて酋長が下りるのをサポートした。深刻な顔つきをした酋長を見て、ケイシーは子供たちにここにいるように言って二人の方へ歩いた。

「突然ここへ来たこととお前の顔つきで良い報せではないとわかるぞ」

ケイシーはいつもの挨拶を省いてストレートに理由を誘導した。

「実は昨夜、酋長たちの会合があってな」ロバート酋長は始めた。

「それで残念ながらわしはこの集落のリーダーを解任された。今はシラーがリーダーだ。その会議でお前とお前の家族はもうここにはいられないと決められた」

「本当か？」

「わしは三十年前のパブでの出来事を話した。そして儀式で誓ったことも。ケイシーはウエナチ族の立派な名誉部族民だということも。皆は驚いたが、シラーだけは違った」

ロバートは悲しい顔つきをして、

「お前は十日間のうちに出ていかなければならない。さもなければ悪い結果に直面するだろうとシラーは言うのだ。ケイシーを襲撃することはわしとわしの集落に対する反逆だと会議の皆に訴え、考え直すように頼んだが残念なことに力が及ばなかった。もしシラーがおまえを殺すようなことになったら……」

「大丈夫、そういうことにはならないから」

ケイシーは酋長に最後まで言わせなかった。タイミングよく、カーターズでジェイと一緒に住まないかと誘いを受けていると話した。ロバートはカーターズは危険な場所だ、と反対した。

「知っている。でも他にどんな選択があるんだい？　迷っていたがこれで決心がついた。明日ジェイに会うことになっている。状況が変わったので、家族も連れていく」

「そうか、お前がここを去っていくのは辛いし、お前に対する侮辱だ。でもそのオファーを受けるのが一番いいことかもしれない」

ロバートは目をつむって、自分に言い聞かせるように呟いた。

「わしは部族間の戦争など見たくない。さりとて戦わずにシラーからお前と子供たちを守ることはできない」

彼は観念したように目を開けた。

「明日お前がジェイに会いに行く時、わしと幾人かの部下も一緒に行く。お前が無事にそこへ着いたのを確かめたいのだ」

「そんな必要はない、大丈夫だよ」
ケイシーは断ったが、酋長は聞き入れなかった。彼はシラー酋長を信頼してなかった。一旦自分の領土の外へ出たら何が起きるかわからない、というのが彼の言い分だった。

ジェイ、クールとヴァレリーは真夜中を少し過ぎた頃、ハッチの外へ出た。夜用双眼鏡を使って平野を見渡した。誰も周りにいないのを確かめると敷地を通って古い荷物用ランプの所まで歩いた。誰も見てないのを確認してから再び戻り、小径を抜けて進水用ランプに向かってボートを動かし始めた。ゆっくりと静かに、そして一時間以内にボートは水に着水した。

三人は乗り込むと、海岸線近くでとまり、ウインストン山の道路の突き当たりにある個人のドックに向かってボートを漕ぎだした。
ドックに着くとヴァレリーとクールはボートから飛び下りて、ボートをドックへ引き入れた。一方ジェイはボートに乗ったまままうまく操って、半分水に浸かったヨットの先とドックの間にボートを押し込んだ。そうすればその前のドックに立たない限りボートは見つからない。ドックからクールは湾の向こう岸に小さな火が燃えているのを見つけた。父親にそれを指さして教えた。ジェイは夜用双眼鏡で火の方を見た。火の周りに二人の男が座っている。

「何が見える？」

「火の周りに二人の男が座っている。たぶん監視役で、湾を出たり入ったりする船を見張っているはずだ」

「明日、そのそばをすり抜けられると思う？」

「難しいだろうな。俺が言ったようにボートを手で漕がなくてはならないだろう」

「監視小屋を爆破するのはどう？　確実なものにする為に」

「そうだな。考えておくが危険過ぎるのと人目を引きつけ過ぎる」

ジェイは湾の向こうの炎が燃えている家を見つめた。それにまだいくつかのことが準備できていない、と言いながら一旦地下壕へ帰った。


「四人のセカラ兵は林の中を静かに歩いていた。小さい懐中電灯を一つだけ持って、ケイシーと家族が住んでいる場所へ行く小径を黙々と歩いていた。

シラー酋長からケイシーは生きたまま捕らえるように、だが妻と子供たちは殺しても構わない、という命令を受けていた。

兵士たちは彼の洞窟の前に着いた。一人は犬を黙らせる為に使う弓矢を持っていた。だが犬は吠えなかった。実際犬はどこにもいなかった。彼らは武器を構えながら、ゆっくり洞窟の中へ入っていった。洞窟はほどよい大きさでうまく工夫された快適なホームであった。彼らは洞窟の中を隈なく探したが驚いたことに誰もいなかった。洞窟の中には隠れる場所はなかった。すべて調べた後、兵士たちは外へ出て、どうしたらいいか話し合った。洞窟の中には隠れる所はなかったが、外にはいくつもあった。暗闇の中を懐中電灯で照らしながら、

「シラーは怒るだろうなあ」と兵士の一人が呟いた。それをケイシーは洞窟の上の高台で聞いていた。彼は刺客が来ることをいち早く察して、家族ともども高台に身を潜めたのだ。兵士たちはこの暗がりでは探しようがない、等々ブツブツ言いながら丘を下っていった。任務は失敗した。ケイシーはしてやったりとばかりにほくそ笑んだ。

クールとヴァレリーはジェイがドックからボートを出すのを手伝っていた。彼はボートに緑色のタープを周りと調和するように被せ、アルミ製の本体が太陽の光に反射しないようにできる限り覆った。そして頭を出せるようにタープに一つ穴をあけた。そうすればどこへ進んでいるかわかる。クールとヴァレリーは一緒に行くと言ったが、彼は二人に留守を頼んだ。あの監視小屋を抜けるのは一人の方がよさそうであった。

「代わりにいつでも連絡できるように交信機をオンにしておいてくれ」と頼んだ。

ジェイは港から離れてゆっくりと静かに漕ぎ出した。マリーナを見渡せる監視小屋からできるだけ離れていった。周りは水と暗闇以外何もない。気味が悪いほど静かであった。

波のリズムの音に合わせてボートを漕いでいった。監視小屋を見ると何か動くものがあった。目を凝らすとぼんやりと火が燃えている。数人の男たちが火を囲んで座っていた。炎というものは暖かく、人間の根源的な願望を満たしてくれるので、見ているだけで人は考えることをやめる。ジェイは彼らが心地よく思考停止状態であることを願った。小屋から目を離さないでボートを漕ぎ続けた。いざという時の為にエンジンキーは手に持っていた。小屋が見えなくなるまでゆっくりと静かにボートを漕いでいった。

それからタープをめくってそれを船先にたくし込んだ。そうして収容できるように短くしたシャフトの中へプラスチックのオールを差し込んだ。急いではいなかった。周りを見渡し、太陽が出るのを待ちながら少しリラックスした。海は港を出た途端荒々しくなった。ケイシーに会うまでまだ数時間ある。背後から太陽の最初の輝きが広大な陸地から顔を出した。ここからブロックトン岬に行って、そこから運河を上っていく。

ジェイは点火する為にキーを回した。突然のエンジン音で静かだった水面は激しくうねり、エンジンの回転数は上がった。彼は静かにスロットを前方へ倒した。ボートはスピードを上げ始め、それから安定したスピードになった。ブロックトン岬から四十五度の角度に進んでいった。波は運河に入ると大きくなった。朝早い時は水面はもっと静かなはずなのに、岬を過ぎたらボートはもっとバウンドし始めた。直後、彼は向きを変えて監視小屋に向かった。少しも心配はしてなかった。素早く動けるし、防具はしっかりしていた。ボートはスピードボートのように水を切って走った。波が高くなるとバシャと音を立てる。彼は火の下まで近づいた。今や幾人かの男たちが確認できる所まで来た。予想したように海上の向こうから銃声が聞こえた。そしてブロックトン岬に男たちがやってきた。一つ二つの弾が彼の周りの水面に落ちたので、彼は素早くそこを離れた。そして広々とした海を離れて運河に入った。水は静かになった。そして岬を過ぎると海岸沿いにはもう家は一軒も見えなかった。穏やかにゆっくりと運河を上っていった。

約五十分後ジェイは周りの豊かな緑を楽しみ始めた。前にこのような海岸線に沿ってボート乗りを楽しんだことがあった。二十年前のこと、周りの景色に魅せられたものである。その時は世界中から来た元特殊部隊との釣りの小旅行であった。文明から隔絶されたその場所の美しさはストレートに彼の琴線に響いた。結婚してカナダへ移住してクールが生まれたばかりであった。記憶が洪水のように溢れてきた。この突然の胸の高鳴り、ノスタルジアを止めることができなかった。あの旅行から世の中はなんて変わってしまったのか。しかし過去について考えても今は怒りが込み上がるばかりで何の助けにもならない。

水は平らで海岸線は丘へと盛り上がっていた。森はあの出来事が起こるまでは原始のままであっただろう。母なる大地は人間が自然を壊そうとする試みにも忍耐強く優しくしなやかであった。ある場所は数千年ではないにしろ、数百年以上は変わってない。この場所もその一つだ。どこにも人間の手が入ってない。見える限り広い海、山、木々だけであった。ずっとあのままでいた昔と今、どのような違いがあるというのか？　変わりようがない。あまりの平和と雄大さに先ほどの怒りは遠のき憂さをしばし忘れた。それからケイシーと会う場所に向かって北へ舵をきった。

（十五）

ケイシーは日が昇った直後に子供たちを起こした。カーターズ入江まで歩くと話したので子供たちは簡単に荷造りをした。

言葉通りにロバート酋長がダコタと予備の馬を伴って急ぎ足で丘を登ってきた。彼は儀式用の頭飾りを被っていた。それはかつてケイシーが集落の名誉村民であると誓ってくれた時に父親がつけていた物である。ホワイトイーグルの羽根でできていて威厳があった。

「おはよう、ロバート、ダコタ。今日は良い天気になりそうだ」

ケイシーは明るい声で皆に挨拶をした。

「おはよう」酋長は言い、それから、

「素晴らしい日だ、でも悲しい日だ」と付け加えた。

「心配するな、俺らは大丈夫だから。簡単に荷造りをしたので、ここにかなり残しておく。何かお前が集落で使える物があったら持っていってくれ」

「ありがとう、わしも馬をプレゼントしようと持ってきた。道中、役に立つと思う」

「これはありがたい」

予備の馬ができたのでもう少し荷物を載せた。出掛ける前にケイシーはリサと子供たちをローチェアーの方へ連れていった。

「今までどの景色を見てもこれ以上の景色はないぞ」

彼は感謝をこめて海と山を見渡した。

「へザー、ケイス。この景色をよく見てこの時を忘れないでくれ。俺らは今ここを出る。どこへ行くのか、また戻ってこられるのかわからない。毎朝、俺は起きると同時にこの景色を見てきた。今も感謝している。お前たちにもわかってほしい。これは特別な自然からのギフトだと」

ケイシーは妻を抱き寄せて、

「俺らは大丈夫だ」と囁いた。妻のリサは頷いた。

「ジェイの地下壕は完全に隠れていて誰もそれを知らない。もしこの地球で命を預けるとしたら奴だ。さあ行こう」

「わしと一緒に馬に乗りたいのは誰だ?」と酋長は言った。

ケイスが跳び乗った。へザーは父親の馬に。リサは酋長が持ってきた馬に乗った。ケイシーはもう一度山を見て大きく深呼吸をした。それから向きを変えて道を下り始めた。何か起きた時にすぐ対処できるようにダコタが先頭に立った。ケイシーは昨夜のことから何か不吉な予感がしていた。大きな原っぱを通り過ぎながら、彼はロバート酋長と並んで下っていった。

「何かトラブルが起こると思うかい？」

「正直に言うとあると思う」酋長は答えた。

「その為に丘の下の方に幾人かの部下を待たせてある」

「昨夜、数人の男どもが俺の洞窟に来た。真夜中のことで奴らがさよならを言いに来たようには見えなかった」

「何だって、本当か？」酋長は驚きの声をあげた。

「俺は高台から見てたんだが、自分らがそこにいなかったので奴らは去っていった。奴らが何かやらかすかもしれない」

「わしも奴らは何かやらかすだろうと思う。そう思ってさっきも言ったように兵士たちを幾人か待機させてある」

「奴らはうまく隠れるから油断ならないな」

小径を下った所に開けた土地があって、そこに四人の馬に乗ったウエナチの兵士がいた。膝にライフルをのせて待っていた。酋長は彼らに軽く会釈して、そのまま幹線道路まで進んでいった。

酋長とダコタが先頭に、続いてケイシーの家族、そして最後に四人の兵士が続いた。馬に乗った彼らに小鳥たちはさえずり、木々の葉は山や海からの風に吹かれてさらさらと断続的に音をたてていた。まるで森がサヨナラと言っているようで、ケイシーはますますこの地に離れ難さを感じた。

進むにつれて道路に誰も監視する者がいないのに気がついた。普通ではない。不安がよぎった。ケイシーは酋長の隣に馬を寄せて、

「こんなことは言いたくないが、ロバート、五人でここを切り抜けるのは無理だぞ」

「心配するな、ケイシー、兵士はもっと配置されている」

酋長は言ったがケイシーの心配は消えなかった。

角を曲がって、ハイウエイへ入る最後の直線道路へ来た時、彼らの前三十メートルの所で森の中から数人の男たちが現れた。ケイシーはすぐセカラ兵だとわかった。彼らはケイシーたちの方へ歩いてきた。ダコタが彼らの方へ行った。セカラ兵は皆武装していた。道を塞いでいる兵士たちから三メートル離れた所にもセカラ兵のグループがいた。ダコタはセカラ兵のリーダーと短く会話をした後、馬の向きを変えて戻ってきた。そして酋長に言った。

「家族はここから出ていってもいいが、ロバートとケイシーはここから出るのは禁止されている、と言っている」

酋長はそれを聞くと道を塞いでいる男たちの前まで馬を駆けた。一人の男を見てすぐシラーの幹部だとわかった。聞くほどのことはないと思ったが、

「誰の命令だ」

「シラー酋長だ」その幹部は大声で答え、付け加えた。

「原住民領のリーダーで酋長だ」

この言葉にひっかかるものを感じたが、酋長は穏やかに、しかし声に力を込めて、

「わしは昔からこの辺りの酋長だ。シラーが新しい酋長になったとしても、ここはわしの土地だ。わしの好きなように出たり入ったりする。今までもこれからもだ」

兵士たちは酋長に的を定めてライフルを持ち上げた。他のセカラも素早く同じようにした。ヘザーが小さく悲鳴を上げた。

酋長はセカラのナンバー2の部下を知っていた。いや知り過ぎていた。

「スティーブ」彼は怒りを抑えて言った。

「お前は自分の人生とわしに銃を向けているセカラ兵たちのリスクを負っているのだぞ」

スティーブはあざけ笑った。酋長の言葉に心を動かされた様子はなかった。酋長とスティーブが話している時ケイシーは右側と左側の両方の藪の中で何か動く音を聞いた。目をそちらに向けると、森の中から道路に沿って生えている草に紛れて男たちが這って出てきた。彼らのライフルは皆セカラ兵に向いていた。セカラ兵は酋長の方に集中していたの

で草の中の男たちに気づいていなかった。

酋長は道路を塞いでいるセカラ兵に近づいていった。部下たちも一緒に行こうとしたが、彼はここにいるよう身振りで示した。

「ここはわしの土地だ。ここにいていいとか、いけないとか、このわしに言うなんて無礼にもほどがあるぞ」

彼の声は力強くよく響いた。

「お前たちはわしらの部族のおかげでここに住めるのだ。行く所がないお前たちを受け入れて、土地を分け、家を与え、初めのうちは食べ物も与えてきた。お前たちの酋長のシラーはこの土地にはふさわしくない。後悔するぞ。わしはあの恥知らずの男の命令なぞきかん」

一息ついた時、一人のセカラ兵が飛び出てきて、酋長の頭にもろに銃を突きつけた。林の中や道路脇の草むらに潜んでいたウエナチ兵が一斉にセカラ兵に銃を向けた。この時点でセカラ兵は道路脇にいるウエナチ兵に三方囲まれているのに気づいた。セカラ兵は誰を狙ったらいいのかわからなくなった。

ケイシーはホルスターからピストルを取り出して、コートの中に隠した。

「これはお前たちが望んだことなのか?」

酋長はスティーブを睨みつけながら言った。

「原住民同士で戦い、血を流し、死者が出るのだぞ」

他のセカラ兵を見つめて、彼は続けた。

「武器を下げろ、わしらもそうする。わしは友達と家族を見送りに来ただけだ。彼らはここにずっと住んでいた。今ここから出ていくのだ。お前たちと戦いにきたのではない」

酋長は自分の部下に武器を下ろせ、と命令した。道路に立っているセカラ兵も武器を下ろした。ただリーダーのスティーブはライフルを酋長に向けたままだった。

森のざわめき以外は完全に静かになった。

一分後、ダコタが馬から跳び下りてスティーブの方へ行った。

「よくもロバート酋長に銃を向けられるもんだ、恥を知れ」

スティーブは面食らい、少しためらった後、反撃をしようとしたが、その前にダコタがライフルの柄を左手で取り上げた、と同時に右手を振り下ろしスティーブの左頰を殴った。彼は地面に倒れた。

他のセカラ兵はダコタの素早い動きに唖然として立ち尽くすだけで、誰も助けようとはしなかった。ダコタは転がったスティーブの肋骨を蹴った。起き上がろうとしたので、今度は顔を殴った。スティーブは仰向けに倒れた。ダコタは、彼の上に立った。スティーブは転げ回った。ダコタが背後から彼のジャケットを摑んで起き上がらせて、もう一度殴ろうとした時、

「ダコタ、やめろ、もう十分だ」と酋長が叫んだ。

ダコタはスティーブの上に跨いで立っていた。右手で拳を握りしめ、荒々しく息をしていた。まだ殴り足りない様子であった。ショックを受けているセカラ兵とウエナチ兵を見てやっと自分を取り戻した。近づいてくる酋長を見たら怒りが和らいだ。酋長の目はその男は十分に罰を受けたと語っていた。酋長が馬から下りてダコタの肩に手をかけたまさにその時、スティーブが一回転して、長い狩猟ナイフでダコタの腹を突き刺した。ダコタはとっさに手でナイフの柄を覆い、驚いたようにスティーブを見下ろしたが、彼の身体はスティーブの上に倒れた。皆一瞬何が起きたかわからぬまま、驚き、静まり返った。

その静寂は道路脇にいた数人のウエナチ兵の銃声で破られた。兵たちは道路から飛び出してスティーブの横にいるセカラ兵の方へ走って、至近距離から彼らを撃った。スティーブが起き上がる前に彼を摑んで革紐で縛った。スティーブには最早もがいたり、抵抗する余地はなかった。

ダコタの弟ヘラクは馬から下りてダコタの横に跪き、自分の膝に兄の頭をのせた。ナイフはまだ腹に突き刺さっていた。彼は兄が何か言ってくれるのを期待して話し続けたが、反応は何もなかった。ヘラクは兄の身体を腕で抱えて、胡坐をかいた。酋長は彼の前に跪いて、腕を若者の首に回して、身体を引き寄せた。そしてナイフを素早く引き抜いた。右手でナイフを持ってスティーブの所へ行った。左手でスティーブの髪を摑み、彼の顔にナイフを当てた。刃先はスティーブの頬骨と目の下に押し当てられた。酋長は無表情で、それがより一層、良い部下を失った彼の悲しみを表していた。重く物悲しい空気が彼らの周りから森へと広がっていった。

酋長はケイシーの方を向いて、

「ヘザーの目を覆ってくれ」と言った。

彼はケイシーが彼女の目を覆うのを待って、それからスティーブの喉元にナイフの刃先を突きつけた。動かずに何も言わずに。部下たちは黙って見つめた。一分ほど経って酋長はナイフを戻すとスティーブから離れた。

「わしは酋長だ。殺人者にはなれない」

スティーブの顔を見ながら誰に言うでもなく「行け」と大声で言った。

道路にはいくつかのセカラ兵の死体が転がっていた。事態の重さに皆沈黙の底に沈んだ。酋長は部下たちに悲痛な声で言った。

「わしはここで起こったことによって部族間の戦争が始まった、と思う。この戦争はセカラ兵がこの地に来た時からいずれは起こると予想できた。時間の問題であった。我々は待つのではなく、戦いに挑んでいこう」

部下たちから歓声が上がった。彼は続けた。

「今日の出来事はわしが望んだことではない。だが何かを変えてくれる。セカラ兵は数では二対一で勝っているが我々は奴らよりもっと賢く、勇気があり、何より地の利がある。ここは我々の領地だ。忘れないで欲しい」

酋長はちょっと言葉を切って息を継いだ。

「話は変わるが、わしは友達をここから無事送り出すよう約束をした。ケケ、ブラディー、わしと一緒に来てくれ。残りの者たちはこれらの死体を森の奥深くに隠せ。そうすれば探さなければ見つからないだろうから、時間をかせげる。ダコタの死体は家に連れて帰ってくれ。彼の奥さんがさよならを言えるし、葬式の準備ができる。ジョロン、お前が今はわしの代わりだ。ここで何が起こったのかを集落の皆に伝えること。一時間以内にわしの家に戦える年齢の男たちを集めること。急いでやってくれ。だが慎重に。では、わしの家で会おう。わしが一時間以内にそこに戻らなかったら、皆を山の隠れ場所に連れてってくれ。奴らはそこまでは来ない。なぜなら不利な状況に陥るのを知っているからだ。どこに行くか、お前わかってるな？　もしわしが山でお前に会わなかったら、何かが起きたか、もしくはわしが死んだか。その時はお前がわしの息子が成人するまでの後見人だ。息子が酋長になる準備をしていてくれ」

ジョロンはダコタ同様精悍な顔をした若者であったが途惑っていた。

「ジョロン、わかったか？」酋長は強い口調で言った。

「わかりました、酋長」

酋長はケイスが温めていた鞍に飛び乗った。ケケとブラディーは用意ができていて、彼の掛け声を待っていた。馬は駆けだした。

（十六）

ジェイは小径を駆け下りて、平地に入ってくる集団を見た。彼らは誰かを探しているようだった。よく見るとケイシーの家族だった。彼は木の陰から飛び出して口笛を吹き呼んだ。

「ここだ！」

ケイシーは馬から跳び下りて、それからヘザーと妻のリサが下りるのを手伝った。ケイスは酋長の馬からすでに飛び下りていた。ケイシーはケイスとヘザーに急いで荷物をボートに移すように言った。ジェイは状況がわからないので、彼らの方に歩いていった。彼はケイシーに会うだけだと思っていた。

「一体何が起こったんだ？　なんでそんなに慌てているんだ？」

「今ここで説明している時間がない。領地内で面倒なことが起きた。すぐにここからずらからないと大変なことになる。俺らはお前と一緒にカーターズ入江へ行く。沖に出たらもう少し詳しく話そう」

ケイシーは話を止めて、馬から荷物を下ろしてから子供たちと妻に言った。

「岸辺に全部運ぼう。ジェイがボートに積むのを手伝ってくれるから」

そして、彼の方を向き、

「急いでいる。向こうを出る時銃撃戦があった。ロバートの部下がセカラ兵を殺してしまった。それで奴らに追われている。ボートに荷物を載せるのを手伝ってくれ」

「わかった」

荷物を積みやすいように、ロープを引っ張り岸辺にボートを近づけた。酋長と部下は今来た道を振り返っていた。ケイシーは子供たちが荷物を運ぶのを手伝っていた。その一分後に銃声が上がった。荷物をほとんど積み終えていた。銃声はちょっと止まって直に二つ目の銃声が上がった。酋長と部下は撃ち返した。

「止まるな、荷物を積んでいってくれ」とケイシーが言った。それから、

「船に乗ってエンジンをかけてくれ」とジェイに言った。彼は船に乗りエンジンをかけた。

「いつでも出発できるぞ」ケイシーは子供たちの方を向き、

「リサとヘザー、乗っていいぞ。ケイス、ボートのロープを解いて俺が戻るまでそれを持っていてくれ。酋長に挨拶に行ってくる」

酋長と部下は平地の入口から十五メートル離れた所にいた。彼らはピクニックテーブルをひっくり返してケケがその後ろにうずくまり、道路を上がってきた男たちと撃ち合って

いた。ブラディーは三メートル離れた大きな木の切り株の後ろに隠れていた。そこにケイシーがやってきて彼の隣にうずくまった。

「敵は何人いるんだ?」

「わかりません、たぶん十名ほどです」

「距離はどのくらいある?」

「五十メートルかそこらです」

突然ジェイがやってきて二人の傍に跪き、酋長に微笑みかけた。

「やぁ酋長、どうだい? また会えて嬉しいよ。ちょっと助けがいりそうだな」

ケイシーがジェイに叫んだ。

「ここから五十メートル先に十名ほどの敵がいるぞ」

彼は酋長に話しかけたが、その声は自動操縦機の大きな爆音にかき消された。後ろを見るとジェイがマシンガンで撃っていた。音がしなくなった。弾が切れたようだ。ジェイがケイシーの所に戻ってきて、ピクニックテーブルの後ろに隠れた。

ケイシーがセカラ兵の反撃の銃声を浴びながら叫んだ。

「酋長は俺らと一緒に来なければならんな」

「なんだって?」酋長はケイシーの声を聞き取っていた。

「わしはお前たちと行けん。部下たちはどうなるんだ。戦争は始まったばかりなんだぞ。

あれらを置いて行けん」

「ロバート、あんたが死んだら部下はもっと困るんじゃあないか。奴らはチャンスがあればあんたを殺すぜ。選択肢は一つしかない」

「耳を塞げ」

ジェイが身を隠している所から叫んだ。そして装てんしたマシンガンを撃ち始めた。

「なんてことだ」酋長は観念できない様子だった。

「俺らは大丈夫だ。全力でヘルプするから」

「わしの部下たちはどうする？」

「皆来ればいい。さっきも言ったように、皆で協力すればなんとかなる。まずここから脱出することだ」

ジェイは手榴弾を取り出して見せた。

「奴らが近づいてこられないようにするから、さあ行け」

会話が届かない所にいるブラディーを酋長が大声で呼んだ。

「ブラディー、こっちへ来い」

彼は最初意味がわからず戸惑っていたが、手招きをされているとわかり、テーブルの後ろにいる皆の所に走った。ジェイは立ち上がって素早く数発撃った。酋長が、

「わしはこの者たちとボートに乗っていく。お前はここにいて我々を援護してくれ。ジェ

イがいいというまで待って、それから走ってボートに飛び乗ってこい」

ブラディーはわかったと頷いた。

「用意はいいか?」ジェイが酋長に聞いた。

「いいぞ」酋長は答えた。

「俺が撃ち始めたら走り出せ」

彼は再び立ち上がって素早く断続的に弾がなくなるまで撃ち続けた。乱射を繰り返すので、敵は隠れざるを得なかった。自動射撃はとにかく凄まじかった。彼は酋長とケケがほぼボートに着いたのを見届けるとブラディーの肩を叩いた。

「俺が手榴弾を投げたらすぐ走れ、わかったか?」ブラディーは頷いた。

「よし、準備はいいか?」

もう一つのクリップを補充しながら、立ち上がって、短時間に速く発砲した。それからひっくり返っているテーブルの後ろに隠れて手榴弾のピンを抜き、敵に向かってできるだけ遠くへ投げた。

「爆発するまで伏せていろ。それから走れ」

手榴弾が爆発した。二人の男たちは起き上がって、走りだした。

ボートに着いていたケケは膝まで水に浸かってボートを支えて、ブラディーとジェイに、早く、と叫んでいた。ジェイは何人かのセカラ兵が煙の中から走ってくるのを見て、ボートに乗る前に二人の兵を撃ち殺した。ブラディーは向きを変えてボートに乗ろうとした時、背中を撃たれた。ケケが急いで彼を抱きとめたが、彼は首を横に振って自ら水に沈んでいった。それでもケケは水から引き上げようとして酋長を見た。がここでは助からないだろう、と酋長も虚しく首を振った。彼らは海に飲まれて流れていくブラディーを虚しく見送った。

「さあ、いくぞ、ケイシー、ゴー、ゴー」

踏ん切りをつけるようにジェイは声をあげた。ケイシーはスロットを下げた。ボートは重さの為にゆっくりとスピードを上げて前方へ進んだ。海岸線の近くで酋長たちが乗ってきた馬がボートを追って走ってくるのが見えた。そのうちに見えなくなった。堤防の周りを隠れるように、ケイシーは安全なルートを模索しながらボートを進めていった。

ボートの中の空気は沈んでいた。穏やかではあるがもの悲しく淀んでいた。酋長はボートの舳先に一人で座っていた。目の前の美しい風景は目に入らないようだった。一時的にしろ後に残してきた部下を思い、物思いにふけっていた。ケイシーは左手に娘を抱え右手でハンドルを持って運転していた。リサはその隣に座っていた。彼らの荷物が入ったバッグは、ジェイとケイシーの家族の間に積まれており、その上にケイスが背を下にして手足を伸ばして横たわっていた。頭の後ろで手を組み目は閉じていた。ジェイとケケは船尾で席を分け合っていた。この者たちだけが、今回の出来事で困ったり、挫けたりしてないように見えた。船は重量オーバーの為、水の上をゆっくりと進んでいった。ケイシーはトンプソン島へ行くよう舵を切った。

二十分ほど海の上にいた。最後の十五分は誰も一言も話さなかった。ついにジェイが沈黙を破った。

「皆が少しショックを受けているのはわかる。だが言っておきたいことがいくつかある。我々はこれから先に進む前に決めなければならないことがある。この運河を出るとすぐに危険な領域に入る。それからカーターズ入江へ向かう。ケイシー、エンジンを切ってくれ。ここでしばらく話をしよう」

ケイシーはスロットを戻し、モーターはニュートラルになりエンジンは止まった。

「今日皆に起こったことについて気の毒に思う。だが俺がここにいる。一緒にカーターズへ来るのは何ら問題ない。歓迎するし一緒に暮らすのは嬉しい。だから心配するな。二つ目はカーターズ入江については嘘を言うつもりはない。そこは危険地帯だ」

ジェイは「だが」と付け加えた。

「我々の地下壕はうまく隠されていて、生活用品は十分ある。地下壕の内部では安全だ。食べ物、水、電気、武器、弾薬、ガソリンは十分ある。長い間生活するのに必要なものは揃えてある。俺はいつかこの地下壕が拡がっていくといいと思う。だが、まずそこに着くことが先決だ。これは酋長やケケの計画にはなかったことなので戸惑いがあるだろう」

ボートの皆は酋長を除いて向きを変えてジェイを見た。

「三つ目はその地下壕には俺の息子と若い女がいる。自分が責任者だ。俺からすべて命令が出る。どのような状況にもかかわらず、議論の余地はない。言っておくが俺は権力の亡者ではない。エゴ、過去の功績や地位にも関係ない。知っている限りでベストの決断をする。もしわからないことがあれば皆に意見を求める。ケケ、もし俺がお前に何かしろと命令し、同時に酋長も命令した場合、俺の命令に従え。酋長、あんたが奴をそんな立場に追い込まないことを望む。地下壕の安全は何よりも優先する。どうかこれだけは忘れないでほしい。一旦お前たちが地下壕への入り方を知ったら、お前たちは敵にとっては価値があるものになる。このことを肝に銘じて常に必要以上に用心してほしい。この地下壕を危険にさらさない為に。ここまで何か質問は？」

誰も何も言はなかった。

「よろしい。では今必要なことを話そう。皆の新しい家、地下壕へ着くにはいくつかのハードルがある。自分は防弾チョッキ、ヘルメットを身に着けているがお前たちのはない。今朝出てくる時、運河を見下ろす場所から発砲された。今いるここだ。そこには一軒家がありヴァレリーによると、ずっと前からカーターズに占領されているそうだ。もう一軒マリーナへ入る所にもあるが、これもカーターズに占領されている。今朝出てくる時、暗いうちに通ったので来ることができたが帰りは安全ではないし、簡単でもない。奴らは俺が同じようにして戻るだろうと待ち構えているはずだ。今朝は俺を見て発砲したが、ターゲットは俺だけだった。今回はそうはいかない。率直に言ってリスクは高い。特にケイス、ヘザーとリサがいる」

ジェイはリサを見つめた。彼女は彼の心配が自分たちのことだとわかっているので、彼に申し訳なさそうな顔を見せた。彼はヘルメットを脱ぐと右手で汗を拭った。

「これが今の我々の置かれている現状だ」

「危険地域へ入る前にクールとヴァレリーに連絡することになっている。連絡が取れるまでちょっとリラックスしていてくれ」

ジェイはヘルメットをボートの底に置き銃を肩に抱えて屈んで靴の紐を解き始めた。

「オー、そういえば、今朝は何があったんだ。誰か話してくれないか、帰る時はこんなに大勢を乗せるとは予想もしなかったからな。そのわけを知りたい」

一時間あまりその辺りを漂いながらケケが今朝の出来事を話すのを聞いた。途中帆船が現れた。ジェイは急いでヘルメットを被った。皆銃のクリップを固く握った。すれ違う時、大きな柱を持つ帆船に乗った人々は、銃を持っていない手を彼らの方へ向かって手を振った。ジェイたちも同じように手を振った。暗黙の船のマナーだ。帆船はそのままダンロップへ向かって運河を上っていった。

正午近くになった。クールとヴァレリーに連絡を入れる時間である。彼は交信機を取り出して、スイッチをオンにした。

「クール、ヴァレリー聞こえるか？」

ジェイが答えを待つ間、船の皆は黙って座っていた。雑音だけが聞こえていた。彼は電波をチェックした。間違っていなかった。もう一度やってみる。

「クール、ヴァレリー、そこにいるか？」

雑音以外返信はなかった。

「たぶん電波の受信可能範囲外にいるようだ。今はブロックトン岬から十分から十五分ぐらい離れた所にいる。もっと近づかなければダメだ。ケイシー、ボートを始動してくれ」

「あいよ、ジェイコブ司令官」

ケイシーは点火キーを回した。彼は監視小屋から見えないようにしながらブロックトン岬へ近づいていった。

「あと五分ほどで上陸できる海岸へ行ってくれ」

「向こうの岸でもいいが、ここでもいいか？」

「ここでいい。それでエンジンを切ってくれ」

エンジンを切ると静寂が戻ってきた。皆静かに座っていた。アルミ製のボートに当たる波だけがピチャピチャと優しい音を奏でていた。もう一度彼は交信機をオンにしてクールを呼び出した。だが雑音だけが返ってきた。

「まだ早過ぎるのかもしれないな。大丈夫だ。二人はそこにいる。数分後にまたかけてみる」

次にかけた時は反応があった。

「父さん、僕たちはここにいるよ。受信機の調子がよくないから違うチャンネルでこちらからかけ直そうか?」

ジェイはやっと繋がったチャンスを逃したくなくて、

「大して変わらないだろう。ゆっくりとはっきり話せ」

「こちらは問題ないよ。そちらはどう?」

「大丈夫だ。今ブロックトン岬の近くにいる。少し変更があった。ケイシーと家族が一緒にいる。ロバート酋長と部下の一人も一緒だ」

「なぜ酋長も一緒にいるの?」

「後で説明する。ヴァレリーはそこにいるか」

「ここにいるわよ。ジェイ」

「安全なルートを取ったら、そこからブロックトン岬までどのくらいかかるかわかるか?それから監視小屋までは?」

「二時間ぐらい。長くて三時間。カーターズが何人うろついているかによるけど。なぜ?」

「いいよ、ありがとう。今はそこにいてくれ。五分から十分のうちに連絡をする。交信機をオンにしておいてくれ」

「わかったわ」

ジェイは交信機を置いた。膝に肘をついて少し前のめりになって、黙ってボートの底を見つめていた。他の人々は先ほどの彼の話を反芻しながら彼を見ていた。数分後、彼は顔を上げて前置きなしで言った。

「俺はブロックトン岬の家を爆破するつもりだ。奴らは今ボートに乗っている我々を探しているはずだ。驚かすにはちょうどいい。その家を手始めに、結果をみてから次の手を考えよう。我々は今奴らのすぐ近くにいる。できるはずだ」

驚く皆の反応を見据えて、交信機を取った。

「クール、ヴァレリー」

「はい、父さん」

「ブロックトン岬へ出発してくれ。素早く安全に。必要以外は話をするな。命とりになるからな」彼はまだ続けた。

「持ってきて欲しい物がある。メモをしろ、いいか言うぞ。夜用スコープ、消音器付モスバーグ。ライフル、消音器付M16、ブッシュマスターを二丁、それの弾薬を二箱。ヘルメットをいくつか、防弾チョッキそして六個の手榴弾」

クールは反復しながら、腹立たしげに、

「多すぎるよ、父さん。全部は運べないよ」

「そうか、ではできるだけ持ってきてくれ。皆の命がかかっているんだ」

「何をする気?」

「何をすると思う?」

「わかるわけないよ」

「ピクニックへ行くんだ。そこで顔にケーキをぶっつけて遊んで、皆でクンバヤ(フォークソング)を歌うのさ」

「誰かを襲撃するんだね」

「おお、忘れるとこだった。懐中電灯を三ないし四、レーザー付の着脱式を二個、通常の物を二つ」

「わかった。できるだけ持っていくよ。で、どこで落ち合う?」

「北の森と海の方へ行け。ブロックトン岬をやり過ごせ。俺らは海辺のどこかで待っている。岸から二百メートルの辺りにいる。見つけるまで歩き続けろ。必要なら安全を確かめて交信機を使え。ボートはまだ海上にある。それを探せばいいかもな」

「準備するのに二十分ぐらいかかる。でもできるだけ早く行くよ」

「頼んだぞ。あっ、それからクール」

「なんだい、父さん」

「道中についてはヴァレリーに聞け。あれはこの辺りで長い間生き延びてきたんだ。彼女の言うように従え。聞いているかヴァレリー？　お前が先導しろ」

「了解。できるだけ早くそこへ行くから。オーバー」ヴァレリーは言う。

「オーバー、アウト」

ジェイは答えて交信機を下げた。ボートの皆はブロックトン岬の家を襲撃する計画に驚いたまま、ただ黙って彼を見つめていた。ケイシーが最初に口火を切った。

「それで俺らはこの襲撃を手伝うことになるのだな」「もちろんだ」

ジェイは当然だと言わんばかりに静かに答えた。

「ケイスとヘザーとリサ以外はな」

「ちょっと早急だと思わないか」

酋長はついに口をきいた。

「たぶん。でもチャンスなんだ。一難去ってまた一難、悪いが協力してくれ」

（十七）

地下壕からブロックトン岬の家への道のりは、ヴァレリーが考えていたより困難で長かった。主に余分な荷物のせいであった。最初の一時間は大丈夫だった。ヴァレリーがジェイとクールに出会った丘の上の家を通った後、二人は裏道を行った。そこは彼女がいつも通っていた道だがほとんどの人は知らなかった。

道の初めは坂道で山の頂上に沿って行くと一旦は平らになった。そしてそれはカーターズ岬へと続いていた。しかし山の背を離れると舗装されていない道で裏道はなく、その道を行くしかなかった。リスクはなさそうに見えたのでゆっくりと注意深く進んだ。道路に沿って歩いていると、時々森の中に木々や灌木の間を縫ってカーターズがパトロールしているのが見えた。

家の前のポーチでぶらぶらしているカーターズに見られるのを避ける為に、林や灌木の中を歩いていった。

ヴァレリーが先に歩いていたが、灌木の茂みがあまりに密生していてライフルの柄が蔦に絡まった。彼女のイライラはピークに達していた。バックパックの重さもあって彼女は後ろに倒れてしまった。そしてドスンという音とともに小さな声を出した。これがポーチにいた男たちの注意を引いた。二人はその敷地から五メートル離れた所にいた。そして彼らと敷地の間の灌木の茂みは今までのより密生していた。

「ここはぐるりと回った方がよかったみたい。この灌木の茂みにはイライラするわ」

ヴァレリーは起きるのを助けてくれているクールに愚痴った。

「だからここの周りの森を抜けるのは難しいと言っただろう。道路を通るべきだった」

クールはわかっていたように答えた。

「わかっているわ。たぶん、君が正しい。私はただカーターズとぶつかるのを避けたかったから。奴らは道路をパトロールしているので、こちらの方が安全だと思ったの」

クールがヴァレリーの顔の前に手を上げて、

「シー、何か聞こえないか？」

「何が？」「声がする」

二人は静かに立ち上がり周りを見て耳を澄ました。そうしているうちに二人の男の話し声が聞こえた。二人の前に茂った灌木のせいで何人いるか見ることができなかったが、声からして近くにいるのがわかった。

「音は間違いなくここら辺から聞こえてきた」と最初の男が言った。

「この林からか？」別の声が聞いた。

「わからんが人間の声だったように思う。間違いなくこの辺りから聞こえてきた」

「お前たち、あの家には誰もいないのを確かめたか」二番目の声が尋ねた。

「ここに来た時チェックした。人の気配や他に何も見つからなかった」

三番目の声が答えた。

「お前たち二人はこの敷地の反対側の周りを見てくれ。俺とコーリンはこの周りを調べて回る。こちら側に何か見つかるかも」

クールとヴァレリーは男たちの声を聞いた後は動けなかった。二人はヘッドライトに浮かんだ二匹の鹿のようにお互いを見つめたまま固まった。動いたり話したりすると危険である。だが動かないでいると奴らに見つかる。こちら側を隈なく探し回ると言った男と他の男たちも今やこちら側に回っていた。クールはブロック銃を取り出し消音機を取り付けた。ヴァレリーの耳に口を近づけて囁いた。

「この灌木の根元に静かに伏せて奴らを撃つのがいいと思うけど」

ヴァレリーは目を大きく見開いて彼を見た。その目は正気なの？　と言っているようだった。彼女はここにうずくまって奴らと出くわすまで待つのがいいと思っていた。

「任せてくれ」クールは囁いた。

「大丈夫だ。もし奴らが僕たちに気づいて僕らが逃げて奴らが追っかけてきたら、父さんとは会えなくなってしまう。銃を構えろ」

彼がこう言っている時に左の方の灌木の茂みがガサガサと音を立て始めた。そのうちに両手が見え、続いて男の頭が見えた。あちこち探っているようで頭が上下していた。クールは彼の頭に弾を撃ち込もうと思ったが、父なら短絡すぎると言うだろうなあ、と思った。そこに何人のカーターズがいるかわかってないのだから。一人を撃ったところで、それで済むはずがない。慎重に行け、とジェイの声が聞こえるようであった。

ヴァレリーはすでに跪いて自分を目立たないようにしていた。背中のバックパックは茂みの根元に押し込めてグレッグ銃を握りしめていた。ゆっくりと男たちが茂みの中に入ってきた。クールも袋を茂みの根元に隠した。二人とも同じ向きで、半分木の葉や枝に覆われる格好になった。銃を用意して、その時がきたら発砲しようとしていた。

「奴らが見えるよ。三メートルある」

クールが左手で指差した。彼女は頷いた。角度が違っていたので彼女には見えなかった。それで静かに位置をずらして腹這いになった。木々や茂みの中を男たちはゆっくりと近づいてきた。しかし実際彼らは何を探すのか、何を見つけるのか曖昧であった。少しずつ二人が隠れている方へやってきたが、何を思ったのか一人の男は違う方向へ去っていった。もう一人の男は一メートルまで近づいてきた。茂みの中を覗き込むこともせずに、彼は立ち止まって、去っていった男に話しかけた。男の足が目の前にあり、後ろ向きの頭が見えた。クールは頭に狙いを定めた。

「何か見えるか?」離れていった男に声をかけた。

「ああ、木、埃、枝、葉、森だよ。もしここに誰かいたとしても、もう行っちゃったんじゃあないかな? ジェイソンの方はどうだ」

「おーい、ジェイソン!」男は叫んだ。

「何か見えるか?」

「いいや」森のどこかから返事が来た。

「何もないぞ」叫びがこだまのように響いた。

「もう少し探してみてそれから戻ろう」

男は後ずさりしながら言う。ポケットから煙草とマッチを取り出した。男の上半身は見えなかったがクールはマッチを擦る音を聞いた。肩にライフルをかけていた。クールの足から一・五メートルの所に落としたマッチを探す男の手をクールは見ていた。男が屈んだので息を止めてマッチを拾い上げる男の頭と腕を見た。男は知らないだろうが彼は間一髪で死を免れたのである。幸いなことに目を閉じていて、口に咥えた煙草の煙でしきりに発作のようにむせ返り、それがきっかけで向きを変えた。彼は前方へ数歩踏み出したが止まった。そこはヴァレリーの真ん前で、彼女は男に直に銃を構えたまま見つめていた。二人の方に尻を向けて男はジェイソンに叫んだ。

「何か見えるか?」「何も見えないぞ」

「こちらもだ」少しおいて彼は続けた。

「チクショー!　何もないじゃあないか。家へ戻ろう」「オキドキ」

森の奥深くから返事がした。

危険は去ったようにみえたが二人はもう少し動かないでいた。不安が消えて森の静けさにホッとした。数分後、ヴァレリーは静かに口を開いた。茂みの向こう側でまだ男たちがいるかもしれないと注意を促した。

「もう少しで奴らを撃つところだった」

「正直言って、ヤバかった」

「君が撃たなかったので驚いたわよ」


大きなダグラス杉の下の草の上でまどろんでいたジェイは、受信機から聞こえるクールの声で飛び起きた。

「父さん、聞こえる。僕だよ、どこにいるの？」

彼は胸の上に載せていた受信機を取るとキーを押して話しかけた。

「やあ、俺はここだ。どこにいるんだ？」

「ちょっと厄介な問題に出くわしてしまってね、でも何とかなった、着くのが遅くなるけど今森の中を歩いている。ちょっと前にブロックトン岬の家を通り過ぎたとこ、もう少しで岸辺だ」

「どんな問題が起きたんだ？」ジェイは心配になって聞いた。

「奴らに見つかったのか？」

「いや、見つかったんじゃない。そちらに着いたら話すよ。だけど心配しないで、さっきも言った通り大丈夫だから」

「わかった。俺らは前に言った所にいる。すぐ会えそうだな。見つからなかったら連絡をくれ」

ジェイは座りなおして周りを見回した。皆近くに横になったり座ったりして固まっていた。彼はケケが命令を守って警護をしているのを見て満足した。時計を見た。午後四時、襲撃までにはもう数時間待たねばならない。彼は起き上がってケケの所へ行った。ケケがクールやヴァレリーを誤射しないように言っておく必要があった。

「俺の息子のクールとヴァレリーという女がほどなく現れる」

ジェイはケケの肩に手を置いて嬉しそうに微笑んだ。

「頼むから奴らを撃つなよ」

彼のジョークにほとんど反応しないでケケは大真面目に、

「大丈夫です。どちらから来るのですか？」

「こちら側から来ると思うが」

彼は前方の海の方を真っ直ぐに指した。

「海岸に沿って来るか、森を抜けて来るかどちらかだ」ケケは頷いた。

「わかりました。前もって教えてくれてありがとう」

少ししてクールの声が交信機から聞こえてきた。

「僕らは父さんたちから五十メートルかそこらの所にいる。ボートの後ろが突き出ているのが見える。それは父さんの？」

「そうだ。もしボートに誰もいなかったら、この辺りのどこかにくつろいでいるはずだ」

「森を通って行くから撃たないでね」

「俺が岸辺に立っているから心配するな。すぐ会おう」

ほどなくしてジェイは、ヴァレリーが先でその後ろにクールが続いて来るのを見た。二人は森を通って近づいてきた。

「おおーい」

と声をかけるとクールは地面にバックパックを落として倒れ込んだ。

「よかった。袋が重すぎて死にそうだった」とバックの上にドサリと倒れた。

ヴァレリーは嬉しそうにジェイにハグした。

「会えてよかった」と彼女は言い、

「思っていたより長かった。私はこんなに遠くまで来たことはなかったわ。実際羽が欲しかったわよ。背中の荷物を下ろすのを手伝ってくれない？」

彼女は背を彼の方に向け、後ろで束ねていた長い髪を頭の上でだんごにして拾った小枝で留めた。汗の玉で光った細いうなじが現れた。ジェイはそのうなじの白さに息をのんだ。だが無言で二本のストラップを肩から外すのを手伝った。彼女の背中のシャツはビッショリ濡れていた。二人が無事ここへ来られたのは運がよかった、と神に感謝した。

ヴァレリーはくるりと向きを変えて責任を果たした喜びで微笑んだ。それからヒップに手を置き、円を描き始めた。疲れを取る為である。腕を真っ直ぐに伸ばして、今度は前方へ身体を曲げてつま先にタッチしながら話した。

「私たちは来る途中、もう少しで一触即発、カーターズとやり合うところだったのよ」

その時、ケイシー、酋長、そして他の面々が挨拶に集まってきた。クールは地面で休んでいたが起き上がった。二人はジェイの旅の成り行きに驚いたが冷静に理解した。

ヴァレリーがストレッチを再び始めたので、ジェイは彼女が背負ってきたバックパックを開けて中の物を取り出して草の上に並べた。

「クール、お前のバックパックの物もすべて取り出してくれないか。チェックをしておきたいから」

クールはすぐには返事をしなかったが、ジェイがヴァレリーのバックパックを開けて中身を調べ始めると、彼もバックパックを開けた。頼んだ物はすべて持ってきていた。

「すごいぞ！」彼は嬉しそうに声を上げた。

「こんなに持ってきてくれるとは思わなかった。ありがとう」

ジェイはスナイパーライフルを手に取った。目の所へスコープを当ててそれを通して見たり、位置を変えて海面を見たり運河を見たりしてライフルをチェックした。それからヴァレリーにさりげなく普通に聞いた。

「ここへ来る途中に起きたカーターズと危機一髪になった話をしてくれないか？」

彼女はストレッチをやめて座った。足を前に組んで腕を後ろに背中を支えた。ジェイは道具を調べ、整理を続けながら彼女の話を聞いた。話し終えた時、彼は、

「ごくろうだった、うまく対応したじゃあないか。今は少し休んでくれ。俺はこの道具を整理するから。その後計画を話そう」

ケイシー、ケイスと酋長が、ジェイが調べている持ち物を見て、

「まるで世界の終わりのような準備じゃあないか」酋長がコメントした。

「ありがたいことに、そうなんだ。酋長」

「今日わしらを助けてくれて本当にありがとう。そしてまたわしを集落の所へ送り返してくれるという。こんな状況下ではそんなことをしてくれる人はなかなかいない」

と心から感謝した。

「気にしないで下さい。今は前よりもっとお互いに助け合ってやっていかなくてはならない時ですから当然ですよ」

ケイシーが夜用の双眼鏡を手に取って、

「フリンジ2Aだ」と驚いたように言った。

「ハイテクの双眼鏡、消音機、レーザービーム付きスナイパーライフル、マシンガン、グラナダ。おい、お前は武器の扱いに慣れていて、それを弄ぶとんでもないイカレタ野郎だ

と俺は思っていたぞ」

「まぁ、そんなところだ。争いや殺しが始まったら俺は役に立つ男だぞ」

ジェイはニヤリと笑った。

「ここまで鍛えてくれたアメリカ政府に感謝しろよ。ところでお前が手に入れたのは重要なガラクタだ、どこで手にいれたんだ」

「どこだと思う？　オンラインでオーダーしたんだ。インターネットはいいぞ」

ジェイは皮肉っぽく答えた。

「真面目に答えろ、このキザ野郎。これらの代物を一体どうやって手に入れたんだ。どこで手榴弾とかマシンガンを手に入れたんだ。ウォルマートはここにはないし、アメリカにいるわけではないからな。一ダースの手榴弾とかいくつかのM16など半端ではない」

「実は軍のある人物を知っていて、何回も電話のやりとりをしてこちらに流してもらった。易しいことではなかったがラッキーだった」

ジェイは武器を整理したり調べたりしながら淡々と言った。

「奥さんと子供たちは大丈夫か？　今日一日中おとなしかったが」

「皆少しショックを受けているのさ。特にリサは子供たちのことを心配している。そして絶望している。すべてのことが一気に起こり過ぎた」

「気持ちはわかる」

「お前何ができると思う？　この狂った時代に」

彼は躊躇しながら付け加えた。

「正直俺はダンロップでのんびりと暮らし過ぎた。あまり考えることもなく心配もしなかった。今は何かが起こりそうで不安なのだ」

「わかる。一旦俺らの地下壕へ行けば、そこが安全だとわかるからあせるな」

太陽が山の後ろに傾き光が輝きを失い始める約一時間前、蚊が皆の周りをブーン、ブーンと飛び回り始めた。この時間になってブロックトン岬の家の襲撃について、ジェイはやっと計画を話し始めた。二人が持ってきた予備の防弾チョッキはケイシー、酋長、ケケとケイスに配られた。ケイシーは息子が母親と妹を守る為に待機組を期待した。リサ、ヘザーとケイスは戦闘から離れた所にいることになった。だがケイスはライフルが得意なので仲間に加えてもらい、一人前の男のように扱ってもらいたいと言った。まだ十四歳だ。

2Tのブッシュマスターと M16は酋長とケケに、一方ジェイはM16を持った。それは最も高価で価値がある武器だ。モスバーグの暗視装置付スナイパーは二万ドルもする。ジェイはそれを使う訓練を受けた。彼はイラクで八百メートル離れていた数人を射殺したことがあった。

計画はケイシーが運河にボートで行くというもので、それは囮でジェイのふりをして日帰りで北からカーターズ入江へ戻ってくるというものである。スピードをつけて航行しているので実際彼に当たることは考えられない。だが念の為ヘルメットと防弾チョッキを着用、クールはケイシーに交信機を渡して、使い方を教えた。これで連絡し合える。心配なのはブロックトン岬の家に何人男たちがいるか見当がつかないことである。襲撃する前にできるだけ家と人数を探ること。事前に知ることは特殊部隊にいる時に頭の中に叩き込まれた必要最低条件である。

ヴァレリーとクールによるとあの家までは歩いて二十分の距離である。その為ケイシーは出発するまで二十分待たなければならなかった。ケイシーが家から見える半島の周りに行くのにボートで十分以上はかからない。

降り注ぐ光が木々に遮られて森はだんだんと暗くなっていった。それと比例して彼らは襲撃のイメージ訓練や準備をしたりして緊張を高めていった。ジェイ以外は誰も殺しの訓練を受けた者はいない。砦になった家を襲撃することは殺すか殺されるかである。ケケとヴァレリーは緊張を上手に隠した。一方ケイシーと酋長は明らかに緊張が見えた。クールはその間にいた。

「だが誰も死なない。俺が死なせない」とジェイは言い、

「奴らは悪い連中だ。お前たちを殺すのをためらわない。だから先に奴らを撃つ、殺されない為に撃つのだ。そして考えるな」

ジェイは七十メートル離れた岩陰に隠れて草の中に横たわった。そしてモスバーグに夜

用のスコープをつけてその家から少しずつ下へ覗いていった。ケイシーが運河から出て約五分で視界に入ってくるだろう。彼は森の中で待っている他の人たちの所へ走った。そこで彼は跪いた。他の人々も彼の周りに跪くよう促した後、泥の中に地図を描き始めた。暗かったので隣にいたヴァレリーにバックパックから懐中電燈を取り出すよう頼んだ。それから説明した。

「ケイシーが約一分後に出発すると連絡してきた」とクールが言った。

「完璧だ」ジェイは答えた。

「ここから家が建っている所が見える。三人の男たちがガードしている、海上を見張っているようだ。他に家の裏のデッキに二人。もしケイシーに向けて誰かが発砲したら最初に駆けつけるのは奴らだ。家の前にある椅子に二人、道路の方を向いている。台所と居間に二人の男と一人の女がいる。台所の隣に少しの空間がある。外のデッキと繋がっている。銃声を聞いたら奴らも外へ出るだろう。他には誰も見えない、二階にも。だけど……」

彼は強調した。

「二階の一つの部屋から明かりが漏れている。それだけだ。ここまではいいか？」

ジェイは顔を上げて皆を見た。皆、頭で頷いた。彼は彼らの表情に不安を読み取った。彼らが手筈通りにやってくれるのを願った。彼は過去にいろいろ学んだ。そしてこの学んだことは多くの場面で役に立つということも学んだ。戦いが始まるまで、そして戦っている間、人はどのように行動するのかわからない。その為に先に心配することはない。

ジェイは計画を検討し、各々に明確な役割を課した。そうこうしているうちにケイシーが交信機から呼んだ。

「一分以内に奴らの視界に入る。水面は少々荒れていて俺は波に振りまわされている」

「交信機をかせ」ジェイはヴァレリーから受け取った。

「ゆっくりやってくれ。俺らはあと数分かかる」

「OK、用意ができたら教えてくれ。暗くなってくるぞ」

「わかっている。用意ができたら連絡する」

彼は泥の上に描いた地図を見直した。

「ここが俺がさっきいた所だ」

「僕とヴァレリーは玄関だ」

クールは早口で答えた。

「よし、お前たち二人とも玄関から気をつけて中へ入っていけ。二階に注意しろ、だが二階へは行くな。階下の奴を皆処分してからだ。ケケ、お前は二人と一緒に行け。だけど二人が中に入ってもお前は家の外に隠れていろ。良い隠れ場所を見つけて、我々に撃ってくる奴を見つけたら、お前が発砲しろ。お前の仕事はそこから逃げようとする奴を殺すことだ。二階へ行く前に台所で会おう。わかったか？　何か質問は？　位置に着くまでに三分ある。ＯＫ、ゴー」

三人は森を抜けて家の玄関に向かって脱兎のごとく駆け出した。ジェイは酋長に、

「酋長、俺と一緒にいてくれ。右手五メートル離れて。我々と家の間にオープンテラスと草しかない。奴らが撃ってくるまでは撃つな。奴らがケイシーを撃つのに手が離せない内に俺はデッキにいる男たちをやるつもりだ。用意はいいか？」

「よし、行こう。ジェイ」

交信機を取るとケイシーに「行け」と言った。それからライフルを持って位置につくと目に当てた。彼はモスバーグを使った。前回それを使った時のことを思い出していた。戦争を起こすよう情報を売っていたイラクの金持ちの商人、あるいは少なくともそう言われていた人、ジェイは四百メートル離れている所から彼らの頭を打ち抜いた。それから二人の個人的なボディガードも倒した。二十分後、仲間とビールを飲み、大学のフットボールの試合を見にベースに戻った。

軍でのことを思い返すとぼやけていて、アメリカ政府に対する彼の信奉とモチベーションは半信半疑、都合のいい嘘によって完全にわからなくなっていた。そして財政上と政治上の課題、彼がカナダへ移住する時までには、アメリカ政府の外交政策、世界への態度、すべては軽蔑すべきものになった。それでも、まだ自分の国を愛していた。未練もあった。アメリカ人を信じていた。しかし政府と軍の制度を憎んだ。

スコープを通してターゲットを見つめながら彼は誰を優先的に倒していくか順番を決めていった。それから待った。何事も起こらず二分が経った。七十メートル離れている夜の暗闇の中で、彼ははっきりと三人の男が一緒に立っていて、海上を指差しているのが見えた。が、まだ発砲してなかった。交信機を摑んで、

「ケイシー、まだ見える場所にいるか？」

「少なくとも一分はここにいる。何で撃ってこないのだろう」

「わからないが奴らにはお前が見えてるはずだ。奴らがお前を指差しているのが見える。どのくらい離れている？」

「俺は射程内にいる。確かだ。お前が言ったように正確にやっているぞ」

突然何が起こるのかジェイは閃いた。

「これは罠だ。ケイシー、奴らはお前を包囲するつもりだ」

「なんでそんなことをするんだ？」

「すぐ向きを変えろ、今すぐ。聞こえるか、戻ってこい。これは罠だ」

ジェイは静かに、だが切迫した声で交信機を通して確信を持って命令した。

「本当か？」

「クソ！　ケイシー、俺が言ったようにしてくれ。戻れ！」

「わかった、わかった。戻るよ」

ケイシーは当惑しながら答えた。三十秒後、岸辺から銃声が聞こえた。彼の声が交信機から聞こえた。今回はかなり緊迫していた。

「岸辺にいる奴らが撃ってきた。前の方にも何隻かボートが見える。驚いたなぁ、えっ？あいつらのボートだ、俺に撃ってきてるぞ」

「向きを変えて、そこから離れろ。安全な所まで引き返せ。後で連絡する」

「もうそうしたぞ。奴らは俺が向きを変えた途端撃ってきた」

ケイシーは銃声の中で叫んでいたが、聞き取れなかった。ジェイは交信機を置いてスナイパーライフルスコープを覗いて家の方にフォーカスした。ポーチにいた男たちは芝生の上に立って、海上を見ていた男たちと一緒にケイシーに向かって撃っていた。玄関を見た。二人の男が立っていて玄関から動いていなかった。家の中では台所にいた二人の男が家の裏の岬に向かって走っていた。玄関の階段にいる男たちの方へ急いで目を転じると、ためらいもなく一人の頭を撃った。すぐその後もう一人の男の胸に二つの弾を撃ち込んだ。男は後ろに手を広げて先ほど撃った男の上に倒れた。素早くフォーカスを変えて家の裏側を見た。再びサッと戻って最初に目にした男を撃った。裏口からちょうど出てきた男がいた。ポーチを通って岬にいるもう一人に向かって芝生の上を駆けていった。ジェイが撃った時、男の銃は空に舞い上がりそして身体は地面に倒れた。居間にいた他の男は彼の後を追っていたが途中で止まり、目の前の死体を見つめた。彼は弾がどこから来たか右手のどこから来たか手がかりを探すように周りを見た。ジェイの方に顔を向けた。女だった。髪を編んでいたので女だと認識できた。彼はちょっとの間ためらった、が本能的にすぐ元に戻り他のことは考えず彼女の顔を打ち抜いた。

ジェイがターゲットを見つけて撃っている一方、岸辺での銃声はエコーして大きく響いた。ブロックトン岬の縁に立っている五人はケイシーを撃っていた。急いでこのグループにフォーカスした。数秒の間隔で二人を倒した。彼らの一人が仲間の死体に気づいた。スコープを覗くと同じ方向にいるのが見えた。たった八十メートル、彼にとっては簡単な距離である。そして男が移動する前に撃った。残った二人は向きを変えた。マズル銃からの閃光を見た後、ジェイに向かってちょっとの間撃ってきたが、それから家の方へ走った。自動小銃の爆音で男たちは混乱していたので彼らに照準を合わせて簡単に撃つことができた。

酋長が森から現れて家の方へ走っているのを見た。家の方に注意を払いながらジェイは二階の窓に焦点を当てて見た。案の定誰かが窓に近づいて酋長めがけて二発撃ってきた。幸い弾は外れた。酋長は弾がどこから来たかわからなかったので最悪なことに突然止まり周りを見渡した。男が再び窓に現れてカーテンを横に引いた。酋長の姿をもっとはっきりと見る為である。ジェイはその男がもう一発発砲する前に男を撃ち落とすことができた。そして起き上がって家の方へ走った。酋長に走り続けるよう叫んだ。原っぱを半分まで来てジェイは突然止まった。地面に伏せていた場所に交信機を忘れてきたのに気づき、取りに戻った。その間安全の為に二階の窓を見続けていた。交信機を拾うと交信機の向こう側で声が繰り返し叫んでいた。

「おーい、ジェイそこにいるか？　おい、ジェイ。こちらはケイシーだ。このまったく役に立たない交信機に出てくれ。お前はそこにいるのか？」

ジェイは交信機に叫んだ
「ケイシー、俺だ。声が聴けて嬉しいぞ。大丈夫か？」

「ああ、大丈夫だ。だが酷い目に遭ったぞ。奴らは俺に集中砲火を浴びせやがった。三方から撃ってきた。信じられないほどの銃弾の嵐だった。弾が一つだけ頭に当たった。頭の上ではじけてヘルメットに小さな凹ができたようだ」

「でもお前は大丈夫なんだろう？」

「ああ、でもさすがの俺もビビッたなあ。ヘルメットに感謝だ」

「だから俺は丈夫なのを買ったのさ。まだ奴らはお前に撃ってきてるか？」

「いや、今はもう誰も撃ってこない。かなり離れた所へ来てるからな」

「出発した場所まで戻ってこられるか？」

「そうだな。ここは暗すぎる。一人で水の上にいると、誰でもよい。人が恋しくなるものだ」

「そちらへ行ってハグしようか？」

「それならワイフの方がいいな、ヴァレリーならもっといいがな」

「いい加減にしろ」

「午後にいた場所に戻ればいいのか？」

「いいや、監視小屋に来てくれ。そこが安全だ。小屋は俺らが奪い取った」

「やったな、俺もすぐ行く。後で会おう」

ジェイが監視小屋に着いた時、裏のポーチで皆が待っていた。仲間の誰も怪我がないという報告を受けて彼は満足した。その上、思いがけないことに、一人の捕虜を連れてきていた。捕虜は手を後ろで縛られて、椅子に座らされていた。

「よくやった。この家は調べたか、二階は？」

ヴァレリーと僕でもう調べたよ、父さん。二階に一つ死体があったけど、あれは父さんがやったんだよね」

「だろうね。皆死んでいるか確かめたか？」

「酋長が捕虜を縛ってくれている間にケケが全部死体をチェックしてくれたよ」

「見事な射撃でした、チーフ」

ケケは畏敬の念を込めて言った。

「ありがとう、家の周りを走っている奴らを撃ったのはお前だと思うが」

郵便はがき

料金受取人払郵便

新宿局承認

3971

差出有効期間
2022年7月
31日まで
（切手不要）

1 6 0-8 7 9 1

1 4 1

東京都新宿区新宿1－10－1

(株)文芸社

愛読者カード係 行

ふりがな お名前			明治　大正 昭和　平成	年生　歳
ふりがな ご住所	□□□-□□□□			性別 男・女
お電話 番　号	（書籍ご注文の際に必要です）	ご職業		
E-mail				
ご購読雑誌（複数可）		ご購読新聞		新聞

最近読んでおもしろかった本や今後、とりあげてほしいテーマをお教えください。

ご自分の研究成果や経験、お考え等を出版してみたいというお気持ちはありますか。

ある　　ない　　内容・テーマ（　　　　　　　　　　　　　　　　　　）

現在完成した作品をお持ちですか。

ある　　ない　　ジャンル・原稿量（　　　　　　　　　　　　　　　　　　）

書 名			
お買上 書 店	都道 府県 市区 郡	書店名	書店
		ご購入日	年 月 日

本書をどこでお知りになりましたか?

1.書店店頭 2.知人にすすめられて 3.インターネット(サイト名)

4.DMハガキ 5.広告、記事を見て(新聞、雑誌名)

この質問に関連して、ご購入の決め手となったのは?

1.タイトル 2.著者 3.内容 4.カバーデザイン 5.帯

その他ご自由にお書きください。

( )

本書についてのご意見、ご感想をお聞かせください。

①内容について

②カバー、タイトル、帯について

弊社Webサイトからもご意見、ご感想をお寄せいただけます。

協力ありがとうございました。

お寄せいただいたご意見、ご感想は新聞広告等で匿名にて使わせていただくことがあります。

お客様の個人情報は、小社からの連絡のみに使用します。社外に提供することは一切ありません。

書籍のご注文は、お近くの書店または、ブックサービス(0120-29-9625)、セブンネットショッピング(http://7net.omni7.jp/)にお申し込み下さい。

「はい、私です。チーフ。私は奴らに見つかってなかったので、簡単でした」

「それはよかった。よくやったケケ。ところで俺をチーフと呼ぶのはやめてくれないか。ジェイでいい」

「今、何と言われましたか？」

「俺はチーフと言われるよりジェイと呼んでほしいのだ」

「ああ、そうですか。わかりました、ジェイ」

「ケイシーはどうした？　奴は大丈夫か？」

酋長は心配そうに聞いた。

「少々パニクッているが大丈夫だ。もうすぐここに来る。ケケ、ちょっとドックまで見に行ってくれないか。ついでに彼の家族も連れてきてくれ」

「はい、すぐ行ってきます」

ケケは敏捷さが売りのようにすぐ駆け出していった。

「クール、帰る準備ができるまで、玄関を見張っていてくれ」

「いいよ、父さん、任せて」

クールは父親に片目をつぶって見せた。誰もいなくなると、酋長がきまり悪そうに、

「へまをしちゃったな。わかっているよ」

「大丈夫。もし時間があったら、俺はあんたを立派な兵士に変えてみせるんだが」

ジェイは時間がなくて残念とばかりに大げさに悔しがって見せた。それから捕虜の方へ行き、彼を見つめた。ヘルメットを脱ぎ、椅子を持ってきて彼の前に座った。何も言わずに彼を見つめた。まだ若い。たぶん十八歳前後だろう。酷く脅えていた。

ケケがケイシーと彼の家族を連れて戻ってくるまでに、ジェイと酋長は捕虜からかなり役に立つ情報を得ていた。カーターズ岬のボスの名前はエリックで、彼らの計画、どこに住んでいるか等々。酋長は意地の悪い警官のようにねちねちと、ゆっくりと拷問にかける異常性格者のように、対してジェイは知りたいことを話してくれれば、あのクレイジーな原住民から解放してあげるといった良い警官を演じていた。打ち合わせなしで自然にそれができたのは彼らにとっても驚きで、今後とも良い相棒になれると互いに確認していた。

ケイシーが原っぱを横切ってやってくるのが見えたので、捕虜との話はそこで打ち切って、ケイシーの方へ行った。

「やあ、やっと来たな。まだハグが欲しいか」

嫌がるケイシーにハグして、それからリサとヘザーにも。ケイスに向かって、

「お前の父さんはだいぶ酷い目にあったようだ。今夜は優しくいたわってくれ」

「ほとんど撃たれるところだったぞ。ヘルメットの穴を見たか?」

「そんなこと言っていたな。ヘルメットをつけていてラッキーだったじゃあないか」

クール以外、皆デッキに集まった。

ジェイは捕虜をクールが見張っている家の玄関に連れていった。

「俺が皆に説明してる間、こいつから目を離すな。こいつをどこかに縛っておけ。もし何かやりそうなら、撃ち殺しても構わん」

ジェイはそう言って家の中へ二、三歩入って、クールの方へ振り向いた。

「良いことを思いついたぞ。クール。お前はこのガキからいろいろ聞いてくれ」

「父さん、こいつはガキじゃあないよ。僕より一歳か二歳年上かもしれないよ、子供ではないよ」

「俺のような大人から見たら、お前たちはまだガキだ。それより奴に優しく接してやれ。あいつ自身のこと、学校、女友達、スポーツ、何でもいい。友達のように話してやつをほぐしてやれ。尋問の常套手段だ。頼んだぞ」

「わかった。やれるだけやるよ」

「十分ぐらいしたら、ヴァレリーをそちらへ送るから」

彼はポーチにいる皆の所へ行った。ケイシーが海上での銃撃戦のことを皆に話していた。

ジェイを見ると、

「俺はすんでのことで尻を撃たれるところだった。お前はまったく変なスナイパーだよ。俺一人の尻の為に七人の男を撃ち殺したんだからな、しかもたった一人で」

「たまたま運が良かっただけだ」

「そうか、じゃあ俺の尻も運がよかったんだな」

クール以外の皆は小さい円になってジェイの話を聞いた。

「これから我々は暗闇の中を四時間歩いて帰ることになる。その前にやることが二つある。一つはカーターズに見つからないように、ボートを隠すこと。ケイシーとケイス、すまぬがそれをやってくれ。酋長、一緒にボートの所まで行って、ガス缶を持ってきてくれないか。二つ目はこの家を探して、食べ物、銃、スリーピングバッグ、ランタン、バックパック、その他何でも使えそうな物を集めてくれ。できるだけ持って帰る。リサ、ヘザーこれはお前らの仕事だ。ヴァレリー、誰かがドアの後ろで銃を持って隠れているかもしれないから、もう一度回って、それが済んだら、クールの所に行ってくれ。ケケと俺はすべての死体をチェックして、家の中へ運ぶ。最後にこの家を焼いて土に返す。それから帰ることになる。ここに懐中電灯がいくつかある。必要ならば使ってくれ。何か質問は？　なければすぐ始める。二十分でやってくれ」

「捕虜はどうするの？」ヴァレリーが聞いた。

「一緒に連れていく」

ジェイは一人岬に向かって歩き始めた。崖の上に立って夜用のモスバーグで湾の中を見た。それから対岸の砂浜に二隻のカヌーが上陸しようとしていたのを見た。もう一度向きを変えて海上を見た時湾の真ん中にさらに二隻のカヌーが目に飛び込んできた。一つのカヌーにはそれぞれ三人ずつ乗っていた。またマリーナに向かっているモーターボートがいたが、すぐ半島の後ろに隠れてしまった。ジェイは腹ばいになって、ベルトから銃のカートリッジを外して横の地面に置いた。ライフルの三脚を立てた。そしてスコープを見続けた。辛抱強く見続けていると、島から三人の男たちが船を出すのを見た。カヌーが岸から七メートルほど来た時、彼は最初の一発を放った。三人のうちの一人の頭に当たった。残った二人のうち一人が逃げようとしたところを撃った。最後の一人はカヌーの中へ隠れた。ジェイコブは一か八かでカヌーの側面を数発撃った。男はそこから出てこなかった。

その後は簡単だった。湾の中にいる二隻のカヌーだけだ。彼らには逃げ場がない。撃とうとしている時に名前を呼ばれた。近づいてくる足音を聞いた。振り向くと、酋長とケケが「地面に伏せて何やってるんだ」と言いながら近づいてきた。

「もうわしらはほとんどやってしまって、お前を待っているんだ」

ジェイはそれには答えず、

「二人とも地面に伏せろ。反撃の弾が飛んでくるかもしれないから」

スコープを覗いて暗闇の中に発砲した。島に戻ろうと向きを変えたカヌーを片付けるのに三分とかからなかった。カヌーは転覆して浮き、死体もその横で浮いていた。男が一人岸に向かって泳ぎ、それから立ち上がって必死に森の中へ逃げていくのを見ていた。

「これでいい」ジェイは独り言を言いスナイパーライフルの足をたたんだ。

「何人殺した?」酋長が批判とも驚嘆ともとれる口調で聞いてきた。

「わからない。数えないようにしている」言葉数少なく彼は答えた。


一行が長い道路の分かれ道に着いた時は、その家は激しく燃えていた。ヴァレリーとクールが暗がりを先頭に立って歩いた。ジェイは最後にいた。皆おしゃべりは最低限度にするよう伝えられた。人生をおしゃべりで終焉にしないよう、厳しいけれど自分たちを守る為である。

真夜中少し過ぎに彼らはついに地下壕に着いた。無事中に入るとジェイは早速、

「無礼なのは重々承知だが、俺は休みたい。二十四時間寝てない。長い一日だった。クール、捕虜をどこかに縛っておけ。ヴァレリー皆に食事を与えて、くつろげるよう手伝ってやってくれ。緊急以外は起こすな。おやすみ」

「おやすみなさい」

皆のコーラスを聞きながら彼はよろめきながら部屋に入った。防弾チョッキ、ヘルメット、ブーツを脱ぎ捨てるとベッドに倒れ込み、すぐ眠りに落ちた。

夜明け前にジェイは一度目を覚ました。

寝返りをうつと、横にヴァレリーが寝ているのに気づいた。おや？　どうして、と好奇心が湧いたが、それより眠りの誘惑の方が強かった。次に目を覚ました時はもう彼女はそこにはいなかった。夢だったのか、本当のことだったのか、彼にはわからなかった。

しかし、彼はしっかり寝たので気分は爽快であった。メインの居間へ行くとそこは一変していた。人々が動き回り、賑やかな場所になっていた。それを見て彼は、この人たちを助けたのだ、と胸が一杯になった。

皆の「おはようございます」の声と笑顔に迎えられ食卓に着いた。

「コーヒーはあるか？」

リサが近づいてきて、彼の肩に手をのせた。

「少し残っているかもしれない。もし残ってなければ新しいものを入れてきますよ」

「少し砂糖も頼む」

「はい、すぐ持ってきますからね」そう言って台所へ入っていった。

「ヘイ、大将」とケイシーがやってきた。

「この場所はみごとだ」

「気に入ってくれたか、慣れるには少し時間がかかると思うが」

「電気もあるんだな。子供たちが隣の部屋でＤＶＤを楽しんでいる。信じられない」

ジェイは周りを見渡した。

「クールは？」

「少し前に起きたようだ。昨夜は自分の物を片付けていたから、今も武器室にいるんじゃあないか」

「クール！」彼は大声で呼んだ。

「どうしたの、父さん」クールは武器室から出てきた。

「昨夜は疲れていたようだね。こんなに遅くまで寝てたことって今までなかった」

「ああ、疲れた。皆もそうだったろう」

リサがコーヒーを持ってきた。

「ジェイ、ここに置くよ」

「ありがとう、リサ」

「俺は昨夜の足跡を消してこなかったことを心配している。皆も疲れているだろうがやってもらいたい」

「もうやってるよ、父さん。ヴァレリーがケケにトラックの隠し方を教えて、みんなで協力してやっちゃったよ。二人はまだ外にいるけど」

「本当か、すごいぞ、息子。あれを思いつくなんて、もう一人前だ。皆もありがとう」

「今僕が考えていることは何だと思う？　父さんは部屋へ戻ってドアを閉めて今日一日休

むことだよ。寝てもいいし、本を読んでもいいし、ギターを弾くのもいいんじゃあない、父さんがしたいことは何でも。ここにいる皆は父さんが休んでくれることを望んでいる。ここは僕たちに任せて、ヴァレリーと僕がちゃんとやるから。捕虜は大丈夫、他の部屋に縛ってある。リサおばさんは整理整頓をしたり、まるでクリーニングマシンのようだよ」

「そのとおり」ケイシーが口をはさんだ。

「もし必要になったらお前を呼ぶよ。今日一日は我々に任せな。それだけの働きをしたんだからさ」

「もう一杯コーヒーをもらおうかな。それとちょっと食べたい、一日中完全に休むのはどうかと思うけど、お前のオファーを受け入れることにしよう。午後はリラックスしてそして眠ろう。俺の唯一の願いはヴァレリーとケケの仕事が終わった後、誰も地上に出ないこと。そして実際、今二人を呼びに行ってくれたら嬉しい。二人に急ぐように。二人が地上に出てると思うとリラックスできない」

クールが答える前にヴァレリーがドアを開けて部屋に入ってきた。ケケは彼女のすぐ後ろにいた。明るい笑顔を見せて彼女はジェイの方へ来て彼の頬にキスをした。

「おはよう、ジェイ」

彼はちょっと驚いて彼女を見た。彼女は意味ありげな笑いを見せてゆっくりと台所の方へ行った。

「ＯＫ、それじゃあ、世話になろうか」

立ち上がって部屋へ行った。ベッドに横たわり、本を手に取り読み始めた。五分後、二ページ読んだだけで他のことを考えているのに気づいた。本を置いて、目を閉じて、そしてヴァレリーのことを思って眠りに落ちた。

（十八）

キャプテンの一人と部下の一人が昨夜の出来事を報告する為にエリックの家に来た。部下はモーターボートに乗らなくて命拾いをしたあの部下である。島やカヌーに残っていた男たちが誰一人マリーナ岬の家に戻ってないのを知って、そのキャプテンは驚いた。それで彼は朝一番、ボートに乗って何が起きたか見に行った。カヌーが転覆していて湾の周りに死体が浮いているのを見た。島で一人生き残った部下がボートに手を振っていた。彼を拾った後、二人は湾を渡ってまだ煙でくすぶっているブロックトン岬の家へ行った。

キャプテンと島にいた男は昨晩の出来事をエリックとウエインに報告した。その時チンが部屋へ入ってきた。厳しい顔をしているエリックに歩み寄って彼の耳に小さく耳打ちした。エリックはチンを見つめて、それから彼の前に立っている二人の男の方を見た。チンが出ていった。

「チンが原住民領から興味ある情報を得て帰ってきた。それは昨夜の大失敗のヒントになるかもしれない。チンが戻ってくるまでお前たちの話を聞こう。それで、我々が仕掛けた罠から逃げようとしたボートの男は、一人の女と他の男と一緒に仲間を九人殺して、その上、家を焼いたというのか？」

エリックは巨体を揺らしながら疑わしそうにキャプテンを見つめた。

「そうです。ボス、自分で集めてきた情報です。間違いありません」

彼は断固として言った。

「でもそこに何人いたか見当がつきません。ただ言えることは、私がいた所からは対岸、つまりブロックトン岬にいた男たちが突然銃撃をやめて、その三十分後に火の手があがり、家が燃えているのに気づいたのです。岬の家から自動小銃の音が聞こえたけれどすぐやみました。私は部下を集めて、湾をボートで渡りました。四十五分かかりました。家は焼かれており、誰もいませんでした。家の周りも調べました。部下に家から続いている道路も調べさせましたが、地面に使用済みの薬きょうが転がっているだけでした」

キャプテンの報告はエリックをイライラさせた。こめかみがピクピクと動き、顔はますます赤くなっていった。エリックの横に立っていたウエインが、

「ブロックトン岬へ派遣した男たちをどうしましょうか？」

神経質そうに恐る恐る聞いた。

「お前は本当に弁護士だったのか。もしそうならダメ弁護士だったな」

　エリックが吐くように言った。

「お言葉ですが、有能な弁護士の一人として市から表彰されていますよ」

「まあ、そんなことはどうでもいい。奴らがボートでまたやってくるかもしれんじゃあないか。もう一日そこにいるように言え。今日の午後、俺もブロックトン岬へ行く。自分の目で確かめてみたいから、そこで会おう」

「わかりました。ボス」

　元弁護士はキャプテンたちと一緒にそそくさと部屋を出ていった。入れ替わりチンが入ってきた。エリックはチンを外のデッキに誘った。チンはエリックと向かい合って座った。

「原住民領で何がわかったか話してくれ」

　エリックはチンをせかした、チンはどこから話そうかと逡巡していたが、

「今原住民領ではいろいろ騒動が起こっていて、ロバート酋長はセカラ族のシラー酋長にその座を追われました」

　と切り出した。エリックは黙って頷いた。

「だが交代はスムーズにいかなかったようです。他の部族がシラー酋長とセカラ族が好きではないから。奴らが力を得たのは、人数の多さと姑息な戦略によるもののようです。今

原住民領は五十パーセントがセカラ。三十パーセントがウエナチ、あとは小さな部族で、この前の投票では四人に一人がシラーを選んだ。これは脅かされていたとの証言があります。ロバート酋長は人徳があり皆彼が好きです。一方シラー酋長は権力の亡者で皆に恐れられています」

「ちょっと待て」

エリックがチンの話を遮った。

「この原住民領の争いが、我々のブロックトン岬の家とどう関係してるんだ。俺はその情報が欲しいのだ」

「手短に話すのでもう少し辛抱をしてください。把握してからの方が分かりやすいですよ」

エリックはやむなく上体を背もたれに倒して腕を組んだ。

「シラーは白人のケイシーが原住民領に住んでいるのが予てから忌々しく、それを許しているロバート酋長を憎んでいた。だから酋長になった途端、まず初めにやったのはケイシー家族を追い出すことだった。ケイシーを見送りにロバート酋長が領土を出たら殺すよう兵士に命じていた、が失敗した。酋長は逃げて、あの迷惑な男に助けを求めたのです」

チンは一息ついた。ここまではわかったか、というようにエリックを見た。彼はやっと繋がったとばかりに上体を起こした。

「昨晩のブロックトン岬の襲撃は奴一人の仕業ではなく、ケイシー、ロバート酋長など皆でやったことだと思います」

「奴が一人でやったのではないのか」

エリックは強い口調で言った。

「違います。ボス。その上やっかいなことにやつの仲間は増えています。酋長は近々戦いが起こると予想していて、その証拠にウエナチ族は皆山の高い所、先祖が作った砦に避難しています。ロバート酋長はできるだけ早く集落に帰るはずですよ」

「そうだ、そこだ。そこを狙って奴を捕らえるのだ」

エリックはやっとつながったとばかりに声をあげた。チンは指を鳴らして頷いた。

「セカラの方が人数は多いけれど、気になるのはウエナチは過去何百年もこの地に住んでいて、この地をよく知っています。一方セカラは海岸の南の方からやってきたのでウエナチがどこに隠れているか知らない。過去にウエナチを襲撃して勝った部族はないのです。誰でも知っている事実です。私はシラー派でシラーの内部に通じています。そちらが勝たなければ意味がないのですが」

「そうか、それで?」

「ロバート酋長が集落へ帰る時に我々は待ち伏せをして彼を捕らえるのです。何人の部下を捕り物に回せられるかが成功のカギです。捕らえて奴の名前や正体を暴くのです。どう呼んでいいかわからないなんて話にならない」

「そうだ、まず、総力をあげて奴を捕らえる。捕らえて八つ裂きにしてやるのだ」

エリックは長い前髪を上にかきあげて拳を上げた。

（十九）

ジェイが昼寝をしている間、新しい住人は地下壕の中を変更したり片付けたり忙しくしていた。ゴミを一つにまとめ、以前はボートや車が保管されていたが今は空室になっている部屋へ運んだ。きれいに掃除をした後、ケイシーと家族の部屋になった。台所も変えた。それで食物や水を保管するスペースが増えた。クールの場所にもう少しスペースを作って、ヴァレリー、ロバート酋長、ケケが一緒に使うことになった。ジェイが眠りから覚めた時はその場所は見違えるようにきれいになっていた。

ケイシーの二人の子供を除いて皆食堂のテーブルに着いていた。ジェイがやってきた。

「よく眠ったので気分がいい。何か食べたいが、今日の夕食はパスタのようだな？」

リサが立ち上がって食物を持ってこようとしたが、彼はリサに座って食事を楽しむように言い、自分で台所へ行った。戻ってくると、

「お前たちがしてくれたこと気に入ったぞ。台所はきれいになって良い匂いがする」

とびっくりしたように、だが嬉しそうに言った。

食事の間皆は軽い会話を楽しんだ。リサとケケは皿を洗っていた。

「ちょっとミーティングをしたいけど、その前に捕虜と少し話をしたい。そういえば奴はどこにいる？」

「エクササイズマシンにまだ縛られている」クールが答えた。

「食物を持っていったし、二、三回トイレに行った。あいつは実際良い奴だよ。父さん。カーターズの一員でいるよりここの捕虜になる方がいいと言っていた」

「そうか、それは嬉しいな。俺が知りたいことを話し続けている間はここにいられるのだがな、今から話しに行こう」

ジェイは立ち上がって捕虜が縛られている部屋へ入っていった。彼はエクササイズマシンのメタルフレームにもたれかかって床に座っていた。手は後ろで縛られ、口はテープで塞がれていた。床を見つめていたがジェイが部屋へ入ってくる音を聞いて顔を上げた。クールがジェイの後から入ってきた。武器室の傍を通った時ジェイは立ち止まり狩猟用ナイフを摑んだ。そして椅子を持って捕虜の前に座った。彼はナイフを研ぎ始めた。クールは訓練用のベンチを持って数メートル離れて座った。しばらく捕虜を見つめていたがジェイはこれ見よがしにナイフを研ぎつづけた。

「ここにいる俺の息子がお前は良い奴だと言っている。お前は我々の捕虜になるのは構わないそうだね。それは嬉しいよ」

捕虜はテープで塞がれていて口がきけなかったが彼の目は頷いていた。

「さて、これからしようとすることが二つある。まずはお前がしっかり聞いているか知りたいので頭で合槌を打ってくれ」

捕虜は頭を力強く上下に振り、目はナイフに釘付けになっていた。

「よろしい、最初は俺が聞くすべての質問にできるだけ詳しく話すことだ。もしお前が嘘をついたり、後から嘘がばれたらお前を容赦しない。二つ目は俺が知りたかったことをお前が言わない場合、俺の友達の原住民と代わる。奴は俺ほど優しくないぞ。お前は賢いガキだと思う。俺に協力してくれ。おしゃべりができるように粘着テープを外してやろう」

ジェイは捕虜の方に手を伸ばして素早くテープをはがした。捕虜は直にしゃべり始めた。

「知りたいことは何でも話します。カーターズがどうなろうと俺の知ったことではないです。奴は強制的に俺を仲間に入れたのです。俺は奴らを憎んでいます。父を殺し、俺と妹と母を捕虜にして農場に入れて働かせています。俺には選択肢がなかった。あなたたちが襲ってきた時すぐ降伏したのはそれが理由です」

「待て、待て、落ち着いて。まずは名前からいこう」

「ザークです」

「よしザーク、農場について話してくれないか。どのくらいそこで働いて、それはどこにあるのだ？」

「二年です。俺たちは捕らえられた直後は人質でした。俺と家族はそこで働かなければ殺されたんです。今は二つ農場があって俺は最初に作られた方で働いています」

「そこで働いているのは皆、捕虜たちか？」

「いえ、たぶん半分はそうです。兵士の妻や友達もそこで働いています。それから姉妹や他の女の人たちも。チェックシステムがあって皆管理されています。兵士の家族は違った扱いを受けています。もし夫が兵士ならば望めば、持ち場を離れることができます。皆より多く食物をもらい基本的には私の母や妹のような捕虜の上司になります。奴らは捕虜たちを離れ離れにして、例えば俺が何か悪いことをしたら俺の家族を罰します。フェンスがあって見張りがいて命令に従わなかったり食物を盗んだりまたは逃げようとすると、いつでも射殺されます。家族に危害を加えると脅かされて一旦ギャングの仲間に入ったらもう規則に従うしかないのです」

「二つの農場があると言ったな？」

「はい、古いのと新しいのと」

「それはどこにある？」

「新しいのはカーターズの検問所近く、バッフォード湖を渡った所。私はそこには行ったことがありませんが聞いたことはあります」

「どんな風に？」

「もっと大きくてもっとたくさんの食物を作っていて、そこには鶏も飼っている。そこはもっと多くの人々を収容できる。砦のようにその周りには木製の柵がめぐらされている。道がないので湖を渡って日用品を運んでいます。電気は太陽光発電で作っています」

「何人ぐらい監視人がいるか？」

「わかりません」

「お前が働いていた農場はどうだ、監視小屋はどこにあって何人ぐらい男たちがいる？」

「あまり詳しくは知りません。俺はあなたが襲撃してきた家にいただけですから。俺がいた、そして妹と母が今もいる農場は、湖の近くだが向こう側でウインストン山を越えた所にあります。ゴミの埋め立て地へ行くのと同じ道路です。農場に着く少し前に左側にその埋め立て地があります」

「何人の監視人がいるか？」

「状況次第です。そんなに多くはないと思います。たぶん十人かそこら、前はもっといたと思うけど。捕虜が半分と子供たちと女が半分」

「お前が捕虜と呼ぶ時、何か意味があるか？」

ザークは質問の意味がわからず首をかしげた。ジェイはすぐ察して、

「例えばお前の母や妹は捕虜だが、妻や子供もそう呼ぶのか？」

「捕虜だと考えます」

「俺が何をしようとしてるかわかるか？」

ジェイは諭すように言った。

「お前は頭が良さそうだ。話したらわかってくれそうだ。俺のゴールはカーターズを潰すことだ。協力してくれ。奴らはどうやって組織を管理してるのか、どうやって兵士を集めているのか、農場をどうやって運営してるのか？　その他にもいろいろある」

「もちろん、協力します。俺はもうカーターズに戻るつもりはないのですから」

「よろしい」

ジェイは立ちあがった。座っていた椅子の背に手を置き、身体を前に傾けてザークの目を覗き込んだ。

「一つ聞きたいのは、もし農場を襲ったら、どうやって良い奴と悪い奴を見分けるんだ。カーターズに忠誠を誓った者と、お前のように生き延びる為に従っている者と、どうやって見分けたらいいんだ。殺さなくてもいい人を殺すわけにはいかん」

ザークはすぐには答えなかった。少し考えて、静かに頭の中を整理するように言った。

「農場1はカーターズの為に戦う家族がいてほぼ満員です。農場2は七十パーセントの捕虜と三十パーセントのカーターズ」

「だが誰を救い、誰をやっつけるのか見分ける良い方法はないのか？」

「俺は奴らを見ればだいたいわかります。でもあなたには無理でしょう。俺はやつらのほとんどを知っているから。知らない人でも、着ている服、顔、動作を見ればわかります。カーターズを憎んでいる人は心に傷を持っていて、怒っていてどこか違います」

「お前はこの辺りで育ったのか？」

「ここでずっと暮らしてきました」

「父親の名は？」

「ポール・マークストロン」

「本当か？　高校の先生をしていたあのポールか？　サッカーチームのコーチをしていた」

「そうです。父を知ってるのですか？」

ザークは青い目を大きく見開いた。

「知ってるとも、ここへ引っ越してきた当時、男たちのサッカーチームがあって、一緒にプレイしたことがある。二年間だけだったが、八年前の話だ。まだ子供だったお前にも会っている。お前は時々ゲームを見に来た。なんてこった。お前を見た時どこかで会ったことがある気がしてた。いくつになった？」

「二ヶ月前に十九になりました」

「じゃあ俺がお前に会ったのは、お前が十歳かそこらだ」

ジェイはやりきれない思いでザークを見た。このみすぼらしい身なりの痩せた若者が、あの艶やかな金髪とピンクの肌を輝かせて走りまわっていた子供だったとは。大国のエゴで起こった核爆撃でいかに沢山のものをザークのような若者から奪ったことだろう。

「父親のこと、本当に残念だ」

ジェイは突然現実に戻った。

「お前の父親は本当に良い奴だった。母親と妹はまだ古いキャンプにいるのか？」

「はい。俺が兵士になったので、二人の待遇はよくなった。時々会いに行きます」

「腹はすいてないか？」

「はい。それとトイレに行きたい」

ジェイはそれまで黙って座っていたクールの方を向いて、

「お前、鍵を持っているか」と聞いた。クールは「うん」と頷いた。

「手錠を外してやれ」

クールはポケットから鍵を取り出して、ザークの手錠を外した。ジェイはザークが立ち上がるのを腕を取って手伝った。そして一緒に食堂へ行った。そこにはまだ皆残っていた。皆は捕虜が手錠を外されているのを見て驚いた。誰もそのような展開は予想してなかった。

「皆、聞いてくれ」

ジェイはグループに声をかけた。

「こちらはザーク・マークストロンだ。俺はこの父親と昔サッカーをしたものだ。高校の先生をしていて、クールに数学を教えてくれたこともある。ザークはカーターズの為に戦うよう強要されていたが、団員ではない。ヴァレリーと同じぐらいカーターズのリーダーを地獄に送りたがっている。これからは食事も一緒にする」

「ザーク、椅子を持ってきて席につけ」

「う〜、その前にトイレへ行かせてください」

「クール、トイレがどこにあるか教えてやれ」

「いえ、どこにあるか知っています。一人で行けます」

「そうか、俺らはここにいるから」

ザークは目の前に座って自分を見ている人たちにぎこちなく頭を下げて出ていった。

ジェイは普段と変わらずテーブルに座った。皆しばらく沈黙していたがついにヴァレリーが口を開いた。

「ジェイは私たちのリーダーでここは彼の家です。私がどこへも行く所がない時、二人は私をここに連れてきてくれたの。二人に出会わなかったら私は今頃どうしていたかしら。ジェイがザークを信じられるなら私も信じる。もし誰か彼を信じられないというなら、その時はその時に考えましょう」

彼女が話し終えたちょうどその時、ザークが部屋に戻ってきた。一つだけ空いている椅子に座るのをためらっていると、酋長が彼の隣に座るように促した。

リサが立ち上がって台所へ行った。そして手に大きなパスタボウルを持って戻ってきた。彼女はそれをザークの前に置いてほほ笑んだ。

（二十）

ウエナチ山への道のりは思っていたよりスムーズであった。ロバート酋長の言い付けに従って、ジョロンは村に戻るとすぐに集落の皆に酋長の言葉を伝えた。

シラー酋長は五十歳前後。長い黒髪を二つに分けて三つ編みにし、その先に動物の牙を括り付けていた。部下が攻撃されたのを知った時、直ちにウエナチを襲うことを考えたがやめた。その日はもうこれ以上部下を失いたくなかったからだ。代わりに他の集落の酋長たちを集めて会議を開いた。会議が始まるまでに三人の酋長、集落の男や女、その家族まででも様子を窺いにやってきた。

シラー酋長は集まってきた人々にいかにしてこの集落の者たちがウエナチの兵に待ち伏せされ殺されたか、そしてロバート酋長は白人の男とその家族と一緒に逃げたかを話した。争いの原因や、なぜセカラの兵がそこにいたかの説明はなく、ウエナチ族はダコタという部下を一人失っただけだが、セカラは十六人も殺された、と強調した。

「奴らは昔からある山の砦に退却した。もし奴らにやましさがなかったら、なぜ部族間の戦争など始めたのだ」

彼は被害者が自分たちでロバート酋長とウエナチ族は戦争の口火を切ったと訴えた。ロバート酋長は集落の人々を見捨てて白人の男と逃げた裏切り者で、酋長というポジションを剝奪したのは正しかったと言ってシラーは皆を説得した。彼の目的はウエナチの土地、家、権利を奪うことであった。そして最後には他の部族も正義と罰の為に一緒に戦ってくれるよう、戦争になったらセカラ族を支援してくれるよう、泣かんばかりに懇願した。

スピーチの間、シラーは人々の顔色を窺っていた。三人の酋長の感触は得られたと感じた。三人はロバートが酋長の座を奪われたので怒って襲撃をひそかに企んでいた、というシラーの話を鵜呑みにした。実際何が起きたか会議にいた者は誰も知らない。シラーは自分に都合が言いように事実を作り変えた結果ロバート酋長は冷血な殺人鬼になった。

スピーチの終わりに酋長たちは発言する機会を与えられた。ニカラ族のアンドリュー酋長はシラーの要請に従うと言った。その時、コハリン族のスペンサー酋長が立ち上がった。一本だけ鳥の羽根を垂直に立てた輪を頭にかぶっていた。普段は被らないが大切な会合の時はかぶった。大きな目、大きな鼻、大きな口。見るからに野性的な男であった。彼は尻のポケットから封筒を取り出し、それを開封し、手紙の出所をグループの皆に伝えた。

「ジョロンがロバート酋長から酋長代理を言い付かっていて、ウエナチ族が山へ向かう前にわしの家に寄った。そして領地の入口でセカラの兵士と彼の部族との間に何が起きたか話した。奴はこの手紙を置いていった」

スペンサー酋長は手紙を開いて読み始めた。

「この手紙は急いで書いた。原住民領に住んでいるすべての人に今日、ウエナチとセカラの諍いを伝える為に書いた」

そこに集まっている人々はジョロンの手紙をウエナチサイドの見方として興味深く聞いた。手紙はロバート酋長が今どこにいるかわからない。ウエナチとセカラが一方的にしろ、相互和解にしろ解決するまで、安全の為に集落の人々を山の砦に連れていくよう指示された、と書いてあった。

手紙を読み終えた後、スペンサー酋長はその手紙を左側の人に渡した。そしてそれを回すように指示した。それでその場にいた人は皆、手紙を自分の目で確かめることができた。彼は次のように言って話を終えた。

「自分はジョロンを人生の大半を通じて知っている。母親同士が良い友達で、サンダースで一緒に育った。奴が嘘つきでないのを知っているし、ロバート酋長は自分らがここに住むようになってから俺らに公平だった。シラー酋長の言うことは信用できない。味方になってもらおうと、今朝の出来事の肝心なことを意図的に隠蔽しているように聞こえる。自分はロバート酋長とウエナチを罰する方に断じて賛成はしない。酋長が戻ってきて彼自身が釈明するまではこの件も保留にしたい。もしシラー酋長がウエナチに戦争を仕掛けたらそれは彼の判断だし権利である。だがコハリンからの援助はない。また自分の欲望の為に酋長という地位を使って他の部族に対して報復する行動はいかがなものか、特に今自分らが住んでいる土地の為とは思えない」

スペンサー酋長は部屋が部族間同士で囁く声でざわついてきたので座った。

シラーは彼を睨んだ。目は細くなり鋭くなっていった。彼は怒りで一杯になっていた。だが酋長会議は品行も要求される。行動に出ることができなかった。そして会議中はどんな敵対行動も大変無礼で神聖な場を汚すものと考えられていた。スペンサー酋長は彼が睨んでくるのを見て反対に彼を睨み返した。もしシラーを絵に描いたら、シラーの顔は真っ赤で耳から蒸気が噴き出ているだろうと彼は内心面白がっていた。シラー酋長は年上の酋長に話しかけられたので二人のにらみ合いは終わった。

シラー酋長は立ち上がって言った。

「今朝の出来事をすべて詳細に知っているわけではないと認める。わしはそこにいなかったのだから。そしてそれが作り話か事実であるか証言できる生きた目撃者もいない。わかっていることは十六人のセカラ兵士の死と、わしが最も信頼していたスティーブもその中に含まれていたこと。この会議でもその事実を変えることはできないし、あの者たちを生き返らせることもできない。原住民領の酋長として会議の決定には精一杯従おう。だがセカラ族の酋長としては集落の人々に説明する義務があり、殺害された兄弟の正当性を立証する義務がある」

最終的には何も変わらなかった。土地やポジションは剝奪されず宣戦布告もなかった。シラーは原住民領の酋長に留まった。しかしながらウエナチ族は原住民の十六人の殺害と襲撃の説明をしなければならない。正当な動機があったかどうか。セカラ族はウエナチに戦争を仕掛けることは自由であるが、会議はそれについて関与しないとした。

会議の後、スペンサーは集落の人々に、

「ジョロンとロバート酋長は良い人たちだ。俺の長年の友達だ。酋長は以前にもコハリンを何度も助けてくれた。それにつけてもシラーはムカつく野郎だ。皆騙されないでくれ」

(二十一)

夕食後地下壕では皆それぞれ勝手に好きなことをしていた。ザークが一人でお茶を飲んでいたヴァレリーの所へ近づいていった。彼はシャワーを浴びて、クールの服を借りたのかすっきりした身なりになっていた。彼女は本から顔を上げて彼に微笑んだ。

「俺はあんたを知っている」

彼女は怪訝な顔をしてザークを見た。

「ウエインがあんたの父親を殺した時、俺はそこにいた。一年ぐらい捕虜として農場で働いた後、兵士として雇われた。兵士になって一週間だった。俺は見ているだけで何もできなかった。本当に残念でしかなかった」

ザークは彼女の顔を見られなくて下を向いた。

「あんたの父親は勇敢であんたを助けようと自分から囮になったんだ。俺は林の中に隠れていて見ているだけだった。奴らが俺の父親を殺した時、どんなに悲しかったか覚えている。あんたも同じ気持ちだと思う。父親を助けてあげられなくて本当にごめんなさい。それが言いたくて」

ヴァレリーはザークを見つめた。

「でももういいの。名前は知らないけど少し前私は父親の仇を討ったから」

ザークは驚いたように顔をあげた。

「そんなはずはない。奴はまだ生きている。俺は目の前でウエインが至近距離で父親を撃ったのを見たんだ。でもそこにウォルターがいたから奴とまちがえたのかもしれない。

二人は体型が似ているから」

「じゃあ、私はウエインの代わりにウォルターを殺したっていうの？」

ザークは申し訳なさそうにうなずいた。彼女の目から涙が流れてきた。

二人共言葉もなく立ちつくした。

「俺は話すべきかどうか迷っていた。でも話した方がいいと思って」

彼女は本を閉じてゆっくり立ち上がった。テーブルの方へ行って、ティッシュを取って涙に濡れた顔を拭いた。それからザークの方へ戻ってきて彼をハグした。

「話してくれてありがとう。父を殺したのはウエインなのね」

「そう、エリックの右腕、ナンバー2か3だ」

ヴァレリーは自分の部屋の方へ歩いていって、部屋に入る前にザークの方へ振り返って、

「私は自分自身に誓っていたの。父を殺した奴は私が殺すと」

そして部屋に入ってドアを閉めた。


翌朝、ジェイはカーターズ入江の監視小屋と農場の襲撃について皆に話した。ザークは念の為に作戦会議からは外した。水と粉で作ったスクランブルエッグを食べながら、ジェイは一番肝心なことは待ち伏せして驚かすことだ、と言った。

「ブロックトン岬の襲撃から二日間、俺たちが姿を見せないので、奴らは当惑してるはずだ。そこを狙う。できるだけ早く、できるだけ多くの場所を襲う。今夜から始めて二夜連続してやる。それから三、四日静かにしていて、今度は昼間に襲撃をかける。こうして奴らを撹乱させる。俺らは奴らの基地を知っているので勝手に動くことができる。ボスもわかった。どこから食べ物を得てるかもわかった。すべてのカーターズが悪いわけではない。

強制的に戦わされている者もいる。生き延びる為には仕方がない。もし従わなかったら、家族が罰せられるのだから。俺らは奴らについて知っている。だが奴らは俺らのことを知らない。どこにいるかさえ知らない。不意打ちの基本はすぐれた武器、襲撃の能力、そして神出鬼没。これらを備えている俺らの方が有利だ」

ジェイはそう言って会議は終わった。

その夜の為に皆何を持っていくのか、どこへ行くのか、何をするのか、いつ行くのか、皆前もって聞かされていた。不測の事態に備えた臨機応変の処置、緊急事態の集合場所。その日は出かけるまでできるだけ眠り、休憩を取ること。

十時に会議が終わって、ジェイは眠りに部屋へ行った。その前に誰も外に出ないように注意した。もし自分が七時までに起きなければ、起こすようクールに頼んだ。

彼が行ってしまうと、残った面々は先ほどの議論について話し合った。皆緊張のあまり神経が高ぶっていた。ロバート酋長は農場の襲撃は必要だろうかと訝しんだ。クールとヴァレリーは即座に必要だと断言した。カーターズをやっつけること、それは取りも直さず隠れて住むのではなく、安全に快適に暮らすことに繋がると。ケケはいつものように何も言わなかったがクールたちに賛同していた。彼は襲撃を楽しみにしているようでもあった。

ジェイは眠れなかった。襲撃について考えていた。昔、今回のように兵士たちを差し迫った戦いに誘導したことがあった。今はもちろんその時とは違うとわかっていた。その時は軍隊にいた。特殊部隊の死を覚悟しての参戦である。大勢の父親が死ぬのを見た。が今回のケイシーのように妻や子供を連れてはいなかった。また自分の息子もいる。もし彼らに何か起きたらと考えると、悲しみのあまり心が破壊されてしまうだろうと思う。ヴァレリーに対する愛も強かったが彼は頭の中で愛を感じる男で、ドアをノックして愛を確かめに行くタイプではなかった。

地下壕ではその日はリサや子供たちは昔見逃した映画を観て過ごしていた。他の者たちはやるべきことをやって過ごした。そしてジェイが起きた時は食堂で遅い夕食を取っていた。ジェイは「ハロー」と言ってそこを通り過ぎて武器室へ入っていった。新しい住人が入ってきたので、武器室は鍵がかけられていた。七時少し前であった。一分後に彼は防弾チョッキとヘルメットを被って出てきた。手にはブッシュマスターを持っていた。

「ちょっと上に行って周りを見てくる。クールかヴァレリー、悪いけどどちらか一緒に来てくれ」

クールはすぐに立ち上がったが、

「クール、まだ食べ終えてないじゃない、私が行くわ。私はもう食べ終わったから」

ヴァレリーが立ち上がって台所へ皿を持っていった。それから武器室へ向かった。クールは座りなおした。ジェイはヴァレリーが準備している武器室へ戻っていった。

「お前にちょっと聞きたいことがある。この前の夜お前は俺のベッドにいなかったか?」

ジェイは子供のような率直さで聞いた。ヴァレリーが顔を赤らめて、

「すっかり忘れていたけど。ええ、帰ってきたあの夜あなたの所で眠ったわ。他に眠る場所がなかったから。気を悪くしてないといいんだけど」

「全然、それはいいんだ。ちょっと確かめたかったんだ。目を覚ました時にはいたが、その後はいなかった。あれは夢ではないと確かめたかったんだ。さもなければ幻か何かだ」

「夢ではないわ」

それからいたずらっぽく付け加えた。

「でもあなたの夢の中へ入ってみたいわ」

ジェイは返す言葉が見つからなかった。ぎこちなく、

「外で待っている。そんなにかからないだろう」

ジェイとヴァレリーはハッチの外へ出て周りを見渡した。原っぱには誰もいなかった。崖の上に建っている昔の古い家がよく見える所まで近づいていった。何人かの男たちが働いていた。その一方、手に武器を持って周りに立っている男たちもいた。一階は多少要塞化されていて、前に壊された窓のすべてがベニヤ板で覆われていた。地下壕へ戻る前に、二人はサムの家の方へ誰もいないのを確かめに行った。サムの場所には誰もいなかった。

二十分以内に二人は地下壕の中へ戻った。

「俺の家は監視小屋にされていたよ」

ジェイは座って言った。

「うまく補強されていた。俺が建てたあの家だけは爆破したくないな」

「何時に発つんだ?」ロバート酋長が聞いた。

「食べ終えたらすぐ、もう一度簡単に計画を見直して用意ができたら出発しよう。そこへ着くのに二時間ほどだ。日没前の日が少し残っている方が行きやすいだろう」


チームは午後七時半きっかりに準備ができた。彼らはハッチを出て森を抜けてサムの場所へと向かった。敷地の縁の周りに沿って歩き森へと入っていった。先日の夜のブロックトン岬の襲撃の経験を踏まえて二脚の延長梯子、四個の催涙ガス、三個のガスマスク、六個のスキーマスク、二個の電動ノコギリ、四個のダイナマイトを持った。それからザークも連れていたが、彼は武装していなかった。新しい農場に着くのに二時間はかからなかった。太陽が沈む約十五分前であった。農場の手前約十五メートルで止まった。

ジェイとクールはその場所の状況がよく見えるように近くに移動した。フェンスは三メートルの高さがあり、各コーナーには見張り台があって一人ずつ監視の男がいた。フェンスは木を地面に埋め込んだ柱と板とで作られていた。わかったのはそれだけだった。二人は見られないように急いでグループの所へ戻った。そしてわかったことを話した。

「ここの状況は……」彼は始めた。終わった時ザークを見て、

「このキャンプについてお前、本当に何も知らないのか？　俺らの有利になるようなこと」

「いえ、知りません。ここには来たことがない。知っていることはもう全部話しました」

「わかった。ザーク、お前に手錠をはめて木に縛りつけるのを悪く思わないでくれ。ちょっとした安全の為だ」

クールはザークに近づき小さな杉の木の周りに彼の腕を回して手錠をかけた。ザークは木にハグしているような形になった。

ジェイはバックパックに手を伸ばしてスキーマスクを取り出して、皆に配った。

「これをつけてくれ。これで少しは誰かわからなくなる」

皆ヘルメットを取ってマスクをつけた。

「計画はわかっているな。俺はここでもう少し様子を見て、それから気づかれないように監視員を殺す。それが済んだらフェンスに梯子を掛ける、それで様子を見る。何か不都合なことが起きたら、計画はキャンセルだ。クール、一緒に来い。ケケとケイシーは梯子の準備をしてくれ」

ジェイとクールはできるだけゆっくりと静かに移動した。暗かったが懐中電灯が使えな

いので注意深く歩いた。森の入口から数メートル離れて跪いた。クールは夜用双眼鏡で左手の監視員の詰所を見た。一方ジェイは右手の男を夜用のスナイパーライフルから覗いた。

「用意はいいか？　クール」

「いいよ」

「ワン、ツー、スリー、ゴー」

　ジェイは音を立てずに監視員を撃ち倒した。それから向きを変えて右側に照準を合わせた。頭を撃った。監視員は詰所の側面から下に落ちて小さくドスンという音をたてた。ジェイは他の監視員に聞こえなかったかと心配した。クールの顔を見ながら彼らに何らかの緊張が走ったかどうか耳をすました。二分ほどそのままでいたが、それから木の後ろに隠れていたケケとケイシーに梯子を持ってこさせてフェンスにかけるように指示した。ヴァレリーと酋長は二人のすぐ後ろにいてコーナーを見張った。ジェイとクールは素早くフェンスの上まで登った。何もなく月の光だけが頼りであった。二人は上から中を覗いた。中は百メートル、いやそれ以上の穀物の畦が幾重にも伸びていた。農場の入口は予想通りに湖の一番近い所にあった。大きな監視塔が入口の右側に作られていた。次の入口から始まって向こう側までフェンスに沿って木造の建物が、はるか遠くにある監視小屋まで続いていた。そこは居住地と倉庫のようであった。

「行け」とクールに言った。

彼は梯子を下りてヴァレリーと合流して、フロントゲートの方へ向かった。フェンスにぴたりとくっついて移動し、監視塔の真下に来た。ケケと酋長も見つからないよう、やはりフェンスにくっついてもう一つの梯子を移動した。ケイシーはジェイと一緒だった。彼はその梯子を上り始めた。ケイシーはその下を見張った。ジェイは右側の遠くにある見張り台に照準を合わせた。しかし見張り台からロープか何かがぶら下がっていて視界を遮ったのでうまく定めることができない。時間がなかった。ケケと酋長が見つかるリスクを避けたかった。彼は急いで狙いを定めて引き金を引いた。外した。幸いなことに狙っていたターゲットの後ろが暗い森だったので弾が彼の横を通っていくのに気づかなかった。ジェイは落ち着いてもう一度狙いを定めて撃った。今度は当たった。最後の見張り台を見た。男は他の方を見ていた。明らかにその見張り番は他の見張り番が倒れるのを見たはずである。ジェイは簡単に男を撃ち落とした。彼は手すりにもたれて立っていたので下の建物の上に落ちた。斜めになった屋根を転がって、木製のフェンスに当たって落ちた。その時ドスンと音を立てた。ジェイは素早く入口の傍の詰所を見た。彼らが幻聴だと勘違いしてくれるのを願いながら、だが警報機が鳴った。暗がりから叫び声がして、二人の見張り番が空に向かってライフルを放った。実際弾がどこから来るのかわかってないらしい。突然サーチライトがつき、フェンスの周りを移動しはじめた。ジェイはもう一発撃った。が、急いでいたので外した。その後梯子を下りた。十時十二分ＰＭ。

クールとヴァレリーは発砲の音でフェンスから離れた。見張り台に立っている監視員を違う角度から見ることができた。クールはM16消音銃を、ヴァレリーはグロック銃でやはり消音機能がついていた。監視員をよく見ることはできなかったが、フラッシュライトが移動するのがよく見えた。ジェイの方へ発砲するマズルカの光もよくみえた。

「今だ」

クールが見張り台に向かって発砲した。ヴァレリーも彼に続いた。発砲したので突然フラッシュライトが二人を照らした。ヴァレリーは暗がりの安全圏へと逃げたがクールがそのまま立って撃ち続けた。銃声が止まると彼は林の方向へ走った。見張り台の下の壁に光の輪が照らしだされていた。明らかにそれは落ちた懐中電灯の明かりだった。

「クール、大丈夫?」

「奴らをやっつけたみたいだ。暗がりの中のあの動かない光の輪が答えているよ」

ケケと酋長は梯子を使って監視員の詰所へ上っていった。しゃがんで頭を手すりの上にのせて待った。そうすればジェイを見ることができる。ケイシーといくつか言葉を交わした後、ジェイは梯子に上って夜用双眼鏡を覗いた。ケケと酋長が手すりの上から覗いているのが見えた。そして入口の詰所を見たら何も動いてなかった。しかし銃を持った男たちが建物の物置小屋から詰所へ走ってくるのが見えた。ジェイは彼らが銃を構える前に三人を撃ち殺した。その他は中へ走って戻った。外には隠れる場所はなかった。ジェイは懐中電灯を二回点滅した。それはケケと酋長への合図であった。

ケケと酋長は梯子を下りて建物に入っていった。同時にジェイとケイシーもフェンスを乗り越えて正面の入口の方へフルスピードで走っていった。暗かったが月の光でどこへ行くのかわかった。銃弾が飛んでこなかったのでスピードを落とさず走ることができた。入口に着いた時、ケケがドアの所と窓を見張っていた。ジェイが開けたフロントゲートに皆走ってきた。皆が入ると彼は素早くゲートを閉めた。攻撃中の場所としてそこは不気味なほど静かであった。六人全員がゲートの中に入った。

「催涙ガスを使う時だ。皆マスクをつけてくれ。俺がお前らをカバーするから俺が二、三発砲したら酋長、窓から一発ガス弾を投げてくれ。ケケ、撃つ準備をしていろ、だが必要になるまで撃つな。ここは女と子供がいる。段取りは覚えているか。皆位置に着くまでここにいてくれ」

クール、ケイシー、ヴァレリーに、

「紐は持ったか?」彼らは持ったと答えた。

「奴らが出てきたら、皆をバラバラに離せ。これが大事だ。手を後ろで縛ってグループごとに向こうのフェンスに沿って地面に座らせろ」

彼は広場の向こうのフェンスを指差した。

「最初のドアから出てきた者は皆縛れ。後の者にかまうな。時間が最も大事で急いでやってくれ。俺は皆が出てくるまで広場にいて、お前たちを援護し、指揮する。全部の場所をダブルチェックしろ。そして気をつけろ。クールお前が責任者だ」

ジェイは暗闇の中を走って戻り、腹這いになって地面に伏せた。すべてのドアと窓がはっきりとしてきた。酋長とケケがいる最も近い建物に一発発砲した。酋長は窓の下にいて中へ一発ガス弾を投げ込んだ。それからジェイは建物の次の場所にもう何発か発砲した。酋長は窓の下で素早く動いてもう一発投げ込んだ。ジェイは次のエリアへも発砲した。そして酋長ももう一発、それから待った。最初の場所にいた兵士たちが手を上にあげて出てきた。その後すぐ女と子供たちが他の二つの場所から出てきた。一人の男が銃を持って第二番の場所から走り出てきた。ジェイはフロントドアから三メートルの所で彼を撃ち殺した。クール、ヴァレリー、ケイシーは目配せして皆を集めた。催涙ガスのせいで皆咳をし、半分は見えないようで何が起きたかわからないままボーっと周りをうろついた。彼は最後の場所へもう一発発砲したが酋長はもう投げる物がなかった。誰も出てこなかった。

ジェイは時計を見た。十時二十四分だった。十二分が経過していた。ボートが向こう岸から来るのに早くて十分かかると見当をつけていたが、十五分から二十分かかっているようであった。彼は双眼鏡を場所から場所へ移しながら野菜畑の畝の間に横たわって待った。

あと五分待った。八人の男と三人の女が最初のドアから出てきた。彼らは集められ、そして縛られた。次のドアからは数えきれない数の人々が出てきたが、ジェイは約五十人ほどだと推測した。彼がいた所から見ると騒然としていたがクールはうまく対応していた。

第二のドアから出てきた女がクールと口喧嘩を始めた。彼は彼女を無視しようとしたが彼女はやめなかった。ジェイは起き上がって皆が立っている場所へ走った。そしてクールに直に声をかけた。彼をののしっている女の間に割り込んだ。

「クール、今すぐ入口のタワーに登ってくれ。お前の紐を渡せ」

クールはすぐに走り去った。ジェイは彼に向かって罵っている女の方を向いた。

「どうやらあなたがリーダーのようね。何をしでかしたかわかっているの？　私の主人がこれを見たら彼は」

ジェイは女が話し終える前に彼女の髪を摑んで地面に叩きつけた。同時にケースからグロック銃を取り出して、地面に横たわっている女の顔に突きつけた。それから彼女の頭の横にある泥へ一発放った。泥が大きな音をたてて跳ね上がって女の顔を汚した。彼はわざと消音器を使わなかった。

「これでお前には十分だろう。言い争いをしている時間はない。協力すればお前は生き延びられる。難しいことではない」

訓練と経験からスムーズに事を運ぶには、早めに観念させることが大事、と学んだ。周りを歩きながらケイシーを探した。酋長とケケそしてヴァレリーは人々をフェンスの方へ移動させていた。最初のドアから出てきた男女を監視しているケイシーを見つけた。ケイシーに近づいて言った。

「森の中にいるザークをここに連れてきてくれ。中へ入って離れた所にいるように」

ケイシーは入口に向かった。

「おっと、それから戻ってくる時気をつけろ。湾岸道路の家から男たちがここに着いてもいい時だ」

「ゲートはどうする？　俺の後にロックした方がいいのか」

「クールに頼もう。奴は監視塔にいるから」

ジェイは一番近くにいた捕虜の襟を捕まえて立つように言った。

「俺と一緒に来い」

建物の方へ彼を押していった。最後のドアの前に立った。そこは催涙ガスの被害を受けていない所だ。

「中に何がある」

「食糧庫です。誰も今はいません」男は何も考えず、すぐ答えた。

「次のドアはどうだ」

「台所と食堂です」

ジェイは男を次の建物に押していった。

「このドアは？」

「女と子供の捕虜が住んでいます」

「それはわかっている。でも女と子供たちの間に違った格付けがあると聞いたが」

「どういう意味ですか？」

「何人かは捕虜で何人かは兵士の妻と子供たち」

「ああ、ここにはいません。ここにいるのは皆、捕虜です」

「兵士の妻と家族はいないということか？」

「はい、それよりあなたは私たちをどうするつもりですか？　私たちは穏やかに降参したいです」

「すぐにわかるだろう」

ジェイは彼を他の兵士が座っている所へ戻した。

「しばらくは行儀よく座っていてくれ」

彼が座るよう銃で示した。それから最初の建物へ歩いていき中を覗いた。中には誰もいなかった。しかし、椅子に立てかけてあるライフルを見つけた。それを持って走って外へ戻り、持ってきたライフルから弾を抜き取った。監視塔にいたクールを大声で呼んだ。

「クール、何か見えるか？」

「今のところ何も。何か見えたらすぐに知らせるよ」

ジェイは暗すぎてフェンスに沿って座っている捕虜が見えなかった。敷地に向かって大声を出した。

「ケイシー、どこにいるか?」

懐中電灯がついて、それから消えた。彼はそちらの方に歩いていった。着いた時、弾薬を抜き取ったライフルをザークに渡した。

「向こうに行って捕虜を見てくれ。奴らにわからないよう離れていてくれ。もし何か顔を覆うものがあったらそれを使え、行け」

小声でケイシーに言った。

「心配するな、弾は抜いてある。奴が手に銃を持ったら何をするか見たいだけだ」

「さすがボス」

「父さん」クールが大声を出した。

「二、三のボートがこちらへ向かっているよ」

「ケイシー、悪いが向こうへ走っていってヴァレリーとケケにフロントドアで会おうと伝えてくれ。それから尊長と一緒に捕虜を見張っていてくれ。列から離れたり、面倒な奴は話しかけず銃の柄で殴れ、それか射殺しろ。これが俺からのメッセージだ、わかったか」

「OK、ジェイ。ケケとヴァレリーに伝えるよ」

ケイシーは走り去った。ジェイはフロントドアへ行って監視塔に登った。

「双眼鏡を取ってくれ」

クールに言い、それで道路を見下ろした。道路は彼らのいる所から数百メートル下った湖へ続いていた。

「クール、ヴァレリーとケケが途中にいる。お前たち三人はこっそり森を抜けて、彼らを通り過ぎて裏側から待ち伏せして退路を断ってくれ。まず消音銃を使え、そしてそれからM16も。お前のグロックと消音銃をケケに渡せ。だが奴らを包囲したのを確かめてからやれよ。俺が発砲する前に奴らに近づけ」

ジェイはヴァレリーとケケが敷地を横切って走ってくる音を聞いた。

「さぁ、奴らが来たぞ。夜用双眼鏡を持て。俺は自分のを使う。行け！」

クールはヴァレリーとケケがフロントドアでジェイと会えたのを見て梯子を下りた。監視塔に立っていたジェイにヴァレリーは聞いた。

「ザークがあなたからライフルをもらった、と言っていたが本当？」

「ああ、それで奴は何かしたか？」

「いいえ、何にも。ただ後ろで立っているだけ。彼がライフルを持っていたので驚いたの」

「心配するな。弾は抜いてある。さあ行け。クールが指示する手はずになっている」

ジェイは双眼鏡を覗いた。数えたら十人の男たちがボートから下りて、丘を登り始めていた。下でドアの閉まる音がした。三人の男が左側の森へ走っていくのが見えた。それから百八十度向きを変えて、敷地内を見た。ケイシーとロバート酋長が人々を仕切っていた。その少し後ろでザークが空のライフルを持って立っていた。ジェイは監視塔の壁にもたれて座った。行動を起こす前のこの時間が大事であった。目を閉じてゆっくりとヨガのスタイルで呼吸をした。二分間これをやったらリラックスでき頭が冴えてきた。立ち上がって、双眼鏡を覗いた。男たちはもう半分以上来ていた。これはあの三人が彼らの後ろに回ったことを意味する。彼らは間隔をあけて道をゆっくりと上ってきた。監視塔の周りには木を切って作った回転式の砲塔がいくつかあった。ジェイはその一つにライフルを差し込んで、照準を合わせた。右の遠くに離れている人を選んだ。呼吸を整えて発砲した。男は倒れた。次に左側の男二人を倒した。残ったカーターズは異変に気づいて、ほとんどが森の中へ逃げ込んだ。だが二人の男は身を翻してドックの方へ戻っていった。ジェイは二人を背後から撃った。他のカーターズは森の中で息をひそめていた。四つの死体以外道路には人の気配はなくなっていた。

クール、ヴァレリー、ケケは森の中で一緒にいた。月の光すら届かなかったので本当に暗闇であった。クールが持っている夜用双眼鏡が頼りであったが、双眼鏡を絶えず覗いているとで何が起きたかわからなくなる。数人が彼らの方へやってくる音は聞こえるが見るのは不可能であった。この困難と混乱した状況下では双眼鏡は頼りにならない。クールは一方の手で双眼鏡をもう一方の手にグロックを持った、暗い森を懐中電灯なしで歩くのはほぼ不可能に近い。ケケはクールの上着を、ヴァレリーはケケの上着を掴んでいた。

彼らは丸太や岩やお互いの足を踏んだりつまずいたりして歩いた。

「これってばかげているわ」とヴァレリーがささやいた。

「奴らが見えないのにどうやって殺すの？」

「もうすぐ道路に出る、その時が勝負だ」

だが道路に出る前に人々が叫んでいるのが聞こえた。三人は音がする方へ向かっていった。ジェイは彼らが道路に着く前に発砲し始めた。この真っ暗な森の中で右往左往してまごついているのは、三人もカーターズも同じ状況であった。こんな状況下でクール、ヴァレリー、ケケは動かず音を聞いていた。真っ暗な森は恐ろしかった。大勢の男たちが殺しに来ると考えたら、ぞっとする。クールは逃げ出したいと思ったが、この暗闇である。どこへ？　クールは彼らと道路の間にある場所を双眼鏡で見た。十メートルの所で一本の木の後ろに一人隠れているのを見つけた。彼はグロックを合わせた。スコープを見ながら数発撃った。しかし正確に的に当てるのは酷く難しかった。彼はミスった。狙って撃ったターゲットである。見えてなかったもう一人の男は向きを変えていなくなった。弾丸が風を切って飛んできて木にパシャッと当たった。銃弾の弾ける音で夜の静けさは破られた。クールは胸に二発の弾を受けた。後ろに倒れてケケとぶつかった。再び防弾チョッキに救われた。

「大丈夫？」ケケは跪いて聞いた。

そしてケケは飛び起きて目の前の森へ自動小銃を撃ちまくった。

「ああ大丈夫だが生き地獄のような痛さだ。こればかりは学習できないよ」

ヴァレリーはケケに倣って弾が来た方向へ撃ち始めた。集中射撃の後、二人は撃つのをやめて耳を澄ました。森の中を誰かが走ってくる音がした。ヴァレリーは手を伸ばしてクールの手から夜用双眼鏡を取った。銃弾が来た方を見渡した。地面に人が転がっていた。それは動かなかった。そのまま見続けたが何も見つけられなかった。

しばらくの間、三人は動かずに耳を澄ましていた。暗い森からは何の音も発してこなかった。そして突然再び今回はもっと大きな音で彼らの方へ向かってくる音を聞いた。彼女は双眼鏡を下ろして肉眼で見た。左手七メートル以内で二人の男が走っているのが見えた。道路に近かった。道路は思っているより近かった。林からひょいと出てきて二人の男は丘を全速力で走って下っていった。彼女の目は暗闇に慣れてきた。それで道路の方へ走った。道路まで来て向きを変えると丘を下って走っている男たちに発砲した。その時彼女の方にやってくる足音があった。本能的にそちらの方に銃を向けた。彼は突然止まり銃を落とした。そしてすぐ両手を上に上げた。

彼女は男を見つめた。男は戦士には年を取り過ぎているように見えた。ケケとクールが森から出てきた。二人はヴァレリーが銃を向けている男、手を上げて立ち尽くしている男を見た。

「この人は信じられないけど私に向かって走ってきたの」ヴァレリーは言った。

「君、大丈夫まだ痛い？」

返事がなかったので二人の方を見た。クールは男を見つめていた。そしてショックを受けたように見つめていた。クールはすぐに男が誰かわかった。

「サム、クールだ」

クールはヴァレリーを無視してヘルメットを脱ぎスキーマスクを取った。彼は彼女を通り過ぎて男にハグした。

「クールか？　驚いたなー、よく見せてくれ。もう少しで殺されるところだった」

「信じられない。生きて会えるなんて」

「今回のトラブルの背後にお前と父親が関わっていると思っていた。俺の推測が当たって嬉しいぞ」

「あなたは死んだと思っていた。こんなことがあるなんて」

「オーイ、何やっているんだ」

ジェイが道路を駆け下りてきた。

「父さん」クールが叫んだ。

「サムだよ。カーターズになっちゃったけど」

近づいてきたジェイはサムを見た。

「信じられない。絶対死んだと思っていた」

手を握り、腕を取り合い、半分ハグして背中をたたきあった。

「数秒前にはお前を撃つとこだった。止めてよかった」

「お前と俺、お互い様だ」

サムはそう言って笑った。

「サム、会った早々で悪いが、俺はまだやらなければならないことがある。お前は一応俺らの捕虜だ。一緒に来てくれ」

「俺は構わんよ。どこへ行くのだい」

「ただついてくるだけでいい」

ジェイはクールを見た。彼は防弾チョッキを脱いで、胸をさすっていた。

「また一発胸にくらったのか?」

おうように言って、心配ないと笑った。それから出発した。サムは皆の後をついてきた。

ジェイは後ろにいる皆に叫んだ。

「忘れずに、戻る途中死体を見つけたら、武器を取り上げてくれ」

「武器を奪うなんて、まるでハイエナだな」クールが呟いた。

「きみはまだ子供だね」とヴァレリーが笑った。

ケイシーと酋長は捕虜を見張りながら並んで立っていた。ザークは十メートル後に。クールが戻ってきたら監視塔で彼と合流するようにとジェイに言われていたので、ザークは辛抱強く立って待っていた。ジェイは戻ってくると二人に近づいた。

「捕虜たちに問題はないか」

「手に負えないトラブルはなかった。お前、あの捕虜たちをどうするのだ？」

「働かせるのさ」

二時間ほど、女と子供は広い畑から野菜を取ってきて、建物の中に運び込んだ。同時に二、三人の女は台所と倉庫から新鮮な食べ物を運び出した。ケイシー、酋長、ヴァレリーとケケは各コーナーの見張り台にいて、逃げようとする者を高い所から見張っていた。

仕事が一段落すると、二列に並ばせて、ジェイは皆に話しかけた。

「これで女と子供は自由だ。どこへ行ってもいい。食べ物をできるだけ持っていけ。食べ物を取りに行く前に、俺の傍を歩いて俺を見てくれ。俺もお前たちをしっかり見ておく。それから一つ頼みたいことがある。エリックの為に働くのはやめてほしい。お前たちの夫やボーイフレンドにも伝えてくれ、お前たちは安全な場所でお前たちの生活を取り戻して生き延びることだ。荷物を取ってきたらここに一列に並んでくれ」

女と子供たちが食べ物を集めている間、クールやケケの監視下で男たちは死体を縛っている紐を解いて建物の中へ運び込んだ。彼らは死体を運ぶか、それとも死体になるかと脅かされていた。その後、兵士たちは手を前に縛られて、ロープに繋がれた。女と子供たちが解放されると建物の隅から隅まで火がつけられた。炎が大きくなり建物の外観は舐めつくされていった。クールと捕虜のグループは壁の外を歩いた。歩き始めて二十分後皆は小さな岩山の頂上の平らな場所に来た。そこから炎にのみ込まれたキャンプがはっきり見えた。ジェイはここで数分休むように提案した。ここまで来れば急ぐことはない。クールはまだ夜用双眼鏡を持っていた。それで下の方を見た。

「皆畑のコーナーにまだ大勢座ってるよ」と父親に告げた。

「そうか。夜が明ければ皆動き出すだろう。俺らは良いことをしたはずだ」

彼はライフルを使って見た。キャンプまでは数百メートルあるが彼のスナイパーライフルならそこからターゲットを簡単に撃ち落とすことができる。

「もしエリックが現れた時、ここから奴を撃ち落とせる」

その時突然、エリックは朝になればこの被害を調べに現れるに違いないという考えが湧いた。その時まで待って殺してもいいじゃないか、逃げる時間は十分ある。完璧だ。エリックが現れなかったらナンバー2のウエインが来るだろう。彼でもいい。ヴァレリーは父親を殺した男の死体を見て満足するだろう。

「クール、俺は朝までここに居ようと思う」

彼はヴァレリー、ケイシーと酋長を呼んだ。彼の計画を話して捕虜をどうするか議論した。ヴァレリーがジェイと一緒にそこに留まると言った時は皆驚いた。彼は一人で大丈夫と言ったが、彼が望んでも望まなくても彼女はそこにいると答えた。

短い打ち合わせの後、他の者がいなくなって一人になった時、酋長が個人的に話しかけてきた。

「そろそろ家へ帰ろうと思う。わしの集落と原住民領がどうなっているか見たい。ここに留まってお前さんを助けたいがわし自身の闘いがある。集落の者にわしは生きていると伝えなければならんし、妻と家族にわしは大丈夫と知らせたい」

「そういうと思っていた。酋長の言うとおりだ。置かれた立場を考えたら当然だ。俺も手助けしたい。お互いに助け合おう。いくつかのアイデアがあるが話し合うにはもう少し時間が必要だ。家に帰るまで待ってくれないか。そこでちゃんと話ができる」

「いいだろう。時間がある時にもっと話し合うのがいい。お前にそのことを気にしてもらいたかっただけだから。わしは遅くともこの一日二日のうちに出発したい、たとえ歩いて帰らなければならないとしても」

「わかった。でも歩いて帰ることはない、約束する。良い方法が見つかるはずだ」

「ありがとう」

酋長はジェイの肩に手を置いた。

「お前は良い奴だ、ジェイ。それと優れた戦士だ。今まで会った中で最高だ。お前のやることにミスはない、疑いの余地がない。今夜の幸運を祈る」

彼はきびすを返して皆の所へ戻った。

ヴァレリーがやってきてジェイが立っている岩場へ来て座った。彼女はヘルメットと防弾チョッキを脱いでM16と一緒に横に置いた。グループの皆は幸運を祈って歩き続け、暗い山の中へ消えていった。

ジェイは彼女の隣に座った。素晴らしい山々、湖、海、下は焼けた農場。彼女は彼を見て微笑んだ。

「どうやって時間を過ごそうかしら」

彼女は少し身体を近づけてきたので二人の体は触れた。彼は彼女に優しくキスをした。それから身体を離して、

「俺は事を複雑にしたくないんでね。こういうものは物事を難しくする。もちろん俺はお前が好きだ。お前は驚くべき女性だ。知的で勇敢で美しい。俺が特別な感情と戦っているのは事実だ」

ジェイはそう言って頭上の星を見つめた。二人寝転んで広い宇宙を見上げていた星が静かに瞬いていた。二人は、やがて眠りにおちた。

太陽が数時間後に昇ってきた。ジェイは双眼鏡で農場を見下ろした。ほとんどの人々は半分燃えた農場から出て湖の方へ向かっていた。火はゆっくりと消えていったが煙は途切れることなく空に立ち昇っていた。そして灰と焼けた木の下にはまだ赤褐色の光が隠れていた。

カーターズが来た形跡はまだなかったが、女と子供たちは湖を渡るボートをドックで待っていた。湖の向こう側にある監視小屋は湖へのアクセス道路を管理している。監視小屋を見ると湖からの避難民を指揮している者がいた。家とドックの周りにかなり大きなグループがいた。女と子供たちが向こう岸で降りたので、カーターズが湖のこちら側に来る為にそのボートに乗り込んだ。湖を渡るとカーターズは農場への小径を上ってきた。二十五人ほどが農場に入るまでゆっくりと行列をつくって移動していた。

ジェイとヴァレリーは見つからないよう腹ばいになって双眼鏡で周りを見ていた。少なくとも六人が自動小銃を持っていた。そして犬も二匹。ジェイは犬がどのぐらい追跡するのかわからなかった。それに普通の行動も知らなかった。犬はロッキーの岩壁まで臭いをかぎつけることができるという。地下壕へ戻る時はどうだ、布きれ一枚で追跡できるのか。

地下を出て二日目の犬との経験を思い出していた。双眼鏡を覗いたままヴァレリーに言った。

「奴らは犬を連れているぞ」

「何を連れているって？」

彼女ははっきり聞こえなかったようである。

「奴らは犬を連れていて、自動小銃を持っている。選抜チームかもしれない」

ボスが到着しボートから降りたところだった。ボスらしき者が二人、きちんと組織化されているようであった。二人のボス、六人の部下は農場へ向かう。ジェイは誰が誰であるか知る方法がない。どれがエリックかウエインか、銃をヴァレリーに手渡して聞いた。

「黒髪で痩せた男、黒いジャケットを着てるのがウエインに違いないわ。あの男が父を殺したのよ。もう一人の男は見たことがない。ボスのように振る舞っているからエリックかも。赤いシャツを着ている奴よ」

「俺はウエインを殺すとお前に約束したが、もしエリックをやるチャンスがあるなら戦略的にエリックをやる方がいいが」

「エリックを殺すのは当然だけれど、どうぞウエインをやって。私はあなたにウエインを殺してほしいの。私の為にも、父の為にも」

「よかろう、お前の父親の仇は俺が討とう。俺の大切な女友達の為に」

「嬉しい、そう言ってくれると思っていたわ」

エリックとウエインのグループが農場へ入ったので、彼はヴァレリーに言った。

「俺がウエインを撃った後、他の者に発砲する。お前はエリックを狙え。それから男たちがかたまっている所に発砲しろ。その後俺らは全速力で丘を駆け下りる。犬が俺らの臭いを嗅いだとしても。地下壕までは来ないだろう」

彼はエリックのすぐ後ろを歩いているウエインに照準を定めた。エリックが彼から離れるのを待ってそれから引き金を引いた。弾は胸に当たってウエインは倒れた。朝の穏やかな自然の静けさが銃の爆発音で壊された。隠れる所を探して右往左往している男たちに向けて銃を撃ち続けた。隠れる所を見つけられなかったカーターズが反撃してきた。いくつかは二人が腹這いになっている下の岩場に当たって跳ね返った。十秒のスパンで撃っていった。エリックと他の男たちは這う這うの体で建物の中へ逃げ込んだ。

ジェイとヴァレリーは山の尾根から這って下りて、森の中へ消えた。

三時間後に無事地下壕に着いた。

(二十二)

眼下に広がる景色はエリックが常に一番好きなものであった。彼は景色を見ながらパテオに立って眺めていたがその日の景色はおぼろげであった。チンがやってきた時彼は途方に暮れていた。チンは前回の夜の農場の襲撃は聞いていたが朝の襲撃は聞いていない。彼はその家の兵士の数が少なくなっているのに気づいた。そしてウエインがどこにも見当たらない。パテオへ行って、

「ウエインはどこですか？　今日の話し合いにもうここに来てると思っていました。彼の意見が必要なのですが」

エリックは無言でチンを見つめた。チンはすぐ何か悪いことが起きたとわかった。

「ウエインは死んだ」

エリックはチンから目を離して呟いた。

「奴は今朝殺された。六人の部下と一緒に農場の損害を調べに行った時、何者かが山で待ちぶせしていて俺たちが農場に着いた途端発砲しやがった。何人いたかわからないが消音銃を持ったスナイパーがいた。間違いない、奴だ。俺はウエインと歩いていた。突然音もなく彼は撃たれて俺の目の前で倒れた。それから俺らに発砲してきた。俺が生きていたのが奇跡だ。隠れる場所がどこにもなかった。バカみたいに走って建物の中に隠れた。奴らを探しに犬も一緒にグループを追ったがそこに着いた時はもう誰もいなかった」

「何ということだ」

「クソ！」エリックは吠えた。

「奴らが来るまで物事は順調だったのだ。奴らがすべてをメチャクチャにした。俺たちの

生活は安定してきていた。食糧の生産は増えてきたのに今はまったくお手上げだ。どうやってみんなを食べさせるのだ？」

　彼は誰に言うともなく叫んだ。

「クレセント湾の兵士と食べ物を交換することになっていた。食物がない今何と取引したらいいのか。あいつにやられた。俺はあいつの名前すら知らない。奴らは卑怯にもスキーマスクで顔を隠していやがった。誰も顔を見てないのだ」

　チンが口をはさむ前に、

「奴は捕虜たちに俺の為に働かないように言ったそうだ。それに夫にも働くのをやめるようにと。奴は皆に奴の顔を見るよう言い、それで奴は皆の顔を見ることができた。奴は食物を盗み、すべての死体を焼いた。昨夜だけで十人、今日はまた七人と六人が怪我をした。この状況を変えるには、奴には死んでもらうしかない。そうしなければ俺の部下が一人もいなくなる」

「私たちがしなければならないことは」

　チンは細い目と細い眉を上げて、

「罠を仕掛けることです。たぶんボスも気にいると思います。クリスやクレセント湾の取引のように餌で釣るのです。うまくいくと思いますよ。方法が見つかりますよ。中へ入って相談しましょう。まず気持ちを沈めて下さい。怒っているとまともに考えられませんから。大丈夫うまくいきます。約束します」

エリックをうまくなだめて、チンは湖の傍にある自分の家へ帰った。本当はチンはその時すでにドラッグを使うことを思いついていたが口に出さなかった。彼はエリックのリーダーシップを疑問視していた。部下の失敗を罰するやりかたも納得してなかった。なぜエリックの腰巾着をしているかというと、虎の威を借りるキツネのように兵士たちに威張れるからである。ウエインの死でナンバー2になるチャンスはきていた。恐怖を与えた襲撃が重なって兵士たちの士気が落ちている。獲物を狙うキツネのようにチンの振る舞いは慎重でしなやかであった。もしエリックがクレセント湾のグループに加わったとしてもそのグループのキャプテン、クリスは彼のやり方を受け入れるだろうか。クリスは部下に尊敬されている。だが彼は食物とほとんど飲み水がない南からのグループに、たえず領土を脅かされている。クリスに必要な物は食べ物と武器。食べ物がなくなったエリックが彼に受け入れられる可能性は限りなく小さかった。その時こそ自分のチャンス。エリックにとって替われるかもしれない、と内心野心を抱いた。

(二十三)

クールは二、三時間眠っただけで目を覚ました。捕虜の監視に捕虜の家へ行かなければならなかった。今はケケと酋長がそこにいる。だがクールはジェイが帰ってくるまでここで待って一緒に行きたかった。

「どうだった？」

ジェイとヴァレリーがメインの部屋に入ってきたので彼は聞いた。

「うまくいった」ジェイが答えた。

「ジェイがウエインをやったの。私たちは何人、人を殺したかしらね」

ヴァレリーが無感情に言った。

「お前たちこそ帰る時はどうだった？」ジェイはクールに聞いた。

「捕虜たちの様子はどうだ、問題ないか？」

「ないよ。ここから十五分ぐらいの廃家に保護している。酋長たちと交替しなければいけないので父さんを待っていたんだ。昼前には行けると言ってある。一緒に行ってよ」

「そのつもりだ。サムとザークはどこにいる？　まだ眠っているのか？」

「違う部屋で寝てる」

「二人も一緒に連れていきたい、起こしてきてくれないか？」

クールは起き上がって二人が寝ている部屋へ入っていった。

ジェイはヴァレリーに、

「捕虜と話したいのでクールと一緒に行ってくる。俺の部屋で寝ていてくれ」

「私も行くつもりよ」彼女は当然のように言った。

クールがベッドルームから出てきた。

「二人は二、三分で出てこられるそうだ。なぜ連れていくの？」

「捕虜について教えてくれるからだ。カーターズの皆が悪いわけではない。良いのと悪いのを分ける手助けをしてくれると思う」

ジェイ、クール、サムそしてザークは正午少し前に捕虜がいる家に着いた。いつものように森を抜けていった。よく育っている杉の木とモミの木の間の勝手知ったる道を彼らは楽々と歩いた。その昔、人間が切り開いた土地は太陽の光が十分届いて小さな植物もよく育っていた。

ケケは皆が近づいてくるのを窓から見ていた。酋長はジェイたちが玄関に来た時、居間のソファでうたた寝をしていた。ケケが玄関のドアを開けて、皆を迎えた。酋長は目を覚まして、皆が入ってきた時は立っていた。

「わしらがそこを去った後はどうなった？」

「うまくいった。あんたたちと捕虜たちはどうだ？」

「問題ない。捕虜は地下室に縛ってある。ほぼ三十分ごとにチェックしている。口には粘着テープを張ったままだ。だから食べることも話すこともさせてない。きっと腹がすいてるだろう。ケケのおかげで奴らは行儀よくしているよ」

「よし。奴らと少し話がしたい。サムとザークを連れてきているので、捕虜たちのことが少しはわかるだろう。ケケ、クールと一緒に地下へ行って一人ずつ連れてきてくれ」

ジェイはバックパックから食べ物を取り出しテーブルに並べた。捕虜に話しかける前にサムとザークに捕虜について知っていることを詳しく教えるよう頼んだ。

七人いる捕虜のうち、二人は悪い奴だ、と二人は言った。一人は男で、もう一人は女。他の五人は生き延びる為に戦っているだけだ、サムが悪い奴だ、と名差した男は、パブで大量虐殺した時、そこにいた。カーターズでの序列を上げる為に無意味に大勢の人を殺したという。サムは数ヶ月前にも、その男が農場で働いている男の妻と子供を手に入れる為に男を殺したのを見たという。女の方はザークが農場にいた時見た。彼女は欲しいものを手に入れる為に、時々子供たちを脅したり、暴力を振るったりした。ザークによると、食べ物を盗んだ少年を捕らえた時、女は少年をもう少しで命を奪うほど殴った。これはここでは認められている罰であっても、やり過ぎである、とザークは言う。その場合、普通の監督者は余分な仕事を与えるか、数日間食事を制限するかであるが、彼女は見せしめとばかりに少年を叩きのめしたそうだ。

ケケが最初の捕虜を連れてきて尋問が始まった。ザークが話したことはほとんど本当のことであった。ジェイは捕虜たちからいろいろ学んだ。あちらこちらに点在する監視小屋はどこか、目標は何か、最終的にはカーターズは行き場のない者たちの烏合の衆だとわかった。これは制御しやすい。彼は捕虜たちの中で自分と一緒に戦ってくれる人を探したかった。

捕虜との面談の後、ジェイは仲間とミーティングを持った。

「ここは捕虜を住まわせるにはいい家だが、襲撃されやすい。森が近いので敵が襲撃してきた時、奴らに隠れる場所を提供してしまう。もう少し条件に合う家を探そう。捕虜も俺らの仲間として歓迎したいが、地下壕はもう一杯だ。これ以上は収容できない。内部はどうなっているかわからないが、この道の突き当たりに一軒家がある。見た目は完璧で大きくて、二方面が海に守られている。前に広い庭があって、敵はそこを通って来るしかない。ここよりいいはずだ」

彼は酋長とサムに、

「まず調べてみよう。二人とも一緒に来てくれないか？　酋長、歩きながらあんたを送り返す話をしよう」

「クール、悪い捕虜を皆から離しておけ。二人の場所はどこでもいい。逃げないように気をつけろ。他の捕虜は大事に扱え。水と食べ物、気分が和らぐよう時々は話しかけてくれ」

ジェイと酋長は歩きながら、原住民領へ帰る相談をした。

「今夜、二か所監視小屋を襲撃するつもりだ」

「二か所も」

「そうだ、二か所だ。それが済んだら送っていこう」

「ちょっと大変じゃあないか？」

「慎重に素早くやればできる」

「それでどうやってわしを送ってくれるんだ？　ボートか？」

「そう。それが一番安全だ。それでいいか？」

「このことに関しては、わしはまったくわからない。わしを海岸に降ろしてから、山の砦まで行くのに歩いて十時間かかる」

「そうか。そんなにかかるのか。だが俺らはお互いに助け合わなければ。ケケがここにいて手伝ってくれるといいが、無理かな。それと何人かの兵士も借りたい。そしたらあんたがセカラと戦う時、一日、二日俺らも一緒に戦うことができる」

「これは答えるのは難しいよ、ジェイ」

酋長は考えながら言った。

「いつ帰れるかもわからんのに、約束はできないだろう。今のところ、今いるわしの兵士は全部必要だ。それにあやつらも、まったくよそ者のお前の為に集落を離れたくはないだろう」

「それはそうだ。わかるよ。酋長、でも考えておいてくれ。今回武器はいくつか持っていく。何が起きるかわからないからな」

「わしは明日にも出発したい」

「何も起きなければそうしよう」

二人は家の前に立って、家を見つめた。

玄関はロックされていた。ジェイは割れている窓から入って玄関ロックを開けた。この辺りのすべての家と同じようにここも略奪され放題であった。半分は人間の手によるもので、半分は自然によるものであった。だが少し手を加えれば使えそうであった。地下室はなかったが、小さな窓があるガレージがあった。ここに捕虜を住まわせることができる。大工のサムは早速家の周りを回って、安全な家にするには何をすべきか、どんな材料を使ったらいいかチェックしてノートに書き留めた。

彼らは寝室に入った。血まみれの死体がマットレスの上に横たわっていた。台所は急襲されたかのように調度器具はひっくり返り壊されていた。窓という窓はすべて割られていた。安全の為にベニヤ板を張ればなんとかなるだろう、とサムは言った。

三十分後チェックを終えて捕虜のいる家へ向かった。クールとザークが捕虜を見張っていた。ヴァレリーが皆に飲み物と家の周りから取ってきたチェリーとラズベリー、青菜でサラダを作っていた。

地下壕に戻ったら、リサと二人の子供たちが食事をしていた。皆腹がすいていた。リサがすぐ持ってくるわ、と言ってチリビーンとスープを持ってきた。粉でナンも作ってあった。

「次はいつ外へ出るの？」

リサが食べ始めているジェイに聞いた。

「そうだよ、それを聞きたかったんだ」

ケイスが身を乗り出した。

「ここにずっといると、気が狂いそうだよ。今度は俺も連れていってよ。射撃は得意だよ」

「わかってるよ」

酋長が彼の背中をたたいた。

「だがこの仕事はとても危険でお前にはまだ無理だ」と続けた。

「できるだけ早く外の世界を安全にして、出られるようにする。約束するよ」

ジェイは自信あり気に言った。

「我慢すればするほど外に出た時の感動は大きいものよ。辛抱しなさい」

リサがケイスの目を見て諭すように言った。

（二十四）

マリーナを見下ろせる家を襲撃したのは真夜中であった。ここは今までの中では比較的近く一時間以内に着いた。

クール、酋長とケケは玄関から、ジェイ、ヴァレリーとケイシーはボートで。障害になるものは何もなく外には誰もいなかった。最終的に彼らが中に入った時、中は完全に空っぽで見捨てられていた。少しだけ食物と生活用品が残っていたが見張りもいなかった。彼らは居間に集まった。

「二階には誰もいなかった」

クールが報告した。

「そしてこの階にも」ケケが付け加えた。

「これは変だ。この家は戦略上良い場所で俺らが地上に出てからでもカーターズがいつもここにいた。俺らが戦闘開始をする前は数人がこの周りを歩いていたのを見たんだから。おかしいいな」

「皆どこへ行っちゃったんだろう。なぜこんな夜遅くに。夜中に行く所ってあるのか？」

突然ヴァレリーが、

「これは罠だわ、罠に違いないわ」と叫んだ。

皆彼女を見てそしてきっとそうだと気がついた。どういうことかわからない。パズルを解くような顔が一瞬、恐怖の顔つきに変わった。

直ちにジェイが指示を出した。

「クール、ヴァレリーと一緒に二階へ行って夜用双眼鏡で道路から近づいてくるものがあるか見てくれ。酋長とケケ、ここにいて前の窓を見張ってくれ。ケイシーは俺と来てくれ、外の裏側へ回って海面に何か見えないか見てくる。三分後にここで会おう。さあ、皆始めてくれ」

ジェイはケイシーと外へ行った。スナイパーライフルでマリーナをずっと見渡した。何か見つかるまで周りを見続けた。湾を横切って近づいてくる四隻のボートがあった。またモーターボートに四人が座っているのにスポットが当たった。エンジンは切ってある、でなければエンジン音が聞こえたはずだ。モーターボートの上で待機しているのだ。彼らが夜用双眼鏡を持ってなければジェイとケイシーを見つけることはできない。この家に着くのに十分はかかる。ケイシーと一緒に家の中へ戻った。そして二階にいる二人に下りてくるよう叫んだ。ヴァレリーが階段を駆け下りてきた。彼女の目が直ちに緊急を告げていた。

「何人？」ジェイは聞いた。

「大勢、数えることができないくらい。道路を歩き始めて、それから敷地の両側に広がって林の中へ散らばって入っていった」

「何人いるかわからないか？」

「少なくとも十五人、たぶん二十人。正確に言うのは難しいわ」

クールが階段の一番上に現れた。

「一杯いるよ。父さん、どうするつもり？」ジェイに大声で聞いた。

「酋長、ケケ、誰か見えるか？」ジェイは叫んだ。

「何も、ジェイ」窓の外を見たまま居間から返事がした。

「よし、こちらへ来てくれ。ここを出よう」

ジェイは酋長とケケが部屋に入ってくるのを待った。そして状況を説明した。ここへ来る時誰かに見られたようだ。通報されたらしい。

「湾を横切ってくる四隻のボートがあって十分以内にここに来る。もう一隻、湾を横切っているモーターボートに四人の男がいてエンジンを切って待機している。そして十五人から二十人が道路を上ってきている。五分以内にはここに来るだろう。我々の選択は唯一ボートで逃げることだ。誰か他に良いアイデアを持っている者はいないか」

誰も答えなかった。

「よし、ここから撤退する前にこの家を焼く」

「そんな時間はない」ケイシーは言った。

「今逃げなければ」酋長が心配そうに言った。

「時間はある」ジェイは答えた。

「素早くやれば、そうでなければ今夜のことが無駄になる。クールとヴァレリー、前を見張っていてフロントゲートを通って来たり柵を越えて来たりする奴を見たら撃て、もし誰も来なかったら外の裏側で会おう。ケイシー、ボートの用意をしてくれ、だが銃の音を聞くまではエンジンをかけるな。マリーナから離れて湾へ行くつもりだ。ちゃんとその方向へ行けるか確認して、用意をしていてくれ。酋長とケケ、火をつける準備をしてくれ。燃える物は何でも、シーツ、カーテン、家具などすぐ積み上げてくれ。窓から離れて火をつける。そうすれば奴らからは見えない。お前たち四人は外で会おう。その時までは奴らは近づいているはずだ。地面に低くしてボートにつくまでにできるだけ多くの男どもを殺してくれ。質問は？　ＯＫ？　行こう」

二手に分かれた。ジェイは外でライフルのスコープを覗いた。ボートを漕いでいるグループは湾の半分まで来ていた。モーターボートの方を覗いた。消音銃を持っているので運転席にいる男に照準を合わせ、息を止めて引き金を引いた。男は倒れた。それから二発放ってもう一人の男を倒した。残りの男たちは視界からひょいと消えた。カヌーにいる男たちから銃が発射された。ジェイは起き上がって家の中へ駆け戻った。酋長とケケはまだ燃える物を積み上げていた。

「すぐ火をつけろ。もう行く時間だ」

ジェイは銃声の音に負けないよう大声を上げた。火はまたたくまに火柱になった。窓の外を見ていたヴァレリーの所へ駆け寄った。まだ外には誰も来ていなかった。

「行くぞ、ヴァレリー」

それから家の反対側に走った。そこにはクールが割れた窓から銃を持って立っていた。

「行くぞ、クール」

クールは彼を見て、そしてそれから森から出てくる男たちに発砲した。

「先に行っていて、皆と一緒に行って。僕は三十秒後から皆をカバーするから。それで時間を稼ぐよ」

「あまり長くやるなよ。俺が発砲したら外に出ろ」

彼は奥にいる仲間に裏に出るように言った。

「皆いいか。ボートにつくまで止まるな」

彼は開いている裏のドアから外に走って出た。皆ジェイに続いた。そして裏のデッキを回って、ドックで待っているケイシーの方へ走った。突然ジェイは家とドックの間で立ち止まった。庭の覆いの後ろに隠れている男たちを見た。すかさず発砲した。クールがあとから追いついてくるまで発砲し続けた。七メートル後ろにクールが来たのを見て、彼はボートの方へ走った。そして速度を落としてボートに飛び乗った。ケイシーがスロットレバーを前方へ倒した。ボートは数秒間ブルブルと震えていたが、スピードをとらえたようだ。ドックから離れて湾に入っていった。ほどなくしてドックに男たちが現れて彼らに向かって発砲してきた。五十メートルほど離れていた。暗かった。すぐ横を飛んでくる弾の音や、水面に当たって跳ねる音、アルミ製のボートの側面に当たってカーンという音は皆を縮みこませた。

「ちくしょう！　やられた！」

ケイシーが叫んだ。ジェイは船尾にいて応戦していた。右肩をやられたようだ。痛そうであったが、何とか左腕で運転しようとしていた。隣に座っていた酋長が席を替わって運転した。ヴァレリーとケケがケイシーをフロントシートに横たえた。

「怪我は酷いか？」

ジェイが聞いた。

「肩をやられている。血がたくさん流れているわ。でも弾は貫通したみたい」

ヴァレリーが答えた。

「それはよかった、クール、バックパックから薬袋を取ってくれ。血を止めてみる」

彼は前方に移った。ケイシーの肩にテープを巻きながら指示を出した。

「右へ行ってくれないか。海岸の方だ。そして岬を回ってくれ」

酋長は頷いて、岬の方へ向きを変えた。

モーターボートが飛び跳ねるように岬の方へ来て発砲してきた。その時、彼らは射程外にいた。だがジェイは七十メートル後方で水面をフラッシュライトで照らしているボートを見た。そのボートは船の航跡を探していた。

フラッシュライトが彼らを捕らえたのはほんの一瞬だった。すぐ高速船が彼らに向かって突進してきた。酋長はできる限りのスピードを上げた。もう海岸からは銃弾は飛んでこなかった。が高速船が飛んできた。

「岸へ向かえ、高速船が来る!」

ジェイがエンジンの轟音に負けないよう大声を上げた。酋長は周りを見て向きを変えた途端フラッシュライトの眩しさを浴びた。ジェイはM16スナイパーライフルで高速船に発砲した。

「俺らはこんな武器を持ってるんだぜ」

ジェイは大声で怒鳴った。クールとケケも近づいてくる高速船に発砲した。酋長は運転席で、ヴァレリーはケイシーの怪我の手当てを。三人は高速船に向かって銃弾を雨、霰のように浴びせたが、高速船は怯むことなく近づいてきた。今や後方五十メートルまで迫っていた。ジェイはクリップを変えた。その時大波がボートに当たり、彼は突然船外へ放り出された。少しの間手をバタつかせていたが、銃の重さで水面下に引きずり込まれた。やむなく銃を手放した。素早くフロックジャケットの留め金を外し、ヘルメットの紐を緩めて、それらを脱ぎ捨てて、水面に上がった。ちょうどその時高速船が彼の右手、五メートルほどの所を通っていった。水は冷たかったが海岸には近かった。流れがなかったのでこれなら泳いでいける、と推測した。自動小銃の破裂音が聞こえた。別々のスタカートがエンジンの音と競合して、夜の空気を震わせていたが、それも次第に遠ざかっていった。フラッシュライトが離れていくとそこは真っ暗な世界であった。彼はボートが去っていく方を見ながら、波間に漂っていた。どうなっているか、手がかりを摑もうと、どんな音でも逃さず聞いた。銃声がまた静寂を切り裂いた。何が起きているのだろう。心配になった。ゆっくりと岸へ向かって泳いでいった。暗闇の一筋の救いは月の光であった。ひたすらに岸へ向かって泳いでいった。何も聞こえないということは苦痛であり恐怖であった。クールとヴァレリーを失ったかもしれない、という思いが彼を打ちのめしていた。そして海に落ちてしまった自分自身に腹をたてていた。彼は悲痛な気持ちでそれでも泳ぎ続けた。

岸から二十メートルほどの所まで来た時、湾の中から彼の名前を呼んでいるのが聞こえた。女性の声だった。そして、

「どこにいるの？　父さん」

続いて息子の声がした。泳ぐのをやめた。ああ神よ。まだ見捨てられてなかった。

「こっちだ」ジェイは神に感謝しながら腹の底から叫んだ。

「こっちにいるぞ」

ボートの音で自分の声が彼らに届いたかわからなかった。彼は叫び続けた。ボートの音が近くなった。フラッシュライトが目の前の水面を照らしていた。眩しくて何も見えなかった。ついにケケの叫び声が聞こえた。

「見つけた。あそこにいるよ」

ライトの明かりが彼の上に降りてきた。彼は明かりの方へ手を振った。ボートはすぐ近くまで来て、彼は皆の手でボートの中へ引きずり上げられた。背中からボートの底にドスンと落ちた。足は船べりにのったまま。皆の心配そうな顔が覗いた。ヴァレリーが泣いていた。クールとケケは微笑んでいた。酋長はホッとした様子であった。ふと思い出して、

「ケイシー、具合はどうだ」

ジェイは仰向けに横たわったまま聞いた。

「大丈夫だ」ボートの舳先に横たわったまま彼は答えた。

「水はどうだった？　泳ぐならもう少しましな時期を選べよ」

ジェイは笑った。ケイシーらしくなった。

「衝突音を聞いたけど、何があったんだ？」

「やつらの船が座礁したのよ。周りを走っていて」ヴァレリーが答えた。

酋長は岩が水から突き出ている場所を知っていてわざとそこを通った。

「奴らは追ってきてそこを通ったの。酋長の策略にまんまとはまった。奴らは運が悪かっ

たわ、というより私たちは運がよかった」

ケイシーは本人が言っているより状態は悪化していた。銃弾が右肩の上部を貫いていた。たくさんの血が流れていて、ヴァレリーが布を裂いて弾の穴に詰めて出血を止めていた。効き目はあったが血は海水と混じってボートの底は気味の悪い紅色に染まっていた。ジェイコブは起き上がってケイシーが横になっている方へ移動した。たくさんの血を失う前に地下壕へ連れて帰らなければ。地下壕なら医学書を参考にして妻のリサに看護してもらえる。彼女は二番目のヘザーが生まれるまで看護師として働いていた。そこにはいろいろな薬も備蓄されていた。

「大丈夫だ。お前、早く家へ帰ろう」

ジェイはボートの舳先にいるケイシーの横に座って言った。夜の冷気が彼の濡れた服をますます冷たくした。どうやってケイシーを安全に連れて帰るか考えていた。岬の家の周りはすべて危険であった。彼はケイシーの方を向いて、

「歩けると思うか？」と聞いた。

「気分が酷く悪いがやってみる」

「よし、向かいの海岸から地下壕まで歩いて帰ることにする。さもないと我々と地下壕が危険にさらされる。もしマリーナの反対側の雑貨店の近くを行くとしたら三十分ぐらいで行けるのだが、この道はカーターズに出くわすリスクが高い」

「危険だな」酋長が言った。

「そうだが、危険のない方法が考えつかない。誰か良いアイデアがあったら聞こう」

クールが声を出した。

「岬を通って反対側のドックに行くのはどう？　地下壕にはすごく近いよ。フルスピードの弾丸のごとく走っていくのは？」

「トラブルを作るだけよ」ヴァレリーが即座に言った。

「危険があり過ぎるわ、それに私たちがどこに住んでいるか奴らに教えてしまうんじゃない。危ないわ」

ジェイは運転席に座っている酋長へ、

「向こうの方へ舵を切ってくれ？」

海岸沿いの一つのドックを指差した。

「岬から約七十メートル。ゆっくりと静かに」

燃えている家の炎が今は暗い夜空を明るく照らしていた。酋長はスロットルを開けて海岸に向かって移動し始めた。誰も話さなかった。そして数分後に一つのドックにボートを寄せた。以前は多くの豪華な家が海岸沿いに立ち並んでいたが、今は廃屋になっている。

「ここの家のどれかに潜伏するのはどう？」

クールが提案した。

「そうしたいが俺は乾いた服が欲しいし、ケイシーのことが心配だ。今なら歩けるが後ではダメだろう、もし感染症にかかっていたらすぐ手当てをしなければいけない。その上カーターズがこのドックに入るのを見たらここに来るかもしれない」

ジェイはケイシーを見て、

「お前は地下壕へ帰れると思うか」

「帰れるとは思うが」ケイシーは自信なさげに言った。

「このボートはどうする？」酋長が聞いた。

「水から上げて森の中へ隠しておこう」

彼はケケの方を向いて、

「お前とクールでやってくれ、酋長とヴァレリーはケイシーを見てくれ。俺は風邪を引く前に服を脱ぎたい」

クールとケケがボートから跳び降りてドックにのり、ボートをつなぐようロープを手で引っ張った。ジェイと酋長はケイシーの足を持ってドックの上に移した。血を大量に失っているせいか彼は軽かったが、まだ立つことができた。皆ボートから降りた。ケケとクールはボートを持ち上げた。酋長が声を上げた。

「ボートを持ち運ぶのを待ってくれ」

彼はジェイの方へ向いて、

「わしは家族と部族の皆の所へ帰らなければならん、ボートはここに置いておいてくれ。ケケとわしは朝早く帰る。その時にこのボートが使える。ケイシーをまず地下壕へ運び、それから今度は帰る支度をする。今度こそ本当に帰る時だ。ジェイ、これでいいか？」

「いいとも、ただ問題は俺も一緒に行ってボートを持って帰らなければいけない。俺らはまだボートがいるから。この二、三日カーターズを酷くやっつけてしまった。しばらくの間静かにしているのでちょうどいい。それにあんたたちの隠れ家へ一緒に行っておけば将来その場所を見つけることができて好都合だ」

「ありがとう。だがその必要はないな。長いこと歩かないといけないし、そこは一種の神聖な場所だ。わしを送っていって降ろしてくれた所からそこを見つけることは簡単だ。要するに道を登り続けるだけのことだ」

「わかった。降ろしてほしい所で降ろすから言ってくれ」

「私も行くわ」ヴァレリーが言った。

「わしは構わんよ」酋長は言った。

ジェイは彼女をちらっと見て拒否できないとわかった。彼はクールを心配するのと同じようにヴァレリーに何か起こるのを恐れていた。今は愛を語る時ではないが愛はコントロールできるものではない。ジェイが何をしようとどこへ行こうと、ヴァレリーがリスクを取るというのなら彼女の提案を受け入れるしかないと思った。

「あまり歓迎ではないがね」

しばらく後に彼は答えてそして付け加えた。

「お前さんの顔にはダメと言っても無駄だと書いてある。それに帰りは一人より二人の方がいいだろ」

道路はカーターズで一杯であった。地下壕へ戻る一時間は危険極まりなかった。ケイシーの血は止まらなくて、半分歩いて、彼のエネルギーは使い果たされ、倒れてしまった。急遽木と服で担架を作って彼を運んだ。

皆が地下壕へ帰ってきたがケイシーの妻のリサが大喜びしたのは束の間で、すぐ血まみれのケイシーに気づいた。

「どうしたの？」慌てる様子もなく聞いてきた。

「弾が当たってしまったの。見かけほど悪くないと思うけど、血が止まらないの。とにかくできるだけ早く運んできた」

ヴァレリーが辛そうに言った。皆が帰ってきたのを知って、子供たちがメインルームに入ってきて、テーブルに横たわっている父親を見て声を上げた。ジェイは武器室へ走っていき、薬箱を持って戻ってきた。

「あなたたち、大丈夫よ」リサはその薬箱を見て言った。

「見かけほど悪くないわ。私が治してみせるから心配しないで」

さすが元看護婦、頼もしい笑顔を見せた。

（二十五）

酋長、ケケ、ヴァレリーとジェイは数時間眠った後、荷造りして朝早く出発した。カーターズは岬の道にはすっかりいなくなっていた。だが用心して回り道をして、ボートの所へ行った。昨夜と違って小径は歩きやすく、昨夜の半分の時間でそこに着いた。どんよりとした天気であったが、ボートで行くにはちょうど良い日であった。

ボートに乗った後、酋長は湾を出る方へ舵を切った。皆は危険がないか海岸線や周りの海を見渡していた。数分後ブロックトン岬の焼けた家の周囲を回って、原住民領へ入る入り江を上っていった。ヴァレリーは舳先、ケケは船尾、そして酋長とジェイは一緒に座った。誰もしゃべらなく、周りの山や海の美しさに見とれていた。海上から見ると、すべての物はずっとそこに変わらずあるように見える。死とか破壊とか、道中目にしてきた廃家になった家など、ここからは嘘のようであった。本当にあれらの家にはもう人が住んでないのか、信じられない。

四十分ほど風や海の音に心を遊ばされていると「もう近いぞ」

酋長が叫んだ。海岸線に沿って地肌が露呈している場所を指さして、

「あそこに船を寄せる砂場がある」

「オーケー」ジェイは答えた。

数分後彼らは海岸に船を寄せた。ケケはすぐにソックスと靴を脱いで、ズボンの裾をたくし上げた。そしてロープを持って船から跳び降り、砂場に船を手繰り寄せた。

四人は狭い砂場に立った。

「これからどうやってあんたたちの居場所がわかるんだ。どうやって接触したらいいんだ？」

ジェイは酋長に尋ねた。

「昔からやっているのが一つある」

彼は少し自嘲気味に笑って、

「煙を使うのだ。煙が一つの時は大丈夫。二つの時は会いたいが緊急ではない。三つの時は緊急、ヘルプの意味だ。もしわしがお前の助けがいる時はここで会おう。もしお前がわしの助けがいる時はわしが地下壕へ行く、これでどうだ」

「よかろう、三つの煙が重要なんだな。ヴァレリー覚えておいてくれ」

ジェイとヴァレリーは二人が森の中に姿が見えなくなるまで見送った。

「寂しくなるな。たった今までそんなこと考えたことがなかったが」

ジェイは恥じらうように言った。

「酋長は俺が知ってるどの男よりも勇気がある。戦士というより本当のリーダーであり、優秀な外交官だ。彼ほど気高く、高潔な男を俺は知らない」

ジェイはポケットに手をやって忘れていたことに気づいた。酋長にあげようと持ってきた金属製のメタルでそれに革の紐がついている。二人はまだ遠くへは行ってない。彼はヴァレリーをそこに待たせて追いかけた。

「酋長、待ってくれ。渡したい物がある」

二人はジェイが追いかけてくるのを見て止まった。二人に追いつくと、彼はポケットからメタルを取り出した。メタルの上には筆記体の手書きの文字があった。平和な時にまた会えますように、という意味だと以前教えてもらったことがある。

「このネックレスは二十五年前に俺の友人がくれた物だ。彼はこれをベドウイン族の王子からもらった、と言っていた。その王子は内戦から撤退するのを拒み、命令にも従わなかった。俺の友人は王子の命と家族を救った。上官の命令に背いた咎で友人は解雇された。彼は何も要求しなかったけれど王子は彼に百万ドルを与えた。それほど喜んだのだと思う。そこを離れる時、もう一つこれをくれた。次に会う時返すように、と。だが二人が会うことは二度となかった。俺の友人はその八ヶ月後、イラクで独立運動に協力していて殺されてしまったからだ。それで今俺はこれをあんたにあげる。あんたにこれを持っていて欲しいから」

ジェイは酋長の右手を摑み、彼の目を見て言った。

〝平和な時に会えますように〟

ちなみにその友人はジェイに百万ドルの残りを残して逝った。おかげで彼はその金で大きな地下壕を造ることができたのである。


酋長とケケが原住民の居留地の隠れ集落に着くのに半日かかった。小さな湖の周りを歩いて、それからハイカ山に登っていく。隠れ集落は自然の要塞があることから選ばれた。一か所以外どこからも山頂にたどり着けない。どんな侵入者であろうと同じルートでしか襲撃できないのだ。ウエナチの歴史ではどんな部族も彼らを負かし、ハイカ山の頂上に立った者はいなかった。

酋長とケケは南側からハイカ山への道を登り始めた。原住民領を見下ろして、遠くに入り江もよく見渡せる岩場に行くには二、三異なった道があり、ここから約四時間の行程であった。そして、そこからは一本の道しかない。その間に生死の谷と呼ばれている谷を通る。その谷はここを棲家にしようとする人の命を救い、ウエナチ族を捕らえて奴隷にしようとしている人の命を奪う。

酋長とケケが三十分ほど歩いた頃、突然銃声がした。弾は二メートルほど前の地面に当たった。後ろに飛びのいてほとんど本能的にケケは酋長をかばって地面に伏せた、それから起き上がって左手の木の後ろに隠れた。酋長の表情が愉快なものへと変わった。彼は起き上がり、まだ木の後ろに隠れてはいるがウエナチ語で叫んだ。

「自分たちの酋長に発砲する奴は誰だ？」返事はなかった。

「では」彼は木の陰から一歩出た。

「聞こえているか」

酋長は森の中を覗いたが、地面と木以外何も見えなかった。もう一度呼ぼうとした時、女の声が返ってきた。

「本当に酋長なの？」

「そうだ、わしだ。わからないか」

「遠すぎてわからないわ」

「それではお前の目で見える所まで来い」

「酋長は死んだのではないのですか？」

「わしは死んではいないぞ。死んだように見えるか？」酋長は笑った。

「お前の名前は何という？」「シーナ」

「フルネームは？」「シーナ・トムソン」

「では、お前の両親はウィリアムとジュリア・トムソンだな。ジャージの古いスクールバスから一マイル行った所にある黄色の家に住んでいる。これでもう信じられるだろう」

彼は二つの声を聞いた。二人とも女だった。足音に続いて木の枝がカサカサとなる音が聞こえた。シーナが興奮して叫んだ。

「ごめんなさい、酋長。今からそちらに行きます」

突然二人の若い女が三十メートル先の小径から飛び出してきて、酋長とケケの方へ駆け下りてきた。二人の所まで来ると息を切らして止まった。一人が息を吐きながら、

「どうしましょう。本当にロバート酋長だわ、驚いた。今までどこにいたのですか？　皆死んだと思っていますよ」

「見ての通り、わしは死んでなんていないぞ」

まるで死を打ち負かして生きているかのように彼はいたずらっぽく豪快に笑った。


ハイカ山の頂上にある昔からの砦に着くのに二時間かかった。山の頂上に広くて平らな場所があり、たくさんの岩と低い木々があって、あちらこちらにテントが張ってあった。そしてまた二、三の倒れた木で作られた素朴な牽引車があった。二人の到着で空気は一変した。生きていた喜びと幸せの涙が爆発した。どこからともなく太鼓の音が響き、誰からともなくダンスが始まった。酋長の妻は彼と抱き合いキスが止まらなかった。二人の年かさの子供たちは彼を見て抱き合って喜んだ。一方、二人の幼い子供たちは彼の足の周りにまとわりついた。素晴らしい再会であった。特別なディナーと宴はその夜直ちに計画され

た。酋長の到着前は空気が沈滞していて元気がなかったと皆は言う。女と子供たちの笑い声は酋長に安らぎを与えてくれた、ホームに帰るってこのことだ、と実感した。集落から離れて初めてわかったことであった。

酋長とケケに別れを告げてジェイとヴァレリーは数時間後地下壕に戻った。酋長とケケがいない地下壕は何か物足りなかった。二人は疲れていた。一日ほとんど寝ていなかった。皆に挨拶をするとヴァレリーは真っ直ぐに自分の部屋のベッドへ向かった。クールと少しおしゃべりをする前にジェイはケイシーの具合を聞いた。彼は他の部屋で休んでいた。突然、眠気に襲われた。いろいろ報告することがあったが「少し眠りたい」と言いつつ、その場で眠り込んだ。

翌朝、皆テーブルの周りに座って、リサが作った朝食を食べながら今後のことを話し合った。ケケと酋長がいない今は戦えるのはジェイ、ヴァレリー、クール、サム、ザーク。だがサムは六十代の後半、ザークはまだ子供の範疇なので期待はできない。岬の家と農場を襲撃した後、カーターズはそこを閉鎖した。昨日はカーターズの姿はまったく見られなかった。まだ捕虜をどうするかの問題も残っていた。クール、ザークとサムはずっと彼らを見張っていた。それは休みがない。一致した意見はできるだけはやく捕虜たちに自立してもらうことである。

「農場を失ったことはカーターズには大きな痛手であったはず」

ジェイは説明した。

「あの損失は組織や命令系統を混乱させる。そのうえ、待ち伏せの失敗もある。信用を回復しなければならないし、兵士たちを活気づけなければならない。キャプテンたちは想像以上に自信をなくしたはずだ」

ジェイはテーブルについている皆の顔を見渡した。

「俺は必要でないリスクは取らない。戦略上このまま攻撃し続けるのがいいと思う。俺らが起こした小さな揺さ振り、破壊した家、殺した兵士などがさざ波のように奴らに襲いかかっていくはずだ」

「それで捕虜の問題は？」サムが聞いた。

「正直言って、サム、まだ決めてないんだよ。ずっと考えているが良い考えが浮かばない。カーターズの農場でも手に入ればそこで働くこともできるのだが、まだ時期は早い。悪いが決まるまで奴らを見張っていてくれ。それより、エリックの家と奴らの山の居住地について教えてくれないか？　一年前に数ヶ月そこで働いていたと言っていたじゃあないか」

「ああ。たくさんの建築資材を運び込んだよ」

「よし、次の仕事はお前の話をベースにして作戦をたてる。明日はクール、ヴァレリーと俺の三人で出かける。今日は皆休んでくれ」

（二十六）

シラー酋長に率いられているセカラ族はついにウエナチを攻撃する準備を始めた。

隠れ砦に行く道の出発地には約百人の兵士たちが野営していた。彼らは一日は偵察で過ごした。小さいグループに分かれて山に登り、砦を守るウエナチ族の様子を探っていた。

シラー酋長は山の裏側にも何人かの兵士を送りこんでいた。裏側は崖になっていた。兵士たちは崖を素早く登る為にザイルを固定したりして崖を登るのに一日かかる。ウエナチ側はセカラ兵が二手に分かれて崖を登ってくるとは気づいていなかった。

シラー酋長は二人の兵士が崖を登っていくのを見ていた。わし鼻のいかつい顔、その目はどんな獲物も逃がさない猛禽類のそれであった。その時、会議のメンバーの一人で、指揮をしている男が小径を駆けてきた。

「ロバート酋長が話したいと言っています」

「そうか、奴はやっぱり帰ってきたか。噂は本当だったのだな。それでいつ話したいと言っているのだ」

「今すぐです。奴は我々の陣地から百メートルほど離れた丘の上で、集落の兵士たちといます」

「よし、何を話したいか行ってみよう」

シラー酋長は小径を登り始めた。

二人の酋長は道の真ん中で出会った。それぞれ一人ずつ部下を連れていた。それが彼らの習慣だった。その場所は、形が逆三角形の形をしているのでファンルと呼ばれている渓谷の中だった。周りを崖に囲まれていて、曲がりくねった川と道が三百メートルほど続き、深い渓谷を作っていた。それ以外は何もなかった。長い歴史の間、ここは何度も襲撃されたが、陥落されたことは一度もなかった。背の低い杉やモミもこの渓谷を守っていた。

ウエナチ兵は渓谷の入口に守りを固め、一方、セカラ兵は入口への道に沿って、歩兵を配置していた。この配置はどちらにも平等で均衡が取れていて優劣つけがたいが、いつもウエナチ側が勝っていた。しかし今回は裏崖の奇襲の策があるので、守りを崩せるとシラー酋長は確信していた。

二人の酋長は三メートル離れて立ち、互いに睨みあった。どちらも黙ったままだった。ついにシラー酋長が手を広げて言った。

「なあ相棒よ。我々は戦争を避けられる。うまくやっていこうじゃあないか」

「わしの答えはノーだ。自分たちの領土なのに、なぜお前に第二身分扱いをされねばならない。お前はわしらとうまくやろうなんて思ってもないくせに、恰好つけた物言いはすぐボロが出るぞ。今さら何も言うな」

「じゃあ、なぜ話しに来たのだ。うまくまとめるつもりじゃあないのか」

シラー酋長は憤慨して言った。

「女と子供たちについてだ。わしらが負けた時女と子供の安全を保障して、家に帰してほしい、それを約束してもらいに来た」

二人の酋長はお互いの顔を探っていたが、

「わしもお前たちの女と子供たちには同じように約束する」

ロバート酋長が言うとシラー酋長はニヤリと歯を見せて小さく笑った。

「わしも女と子供たちには危害を加えないと約束する。だが子供たちが大人になったら復讐しようとするのが心配だ」「わしもだ」

ロバート酋長が率直に顔に出して言うとシラー酋長は再びニヤリと笑った。

「だが勝った後にそれは考えることにしよう」

「勝つだと？　自信過剰だな。我々は百五十の兵士がいるんだぞ。お前はたったの五十」

「わしらの戦いはいつも不利な状況下でやってきた。それでも勝ってきた」

ロバート酋長は何のためらいもなく淡々と答えた。

「これで女、子供に危害は加えないという約束は成立だな」

「普通に考えてもそれは当然だ。他には？」

ロバート酋長は上着のポケットに手を入れて一枚の紙を取り出した。

「公平にしたかったので、これを書き上げてきた。お前の集落の者にも同じように考えてくれないとな」

彼はシラー酋長にそれを渡した。

「簡単に書いたが、これを読んでもっと加えたいことがあったら、書き加えてくれ。渓谷のわしらの側で待っている。目印の旗とお前のサインを持って部下を寄越してくれ」

シラー酋長は紙を受け取った。

「すぐ返事をしよう。他に何か話すことは？」

「特にない」

「死ぬまで戦うということだな」

「他に何があるのだ？」

ロバート酋長は向きを変えて集落の者が待っている丘を登っていった。


セカラ兵は太陽が昇るとすぐに攻撃を始めた。彼らは木々の間に隠れて森を通っていった。最初の一軍はゆっくりと歩いた。そして峡谷に着いた時彼らはためらった。この場所は敵が間違いなく発砲してくると知っていた。だが何も起こらなかった。誰もいない。ただ小鳥のさえずりが聞こえるだけで森は静かであった。全員で三十人の攻撃隊であった。

シラー酋長は崖の下にいて崖を登っていく兵士たちを指揮していた。後ろからウエナチを攻撃するつもりであった。崖からの攻撃は守りを完全に崩すと自信を持っていた。そしてこの計画はウエナチが峡谷に釘付けになっている間に、兵士たちが二百メートルの崖を登って山の頂上に達しなければならない。一方セカラ兵は峡谷を通って移動している間皆緊張していた。彼らは敵が攻撃してくるのを待っていた。いつでも攻撃してきてもいいように注意深く移動していた。

両側に十メートルの壁に囲まれた狭い場所に来た。先導していた兵士が後に続いてくる兵士たちを振り返った時に戦の火ぶたが切られた。セカラの兵士たちは峡谷の終わりにある開けた場所へ走り始めた。崖に囲まれていない平地は安全を保障してくれる。

突然、峡谷の入口にいた攻撃隊の後ろから連続した爆発音がした。セカラ兵はたくさんの木々が崖から激しい音を立てて落ちてくるのを見た。次々と木が通ってきた道を寸断するように峡谷の谷底へ落ちていった。その後、上の方で爆発が起こり大きな岩に続いて小さな石が雨のように降ってきた。多くの者は落ちてくる岩に当たった。それから、彼らの前からも上からも銃弾の集中攻撃が続いた。兵士たちは前方に行く以外行く所がなかった。前方の平地へ向かってできるだけ速く走った。が、彼らの前にたくさんの木が転がり落ちてきた。数十メートルの高さの杉やモミの木が平地へ崩れ落ちてきて、兵士たちは大混乱を起こした。これに乗じてウエナチの反撃が始まった。兵士たちが崖の上に現れて峡谷の中でまごついているセカラに向かって発砲を始めた。手榴弾が投げられ、木々は激しく炎上した。逃げ場をなくしたセカラ兵はウエナチの良い標的にされた。何人かは燃える木々を抜けて走ったが、倒木で作られたバンカーの後ろに隠れていたウエナチの兵士に殺された。それは虐殺であった。生き延びたセカラは一人もいなかった。攻撃は三十分で終わった。

山の裏側ではセカラの兵士が崖をよじ登っていた。崖は二百メートルほどある。シラー酋長は最初の攻撃が失敗したと報告を受けたが、彼の計画は山の裏側を登ってウエナチを襲撃するのが目的であったので、今のところうまくいっていると思っていた。だが峡谷から煙が上がったのを見て失敗を実感した。その時、走ってくる兵士がいた。「酋長！」彼は息を切らして言った。

「襲撃は失敗しました。全峡谷は火に包まれています。峡谷は遮断されているので、何人かは生き残っているかもしれませんがこれ以上兵士を送るのは危険です。どうしますか?」

「一時間待て。そうすればもう少し様子がわかる。そしたらあと二十人を峡谷に送る。それからウエナチをやっつけても遅くない、と皆に伝えてくれ。だが、気をつけろ。これ以上兵士を失うことは許されない。その時までに山の頂上には三十人の味方の兵士がいるはずだ。一旦我々の攻撃が始まったら峡谷の方へもう二十人を投入する」

「わかりました。酋長」

伝令係は向きを変えて来た道を戻っていき、すぐ森の中へ消えた。

ケケは最も信頼できる兵士で峡谷の守りの責任者であった。彼はロバート酋長の方へ近づいた。

「この作戦は完璧です。酋長、私たちは一人の兵士も失っていません」

ウエナチは峡谷が燃えているのを見て祝った。ロバート酋長がジョロンを従えてやってきた。成果で喜ぶ一方、すぐに浮かれるなと叱った。

「戦いはまだ始まったばかりだ。奴らはきっともっと良い作戦を立てて攻めてくる。峡谷を攻撃するのは難しいとわかったはずだ。でも、おそらく不可能ではない」

「どういうことですか？　酋長」

「今わしが言ったとおりだ。我々の歴史ではどの部族でも峡谷を通ってやってきて成功した例はない。セカラはそれを知っている。事実奴らは峡谷を襲撃したことがある。そして失敗した、少なくとも三度は失敗している。シラー酋長は天才ではないが、馬鹿でもない。だから問題は奴らの本当の作戦は何かということだ」

ケケとジョロンは酋長の質問にしばらく考えていた、それからジョロンが、

「山頂へは他の道があるのですか？」と聞いた。

「ない。山頂は二百メートルの高い崖で守られている。唯一の道は峡谷を通る道だ。だか

ら何百年もあの場所を最後の砦としてきた。だがあの裏の壁を登ることができたら」

突然三人の頭に電撃が走った。そして互いを見つめ合った。

「可能だと思いますか？」

ケケが心配そうに聞いた。酋長は思慮深く静かに答えた。

「わからないが可能だと思う。ここで戦いが最後にあったのはだいぶ前のことだ。もし奴らがロープとかちゃんとしたロッククライミング、ギアを持っていれば絶対可能だ」

「あの頃はロッククライミングはなかった」ジョロンが付け加えた。

「大勢の兵士があの崖を素早く登るのは不可能だと考えていた」

酋長は言葉を切ってそれから続けた。

「こちらの方に気を取られていて気がつかなかった。奴らは崖を登ってくる兵士たちを待っているのだ。山の頂上には人数が揃うまで隠れる所は十分ある」

酋長の思慮深い顔が一変した。

「ケケ、急いで十人ほどの兵士を集めてくれ。基地で会おう。それからジョロン、お前に渓谷の守りを任す。セカラは火が燃え尽きたら、すぐ他の攻撃を仕掛けているはずだ。木が燃え尽きるのにそれほど長くかからない」

酋長は急いで踵をかえして基地と山の頂上へ向かった。基地までは三十分の道のりであるが彼は道を駆け登って十分以内に着いた。女と子供たちが簡単に作った掘立小屋にいた。

二、三人外に出ていたが、ほとんどの人は隠れていた。一人の老人が背を向けて木の切り株に座って、膝にライフルを持っていた。酋長は彼に近づいていった。

「ブラックストン」と後ろから声をかけた。老人は振り向いて酋長だとわかると言った。

「戦う準備はできているぞ、酋長」

「そのようだね」

「セカラの奴らがここに来たらわしは戦うぞ。うまく歩けなくとも、指は問題ないからな」

　彼は引き金を引く指をピクピクと動かし、しゃがれ声で力強く言った。

「協力ありがたい」

　酋長はそう言ってそこを通って崖の上に立った。慎重に崖の下と山の麓を見下ろした。何も変わったことはなかった。崖から離れて老人の方へ戻った。彼の前で足を止めて彼の肩を軽くたたいた。それから山の反対の方へ向かった。林を抜けると小さな岩山に来た。そこを小走りで駆け抜けて頂上に着いた。

　そこからは海岸線が三百六十度パノラマの眺望であった。反対側に下りる前に周りを簡単に見回った。こちら側の山の斜面は深い森であった。彼は静かに、慎重に自分が出す音以外はどんな音や動きも警戒した。反対側の崖に着き、その上を歩いた。最初は何も見えなかったが、左側を見た時、一人の男が岩棚の下十メートルの所をゆっくりと登ってくるのが見えた。もう少し下を見ると他に四人の男たちが、最初の男より五メートル下の小さな岩棚に立っていた。彼らはセカラ兵で背中にライフルを背負っていた。酋長は身を低くして、兵士たちが最終的に到達しそうな場所へ膝で這っていった。より近づいてみると森の中にも兵士たちが隠れていた。数えてみると十二人。襲撃する人数が揃うまでそこで待っているのは明らかであった。彼はゆっくりと這って戻り、十分離れた所まで来て立ち上がった。山の頂上の反対側を走りだした。岩を登り、基地へできるだけ速く走った。老人はまだ切株に座っていた。

基地に着くと、ケケが走り寄ってきた。酋長は今見たことを彼に話した。そしてすぐに七人の部下を連れて。今来た道を走って戻った。ケケと他の兵士はそこに留まった。セカラが攻撃してくるのを予想して防衛態勢を整える為である。

酋長と部下たちが山の裏側の崖に着いた時はセカラ兵の数は増えていた。彼らが這って近づいた時、ちょうど二人のセカラが崖の上に着くところだった。攻撃するにはちょうど良い距離であった。酋長はバックパックからジェイにもらった手榴弾を二個取り出して、一個を部下に渡した。

「これの使い方がわかるか?」

「いえ。使ったことがありません。でも使えると思います」

「ピンを引っ張って三つ数える。そして投げる。わしがやるから真似してやれ」

「わかりました」

ついでに連れてきた部下たちにも小声で伝えた。

「手榴弾を投げたら撃ち始めろ。ターゲットを決め、カウントを始めろ。何があっても立ち上がるな。敵に身を晒すな。奴らが基地に向かったらラッキーだぞ。そこにはケケたちが待ち構えているからな」

酋長は一人ずつしっかりと目を見つめて、言ったことが正確に理解されているか確かめた。それから手榴弾を持たせた部下に、

「用意はいいか」部下は目で頷いた。

三つ数えて立ち上がり、ピンを抜いて、少し待って投げた。投げると同時に他の部下たちが銃を発砲した。二人のセカラ兵は地面に叩きつけられた。

セカラ兵はまだ襲撃の態勢が整っていなかった。突然二個の手榴弾が爆発したのはセカラ兵にとっては予想外であった。爆発はそこかしこに木の破片を撒き散らした。爆発の煙がなくなった時、地面にはいくつかの死体が転がっていた。いくつかはまだ動いていた。五人のセカラ兵が頂上に到着して、すぐ戦いに加わった。銃撃戦が激しくなった。今やウエナチよりセカラの方が多くなっていた。酋長は素早く周りを見渡した。すると一人の部下がうつ伏せの状態で倒れていた。身体は動いてなかったが、目は大きく見開いていた。

彼はその部下に走り寄って目を閉じながら、詫びた。

酋長はバックパックから最後の手榴弾を取り出し、前方のセカラ兵に跪いたまま投げた。そして立ち上がって戦闘開始の声を上げた。昔からの習わしであった。部下たちも酋長に続いて声をあげた。そしてセカラ兵に襲いかかった。セカラ兵は激しく反撃してきた。銃弾が音をたててすぐ横を飛んできて周りの木に当たって乾いた音をたてた。酋長から数メートル前の木の後ろからひょいと一人のセカラが現れた。身構える前に彼の部下の一人がどこからともなく現れて、そのセカラに跳びかかった。彼は右手を挙げてセカラの胸深くナイフを突き刺した。だがその時、彼は頭を撃たれて、今刺したばかりの兵士の上に倒れた。左手の林の中を駆けてくる二人のセカラ兵がいた。酋長はジェイがくれたM16自動小銃を発砲した。兵士たちは倒れて斜面を転がっていった。酋長は立ち上がって周りを見渡した。二人の部下がセカラと接近戦で戦っていた。部下がやられそうになっていたので近い方のセカラから撃っていった。彼らが倒れたのを見て、彼は全速力で森を駆けた。今までにないほどのアドレナリンが出て心臓が躍った。十メートルほど行くと二人の兵士が取っ組み合いの死闘を繰り返していた。セカラが上に乗っていた。酋長は近づいて彼の髪を摑んで力一杯後ろに引っ張った。その兵士は顔を上に向けたまま倒れた。

部下が起き上がるのを手伝った後、運よく助かった他のウエナチと合流した。残っている三人は周りの死体を調べた。すべてを調べ終える前に彼は突然崖を思い出した。酋長は二人の兵士の方を向いてその一人に、

「わしと一緒に来てくれ。崖を登ってくるセカラがもういないか確かめに行く」

もう一方の兵士に酋長は、

「ここにいて生き残りがいないかどうか確かめてくれ。もし怪我をしていたら殺して苦痛から解放してやれ」

酋長と兵士は崖を見に行った。三本のロープがそれぞれ隣り合わせの木に結びつけてあった。二人は下を覗いた。まだセカラの兵士たちが頂上を目指して登ってきていた。酋長はM16を下に置き、ハンティングナイフを取り出した。

「わしの背後を見張っていてくれ」

それから一番近いロープを切った。鋭い刃で一回スライスしただけで男は死へ転がっていった。彼は急いで他のロープも切った。そして落ちていく男の悲鳴が後に続いた。でもまだそれで終わりではなかった。彼は腹ばいになって崖の上まで這っていき、頭と上半身の一部は崖の先端から飛び出している状態になって下を見ると、左側数メートル下に一人のセカラ兵が顔を岩にピタリとくっつけているのを見た。それ以外は崖に残っている者はいなかった。古いコルト45のピストルを取り出して、ロバートは崖にいる男に照準を合わせた。引き金を引いた。兵士に当たらなかったが弾の音が彼に危険を知らせた。兵士が顔を上げて酋長を見た。若かった。二十歳かそこらだろう、若者は脅えていた。目は大きく開かれ恐怖に満ちていた。見るからに震えていて、すべての物を抱え、自分の命も抱きしめていた。だが情けを乞うことなく、また逃げなかった。死に直面してそれが彼にとってどういう結果になるのか、勇気を奮い起こして酋長を見つめていた。無防備で勇敢な若者を見て戦っている間わきあがっていた怒りが突然消えた。同情がとって代わった。誰も死を望んでいない。そういうわしもだ。彼は自分に言い聞かせて銃を下ろした。

「三十秒待て」酋長が叫んだ。

「紐を下げてやろう。わしが誰かわかるか？」

「もちろんです。あなたはロバート酋長です」

若者は答えた。その声は震えていて弱々しかった。若者を引っ張り上げた後、

「お前を知っている者はこの敵地にはいない。助かったら逃げろ。ここを真っ直ぐに行くと森の中に入る」

酋長は方向を手で示した。若者は酋長に軽く会釈をすると脱兎のごとく走っていき、すぐ森の中へ消えた。

山の反対側でケケと八人の男たちが基地へ入ってきたセカラ兵と対峙していた。ロバート酋長の命令でケケは女と子供全員を避難所である洞窟へ避難させていた。女と子供たちに危害を加えないという約束をセカラが破った時の為に、ケケは大勢の女に銃を持たせていた。

セカラ兵は潜んでいた森から走り出してきて基地に入ってきた。ケケと仲間は発砲した。

多くのセカラ兵は走っている間に撃たれたが、何人かは基地に入ってきた、一瞬のうちに容赦のない殺戮が現実のものとなった。

ケケが至近距離で撃ち損ねたセカラが切り株を飛び越えてケケを殴り倒した。膝でケケの頭を蹴った。起き上がろうとする前にその兵士はケケに馬乗りになった。ライフルの柄でケケの頭を叩きのめそうとした時、銃声が聞こえ突然セカラ兵はケケの上にドサッと倒れてきた。男を押しのけて見ると、姉が数メートル離れた所でライフルを持って立っていた。言葉には出さなかったが、ドジな弟を助けたわよ、というように片目をつむって見せた。ケケは笑顔を姉に見せて、急いで次の戦いに戻っていった。

一人のセカラ兵がウエナチを倒して、起き上がる所だった。ケケはライフルを持っていなかったので、その兵士に背後から跳びついた。ナイフを回しながら、兵士が体勢を整えないようにし、それから彼の腹にナイフを突き刺した。二度三度刺す。兵士は血を吐いて地面に倒れた。

ケケはまだセカラ兵がいないかどうか見渡していると、姉が水色のシャツを血に染めて、胸を押さえてよろめいているのを見た。

彼は駆け寄って、姉を抱き留めた。

「私の死を無駄にしないで」

彼女はケケの腕の中で死んでいった。彼は彼女を抱きしめて、最後のハグをして囁いた。

「無駄死にはさせないよ。約束する無駄死になんかさせるもんか」

戦いの最中である。姉の死を悼んでいる暇はなかった。彼は優しく姉を地面に下ろして果敢に戦いの中に身を投じていった。

渓谷での二番目の戦いは二十分で終わった。この時点でセカラ族は八十人の兵士を失っていた。一方ウエナチ族の死者は三人、怪我をした人は数十人であった。

（二十七）

三人は丘の上の見晴らしの良い所に立っていた。そこは以前ヴァレリーがクールに発砲した場所である。遅い朝であった。太陽が燦々と輝いて今日も美しい夏の日であると告げていた。その家を通り過ぎ道路を横切って、エリックの山の家へ向かった。

「この道はフィシャー道路に繋がっているけど行き止まりになっているはずよ」

ヴァレリーが説明した。

「あの山には続いてないわ、確かよ。フィシャー道路からはこの道に沿って行かなければ森の中をゲリラ戦のように歩く羽目になるわ」

「ああ、地上は今日も素敵な日だよ」

クールが彼女の言葉を無視して言った。

「地上に出てから一番良い日だよ」

「あまり喜ばないで、冬の間は毎日が雨よ」

ヴァレリーが水をさすように言った。

「冬までには戦いは終わってほしいな。雨の中を八時間も歩くのは僕の趣味ではないよ」

「イラクの砂漠を八時間歩くよりましだぞ。お前たちは信じないと思うが本当の話だ。完全武装して四十度の砂の上を歩くんだ」

「勘弁してよ」ヴァレリーが声を上げた。

「戦争の話ならあなたにはかなわないわ。今度は冬にコートなしでアフガンの山の中を歩く話になるんじゃない？　氷の袋を持ってね」

「氷ではないぞ。コンクリートの袋だ。しかも素足で。食べ物は敵の死体の肉の塊だけだ」

ジェイは陽気に冗談を飛ばした。


三人は人が滅多に通らない湖に沿った小径を一時間ばかり歩いた。雑木と雑草が道に侵入していて歩くのに困難であった。ここを歩いていて、滅多に人に出会わないのにいつも驚かされる。たぶん、普通の人にはこの道は怖すぎるのか、それとも人がほとんどここには残っていないのか。

昼頃、三人は湖を見下ろせる平地へやってきた。暑くなってきた。三人とも防弾服とヘルメットを被っていた。それで服の下は汗でびっしょりであった。湖の表面は太陽の光に反射してキラキラと輝き、冷たい水がここにあるわ、飲みなさいと誘っているようであった。

「この湖に飛び込みたいよ」クールが言った。

「それができたら最高よ、正直言って」

「代わりにこれを飲んでおけ」とジェイは水筒を彼女に渡した。

三人は湖を見ながら黙って座った。クールは小径を見つめながら杉の木の木陰に座った。一方ヴァレリーは太陽に顔を向けて太陽の暖かさとエネルギーを吸収しようとした。彼女はヘルメットを取って大きな切り株の根元に背中をもたせかけて座った。その上段にはジェイが座った。

「世界には何人の人がまだ生き延びているか考えたことがある?」

ヴァレリーが思いついたまま聞いた。

「そうだな、小さな場所がいくつかあって俺らのように生き残る為に戦いをしているだろうな。絶対生き延びているはずだ。しかし俺らは他よりましだと思う。今いる所を見てごらん、必要な物は何でもあるだろう。だがほとんどの場所はきれいな飲み水、使える土地がない。ここは森にはまだ鹿や他の動物がたくさんいる。破壊されなかった町や市でさえ食糧やガスそして必要な日用品が不足して、大混乱に陥っているというのに」

「あなたの言うとおりだわ。自分はこのような場所にいてラッキーと思っている。本当に今こうして生きていることさえ信じられない。現実の酷さに直面していたから、核爆発で死んだ方がよかったと思っていたわ。だけど今はすべての物が愛おしいの、地球規模でね。私は最高にラッキーよ、宝くじが当たったような気分だわ」

彼女は微笑んで首を曲げてジェイを見た。彼らの目が合った。

「特にあなたに会ってからね」

「俺も同じだ、お前に会えたことが」

ジェイは「本当に、運が良かった」と朴訥に付け加えた。

ヴァレリーは顔の向きを戻して太陽の光に顔を当てて涙を一筋拭った。

「正直、ここは最高の場所だと思う。カーターズがいなくなって再び安全になったら、俺らは結構良い生活ができそうだ」

ジェイは楽観的に言った。

「自分たちが持っているものを守る為に戦っているんだ。もし本当に大切なものの為なら戦うことは悪いことではない」

「特にあなたのような人にはね」

「どういう意味だ」

「あら、わかっているくせに、ジェイ。これは世界の為というより自分の為でしょう？この前もこの後も。地下壕はその為に作ったんじゃないの。核爆発が起きるかもしれない、でも起こらなくてもかまわない。どちらにしてもあなたが守りたい物はただ一つ。本当のことはあなたしかわからないけどね、だけどあなたはあのろくでもないネイビーシールズの一員だったのよね。なぜネイビーシールズになんかになったの？」

「言っておくが俺はネイビーシールズではない。特別工作員、またはグリーンベレー、レインジャー。参加したのは父親が軍属だったからだ。俺は軍に入ったら良い軍人になれるだろうと思っていた。本当のところ三十歳になるまで、あまり考えてなかった。九年間もレインジャーにいたんだ。最後の五年間はほとんどイラクとアフガンだった。俺がまったく違うものを見るようになったのはそんな時だ。それでクールが生まれた時に退職した。お前が言うように一番大切なものは息子だと気づいたからだ。国でも、妻でもない。国の為に死ぬのは無駄死で、国の投資の人質になっているのがバカらしくなった。心が壊れていく仲間を何人も見てきたしな」

ジェイはため息をついた。鼻筋が通った形の良い鼻に両手をやって鼻を押さえた。

「生と死は他に何もなくても人と人を結束させる。軍隊は滅私奉公。命令に従うように訓練されている。兵士たちは戦っている時はいいのだがその後どうなるか。壊れるしかない」

クールが手に一杯チェリーを摘んで近づいてきた。

「向こうに一杯なっていた。ブルーベリーもあった。食べていい？」

「そうだな。それを食べている動物を俺らは食べているんだから、まあいいだろう」

「それに父さん。もう出かけた方がいいよ。まだかなり歩かなければならないから」

「おお、そうだったな」

ジェイはしゃべり過ぎたのを恥じらうように急いで立ち上がった。


約二十分後、三人はフィシャー道路に来た。それから小さな丘を登って、カーターズ入江が見える所に着いた。

その家は山の頂から七十メートル下がっていて道路が行き止まりになった所にあった。サムの話から、ジェイは崖を登ることができると確信していた。そして二軒の家と大きな建物へただ爆弾を放り投げて逃げることはできそうであった。山の片側は崖で、裏側から襲撃されてもその家は守られるよう設計されていた。

木々の間に隠れるようにしながら三人は丘を登り続けた。建物をやり過ごし、二軒の家から離れている崖の下に来た。崖の右側はそれほど傾斜は酷くなくて登りやすかった。それにつかまる物がたくさんあった。下りる方は難しかった。ジェイは登りながら観察していた。逃げる時、より安全により楽に下りられるように木に縛るロープを持ってきていた。

頂上に着くとすぐクールとヴァレリーに、ロープを木に縛り十五メートルの崖にそれを垂らすよう言った。クールが崖の頂上に立ったのでジェイは二人に声をかけた。

「二人とも計画はわかっているな」

「もちろん」二人は同時に言った。

「よし、向こう側はちょうど工場の上になる。そこから手榴弾を投げ落とすだけだ。それからこのロープを伝って山の裏側に下りる」

「それだけ?」

ヴァレリーが拍子抜けしたように聞いた。「それだけだ」彼はきっぱりと答えた。

「俺が先にやろう」

彼は山の頂まで七メートルを歩き始めた。そこはほとんど岩で二、三の低い木と灌木で隠れる所はない。一分で頂上に着くと三人は持っている手榴弾を投げた。そして山の斜面を下りた。ロープにたどり着くとできるだけ速くロープを下りるよう二人を先に行かせた
それから彼は男たちが追ってこないか周りを見渡して、持ってきた手袋を急いでつけた。もう一度山を見渡してから、胸と肩にかけているブッシュマスターを放り投げて、ロープを十五秒以内で下りた。あまりに速く下りてきたのでクールとヴァレリーは驚いた。

「裏側を下りるぞ。速く走れ、止まるな。奴らは俺らを追っかけてきて、退路を遮断するはずだ」

ジェイは二人が今まで聞いたこともないような早口で言った。

三人は山を駆け下りて、まず斜面を斜めに走って建物から離れた。ジェイは最後尾にいて二人を速く走り続けるよう声をかけ続けた。

カーターズが兵士を動員して崖の上に来た時はすでに彼らの姿はなく、垂れ下がっているロープが揺れているだけだった。

十五分走り続けて平地に着いてやっとジェイは休憩を許した。彼らは酷く疲れていた。防弾服の下は汗がびっしょりであった。クールが息の合間に何か言おうとしたがジェイは遮って、カーターズが追いかけてきているかどうか確かめるように言い、いつもと違う音があるか耳をすましました。三人の荒い息以外は何も変な音は聞こえなかった。

「奴らはついてこないな」息をつきながらジェイは言った。

「森は広すぎる。思うに奴らはできるだけ兵士をここと、俺らが行きそうな場所で捕まえようと兵士を待機させるはずだ。その方が賢いやり方だ。自分だったらそうする」

「それで」ヴァレリーが聞いた。

「どうしたらいいの？　もし奴らがパトロールするなら、私たちがここに来る時通った道にもパトロール隊がいるじゃあない。私たちが行く所にはどこでも。フィシャー道路から離れていく道はないわ」

「もし今あの道を行ったら、俺らを探しているカーターズの中へみすみす囚われに行くみたいなもんだ」

「じゃあ、どうすればいいの？」クールがイラついた。

「安全を取ろうと思う。この場合二つ考えられる。一つ目は可能な限り遠回りをする、アスコット、アシュイラフト、アシュ何とか、名前が思い出せないが、そこから地下壕まで道路に沿って道なき道を歩く」

「アシュコット、すごく長い道のりだわ」

ヴァレリーがそのプランはやりたくないと言った。

「それに夕方までには着かないわ」

「そうだな。二つ目は奴らは今俺らを探して外を歩き回っているから、森の中に隠れているのがいいかもしれない。そこで時間を稼ぐ。運が良ければ奴らは一日で探すのを諦めるかもしれない」

「それいいね」クールが即座に合槌をうった。

「言うのは簡単だわよ」

ヴァレリーが冷やかに言った。森の中で眠るということはどんなに大変か、彼女は一言いいたかった。ずっとそれをやっていたのだから。

（二十八）

シラー酋長は崖の下でぐにゃぐにゃになった死体を見つめていた。ぞっとするほどおぞましい光景であった。部下の一人ヌトカが近づいてきた。彼はケケより年上、三十代後半ぐらい。精悍な顔、逞しい身体。何より物事を正確に見ようと両目がカッと開いていた。

「酋長、会合を開いて、今の状況と今後どうするか、話し合う必要があります」

酋長は答えなかった。

「シラー酋長！」

彼は声を大にして強く返事を促した。

「皆を呼ぶべきです。この数時間で仲間の半分を失ったのです。敗戦であったと皆に言うべきです。皆は酋長を責めるでしょう。あなたを解任して、ロバート酋長とウエナチ族に休戦を呼びかけると思います。酋長が招集しなくとも、皆はやりますよ。そして真っ先にやるのはあなたの解任です」

シラーはヌトカに顔を向けた。目に涙を浮かべ、顔は悲痛と激しい怒りに満ちていた。

「あそこに死体があるのが見えるか？」彼は崖の下を指差した。

「わしの息子と弟があそこに転がっている。もし皆が降参するというなら、あいつらの死は何だったのだ。たぶん皆は一ヶ月前に領土の入口でウエナチの者がセカラの者を殺したのを忘れているのだ。この争いは奴らの方から先に仕掛けてきたものだ。あの白人がここに来る前からわしらは長いこと、敵対関係であった。わしは今日息子を亡くした」

酋長は声を詰まらせた。ヌトカが静かに、

「今はこのことが問題ではないのです。あなたの決断次第ですが、どんな決断をしようとも、この戦いの結果を導くのは酋長のあなたなのです、奴らがこの戦争を仕掛けたかもしれないが、避けるチャンスはあったのです。それをしなかったのはあなたです。今や奴らの方が形勢は有利です。今何かしなければ、我々の負けです」

酋長は崖を数分見上げていたが、

「わかった。午後に会合を開く、と皆に伝えてくれ。我々の基地で会おう。そこで今後のことを話し合おう。これでいいか？」

「はい、充分です。それでは皆に伝えます」

ヌトカは二、三歩下がってから、酋長に、

「息子さんを失って、お悔やみ申し上げます」

と言い、ゆっくり基地の方へ歩いていった。

セカラ族の会合は森の中のいつもの広場で行われた。広場は高い木々に囲まれていて、人々は草の上で丸くなって座った。襲撃の失敗と今後のことを話し合った。皆は休戦の交渉をすべきだと言った。だがシラー酋長は即座にそれを拒否した。酋長は話し始めた。

「皆もう知っていると思うがわしは今日息子を一人亡くした。だからお前たち同様今日の襲撃は痛かった。友達であれ、家族であれ、我々は皆誰かを失った。これからは皆の意見を尊重し、もっと慎重にやっていこうと思う。今朝の敗戦は全面的にわしが責任を持つ。多くの死は到底受け入れられないが、今は降参の時ではない。わしを信じてくれ。そんなことをしたら今日戦って死んだ者が浮かばれない。今一つわしには計画がある。この計画は勝利をものにする最後のチャンスだ」

彼はこの計画を皆に話した。いかにロスを最低限に抑えるかも検討した。人々は驚き、感心し、シラーはここの原住民の酋長として引き続き留まることになった。


その日はウエナチ族は一日中緊張して過ごした。襲撃はその後も続くと思っていた。太陽が沈むと、彼らは火を焚いて暖を取った。男たちは座ったまま眠り、両手はライフルの上に置かれていた。夜にあの裏の崖を登ってくるとは思えなかったので、大半の兵士は渓谷を守った。それでも何人かは崖の上で夜を過ごした。

ロバート酋長は太陽が昇るとすぐ起き上がり、渓谷を守っている兵士たちを見に行った。ケケが兵士たちと話をしていた。

「お前たちから何の報告もなかったので、何も起こらなかったと思うが」

「そうです、酋長。何も起こりませんでした」

ケケが答えた。ほとんどの兵士がまだ眠っているのを見て、酋長は起こさないよう気を遣った。よく眠って今日も戦ってもらわなければならない。炎の前に座って、手をかざして炎の暖かさを享受した。

「今ここにダコタがいてくれたらと思う」

「奴は勇敢にセカラと戦ったと思います。強くて勇敢な男だった」

ケケは口をキュッと結ぶことで彼を失った悔しさを表した。

「あのような死に方は奴に相応しくなかった。すまないことをした」

「いえ、奴には本望だった、と思います。酋長の名誉を守って死んだのです。俺と奴は酋長を父親のように慕って育ったのです」

「わしもそうだ。この二週間はお前を息子のように感じていた」

「ありがとうございます。これからもベストを尽くします。ここにいるウエナチはみな酋長の為なら命を懸けて戦って死ねます」

「そんな日は来ないと願うね。ウエナチ族の最後の酋長として名を残すのはごめんだ」

酋長はいたずらっぽく笑った。

「ダコタはもういない。奴は空の上から俺らを見守ってくれている。セカラに悪態をついて。あの世でリベンジを誓っていますよ」

ケケはイライラしてセカラを待つダコタのふりをして見せた。

「あの世でダコタに出会ったセカラは気の毒だな」

酋長は苦笑いしながら言った。


それから三十分ほどして、渓谷の見張りをしていた兵士の一人が駆けてきた。

「セカラ兵が撤退しているようです。まだ十分明るくないので確実ではないのですが奴らが丘を下っているのを見ました」

「全員か？」ケケが聞いた。

「わかりませんがでもかなりの数です。たぶん全員です。絶対そうです」

「見に行こう」

ロバート酋長は立ち上がった。断崖の所に着くと見張り番の兵士が双眼鏡を酋長に手渡した。太陽は左手に出ていて峡谷全体を照らしていた。

「こいつは驚いた。確かに奴らは退去しているように見えるが、まだわからない。そう思わせる戦略かもしれない。どちらであろうと用心するにこしたことはない。油断することなく奴らの動きに注意して、どうなるのか見てみよう」

もう一度双眼鏡を覗いて確認したにもかかわらず、撤退が本当だとは思えなかった。双眼鏡を兵士に返して、彼はケケに話した。

「基地に戻るが、何も変わってないといいが」

（二十九）

大きな建物を襲撃された後エリックはできるだけ大勢の部下をジェイ、ヴァレリーとクールを探す為に送り出した。彼らは道を歩いて登ったり、下ったり、車で行ったり、隠れていそうな場所など、すべての道路を調べた。森の中へ何人か送った後にも、また数人を送った。何も見つからなかった。エリックとチンはパテオで遅い夕食を食べていた。エリックは何の手掛かりもつかめないので怒りを抑えるのに苦労していた。一方チンはいつものように冷静に対処していた。

「ウエインが山に見張り小屋を建てるよう提案してくれたことに感謝すべきです。そうしなかったらあなたも私も今頃死んでいます」

チンは食事の手を止めて言った。

「まったくだ。それには感謝している」

エリックは貧乏ゆすりしながら答えた。

「今日奴らを見つけるには本当に良いチャンスだと思ったのだが収獲が何もないとは」

「でも、明日もやりますよ。奴らは今晩山の中で過ごしているはずです。私たちを悩ませている男は思ったより賢い奴です。私たちがこの地域を探し回るのがわかっているのですよ」

チンはパンを一口食べてまた続けた。

「奴らはどこへ帰るにしても一日か二日は外へ出ないでしょう。奴らの潜伏先はマリーナ、パブ、ポンプ小屋、それともクレイドン道路のどこかだと思うのです。その辺りのパトロールを強化しましょう」

「むろんだ」

エリックは素直に頷いて話を変えた。

「俺は考えているのだが、俺のあの家がどこにあるかを奴らはどうして知ったんだろう、なぜ裏側から攻撃したのか、なぜ俺らの弱い場所を知っていたのか?」

「それは簡単ですよ」

チンは全知の神のようにニヤリとした。

「奴らは捕虜を捕らえていて、我々のことはすべて知っていると思います」

「それで農場2の捕虜が話したというのか。だが捕虜はどうやって裏側からの攻撃が可能だとわかったんだ」

またエリックの貧乏ゆすりが始まった。

「ここには捕虜は誰も住まなかったし、ここで多くの時間を過ごした奴はいないはずだ」

「サムですよ。大工のサムはここに六ヶ月間働いていました。奴は農場2で働いていて、あの攻撃の後は姿を消しました。奴はここを誰よりも知っています。だからです」

「あの大工のサムか？」

「私は金を賭けてもいいですよ。この場所をよく知っている奴で他に誰がいるんですか」

少しの間考えて、エリックは、

「飼い犬に手を噛まれたということか」と忌々しそうに吐いた。


その夜は何事もなく過ぎた。三人はその日は十五時間も歩いたので簡単に眠りに落ちた。ジェイが最初に眠り、そして最初に目覚めた。近くに流れている小川まで歩いていって顔に水をバシャバシャとかけて洗った。それから水筒に水を汲んだ。

森の中からザクザクと小石を踏み鳴らす足音が聞こえて、彼は素早く岩陰に隠れた。よく見るとヴァレリーであった。

「おはよう」彼女は爽やかな声で言った。

「眠れたか？」

「まあまあね。慣れているから」

「クールは起きているか？」

「まだよ、あなたは眠れたの？」

「ああ、しっかりと、たぶん二分で眠りに落ちたと思う」

ジェイは彼女に水筒を渡した。彼女は一口飲んだ。

「そう、あなたは驚くべき眠りの達人だわ」

「疑いもなく俺の特技の一つだ」

「あなたは名射撃手、強力なリーダー、ロープの早下り、それに眠りの達人、まだある？」

「あるぞ、『動くな、さもないと殺すぞ』という言葉を八つの言語で言える」

「フフフ旅行者には役に立ちそうね」

二人が笑っていると、クールがブルーベリーを食べながらやってきた。地下壕から持ってきた最後のビーフジャーキーを食べた。それから家へ向かって歩き始めた。

一時間ほど歩いた時、ヴァレリーが見たことがある場所だと気づいた。

「ねえ、ちょっと待って」彼女は大声で言った。

「ここがどこかわかるわ」

ジェイとクールは歩みを止めた。

「私たちは今丘の上の家の後ろの山にいるの。このまま真っ直ぐに山を登っていけば、一時間で地下壕に着くはずよ」

「ほんとうか？」二人が同時に聞いた。

「間違いないわ。この場所を覚えてる。ここへは何度も来たことがあるもの。あの木」

彼女は大きなもみの木を指差した。それは川の真ん中の小さな三角州に立っていた。

「父と私はここへ狩りに来てたのよ。あそこの木に座って鹿が水を飲みに来るのを待った」

「よかった」

クールは救いの女神に会ったようにヴァレリーを拝み見た。

「腹が空いてるし、地面の上で寝たせいで背中が痛い。早くベッドで寝たいよ」

彼はヴァレリーに道案内をするよう手振りで示した。彼女は森の中に入り、山を登っていった。木々は高く茂り太陽の光を遮断してくれた。地面にあまり光が届かないので灌木の茂みは小さく薄かった。その上、傾斜は緩やかで歩きやすかった。

ほどなく三人は山の頂上に立った。北に向いている大きな岩があって、その右手の平地で休憩を取ることにした。クールは元気になっていた。自分たちが今来た所を見下ろした。広大な緑の森以外何も見えなかった。大きな丸石に腰かけて、北の海岸に連なる山々を見ていた。高い山の頂にはまだ雪がいくらか残っていた。その時少し奇妙なものが空に立ち昇っているのに気づいた。彼は二人の方へ声をかけた。

「ちょっと二人ともこちらへ来て。これを見て」

ジェイが立ち上がって見に来た。

「どうしたんだい？」

クールはそれほど遠くない山を指した。

「ちょっと変わってない？」

ジェイは最初何かわからなかったが、すぐにそれの意味するものがわかった。

「オー、ノー」

彼は静かに呟いた。そして三つの煙が立ちのぼるのを信じられない面持ちで見つめた。

ヴァレリーが横に立っていて、

「あれはどのくらい前からあるのかしら」とジェイに聞いた。

「わからないが、この二日、三日のことだ」

「何なの、あれは？」

何も知らされてないクールが不思議そうに聞いてきた。

「あれは酋長とウエナチ族が襲撃されたという緊急のしらせだ」

（三十）

ウエナチ族はここの二、三日は警戒を怠らなかった。兵士たちはいつ襲撃があってもいいように、持ち場から離れず、そしてセカラ族の撤退が本当だとしても、気を緩めることはなかった。撤退後もセカラ兵がいた場所を隈なく調べた。セカラ兵は一人もいなかった。数日後一人のセカラ兵が渓谷の入口に現れた。白い旗を持っていた。彼はシラー酋長に頼まれて、休戦を伝える為に来た、と言った。ウエナチの兵士たちは彼をロバート酋長がいる渓谷の奥へ案内した。

セカラ兵はベストのポケットから封がしてある封筒を取り出した。そしてそれをロバート酋長に手渡した。

「シラー酋長から頼まれました。返事を明日のこの時間に取りに来ます」

酋長は頷き、兵士から封筒を受け取った。

セカラ兵は向きを変えて今来た道を戻っていった。封筒を開けて手紙を読んだ。シラーらしい自分勝手なオファーを予想していたが、読んでいくうちにそうでないことに驚いた。彼はちらっと周りを見渡した。両側の崖を見た。流れる川、半分焼けた丸太の山。セカラ兵の死体はすでに火葬してあった。

ロバート酋長は会議のメンバーを集めた。ちょうど正午、ウエナチの多くは会議が行われているテントの外でざわついていた。十二人が渓谷の入口を見張っていたが、その時は手紙の詳細を知りたくて、ほとんどテントの方へ来ていた。酋長はオファーを受け入れるつもりでいた。

その時、最初の銃声が聞こえた。続いて銃砲が爆発する音がして、渓谷から戦争勃発の声が上がった。会議のメンバーは顔を見合わせて、こぞってテントの外へ跳び出した。女たちは子供を抱えて洞窟の中へ、兵士たちは渓谷へと走った。渓谷に到着する前にセカラは渓谷を抜けてウエナチ族のホームグランドである基地に乗り込んで、残っていた少ないウエナチを襲った。明らかにセカラの方が有利であった。酋長はすぐに遅すぎたとわかった。何人かのセカラはここを突破して洞窟へ行くだろう。彼は周りにいる兵士たちを連れて洞窟へ向かった。ケケが果敢に戦っているので大声で呼びとめた。

「ケケ、そこは任せてわしと一緒に来い」

ケケは止まって、目の前で繰り広げられている戦いをチラッと見た。仲間の一人が行け、と目で合図をした。ケケは向きを変えて酋長の所に駆け寄り一緒に洞窟へと向かった。

小さな岩山を登り、頂上に着くと、十人の女性のグループに出くわした。そこにケケの妹もいた。彼女たちは早くもセカラの襲撃を知っていて、武装して戦いに行く所であった。彼女たちは酋長たちの脇を走り抜けた。止めるすきはなかった。ケケは彼女らの後を追った。酋長はもう引き止めなかった。

洞窟は三百年前に最後の砦として造られたものだった。入口は狭いが、内部は驚くほど広かった。食糧と水が蓄えられており、また毛布、電球、発電装置といった生活必需品もあった。洞窟前にはバンカーが岩の中に組み込まれていて、その前に丸太が積まれていた。前は下り坂になっていて、襲撃があった場合、積まれた丸太を転がす意図があった。酋長が洞窟に着いた時は、部族の人々は戦いに備えて準備していた。年長の子供たちは洞窟の奥で年少の子供たちの子守をしていた。一方年長の子供と女たちは自分を守る為にライフルの点検をしていた。

谷の下からまた銃声が聞こえた。皆は耳をすませて動きを止めた。突然兵士たちと女性のグループが森の中から走り出てきた。ケケの妹もその中にいた。彼らはバンカーに向かって走ってきた。ウエナチであった。

「撃つな！」酋長が急いで大声で叫んだ。幸い発砲した者は誰もいなかった。彼らは走ってきてそのままバンカーに飛び込んだ。すぐ後ろにセカラ兵がやってきていた。洞窟と森の間の広場で交戦が始まった。硝煙がなくなると、少しの間静かになった。ウエナチは次の発砲を待った。がセカラの誰も発砲してこなかった。代わりに森の奥からシラー酋長のドスのきいた声がした。

「ロバートとウエナチの皆聞こえるか？」

返事はなかった。彼は続けた。

「お前たちは数では勝っているが、完全に包囲されている。お前たちの行く場所はどこにもないぞ。ここで一旦終わりにするか、すべてを終わりにするのかは時間の問題だ」

短い沈黙の時間が流れた。それからウエナチの兵士の一人が声を上げた。

「セカラのバカ野郎、卑怯だぞ」

ウエナチ側から怒声が上がった。野蛮な言葉がその後も続いた。静かになるのを待って
シラー酋長は再び、
「逃げるチャンスはない。お前の兵士は皆死ぬ。もし降参しなければお前たちは日没前に
は死ぬだろう。今降参すれば生かしてやる。抵抗して戦いを続けるならば皆死ぬ。十分間
時間をやる。その間に決めろ。それ以降は手遅れだ。二度とオファーはしない」
「セカラの支配の下で生きるなら死んだ方がましだ！」兵士の一人が叫んだ。
「十分間時間がある。考えろ」
この時ロバート酋長が叫び返した。
「もしわしが降参したら集落の者は助かるのか？」
洞窟の中のウエナチからそれはダメだという抗議の声が上がった。ロバート酋長は手を
挙げて静かにするように制した。
「もしお前が降参したら、お前の集落の者は生かしてやろう」
「集落の者にどんな迫害も加えないというお前の言葉は、お前と戦った兵士も含むのか？」
「お前の集落の者に何の迫害も与えない。原住民のリーダーとしてのわしの言葉だ」
ロバート酋長は立ち上がった。周りのウエナチからの制止の声にもかかわらず、彼は広
場へ歩み出て、セカラが隠れている森の方へ進んだ。予想しない日が動き出した。彼は太
陽を見上げた。歩きながら妻や家族、そして亡くなった父親のことを思い浮かべた。父親

は誇り高い男であった。今後自分がいない状況で成長する二人の息子のことを思うと涙が出てきた、が急いでふいた。シラー酋長に弱みを見せたくなかった。森の方へ歩いていくと、セカラ兵たちが木々の後ろから現れて、広場で彼と直面した。セカラは三十五人に満たなかった。戦う前の半分以下になっていた。それほど多くのセカラを殺したのだ。この二日間は彼らにとっても多すぎる死であった。自分が死ぬことでこれ以上の人が死なないのであれば、それでいいと思った。セカラ兵から五メートルの所で彼は止まり、洞窟を振り返った。洞窟の入口に人々が立っていて彼を見ていた。あの中に妻がいて、自分の子供たちがいる、もし見ているとしたら、本物の酋長がいかに死んだかを見せようと思った。

ロバート酋長がセカラ側に着いた時、彼らは半円形を作った。それでウエナチの人々が酋長を見ることができる。シラーは手にライフルを持って半円形の真ん中に立った。一歩前へ出て、ロバート酋長に挨拶した。横に暗い顔をしたヌトカがいた。シラー酋長は話し始めたが、ロバート酋長が遮った。

「話に時間を割かないでくれ。酋長、いいからさっさとやってくれ」

「最後に言う言葉はあるか?」

「お前に言う言葉などない、が」

シラー酋長を睨みつけた。それからセカラ兵士を見渡した。彼らに話しかけた。

「本物の酋長は人々を結束させ、決して分裂させない。本物の酋長は酋長の為に人々に犠牲を強いらない代わりに、自身が人々の犠牲になる。言葉の重みは他のすべての物より重い。人を騙したり、罪をきせる為に使うものではない。わしはお前たちにこの言葉を覚えておいて欲しい。シラーはわしの集落の者に敬意を払って危害を加えないと約束した。何故今日わしが死んだかを覚えておいてほしい。集落の人々だけでなく、お前たち皆だ。たくさんの血が流れるのを見た。わしの死でこの愚かな戦いに終止符を打てるのであれば、わしの死には理由があって天国へ行ける」

ロバート酋長はシラーを振り返って頷いた。シラー酋長はライフルを持ち上げて、ロバート酋長に照準を合わせた。ロバートは目を閉じて、死を待つ間詠唱した。その詠唱はだんだん大きくなり、強くなっていった。勇敢にしかも価値の有る死であると知ることで力を引き出していた。彼は死を待っていた。彼の部族の人々も後ろで唱え始めた。セカラたちもいつの間にか唱え始めた。それを聞いて酋長は身体の中からプライドが波のように押し上げてくるのを感じた。彼の死が二つの集落を繋げた。唱えることに集中し、自我をなくして、目を瞑った。

銃声が鳴って、酋長は我に返った。唱和が止まった。痛みはなく、まだ立っていた。目を開けると驚くことに、頭から血を流したシラー酋長が地面に転がって手を伸ばしていた。彼の隣でヌトカが手にライフルを持って立っていた。セカラは皆驚いて、口を開けたまま、彼らの酋長を見ていた。誰も動かず、誰も何も言わず、しばらく時が流れた。ヌトカがライフルを下ろして前へ出た。一言も言わずロバート酋長に跪いた。他のセカラも次々と同じことをした。ロバート酋長は呆然と立っていたが、後ろのほうで歓声が上がるのを聞いた。見ると集落の者たちが彼の方へ走ってくるのを見た。彼は思わず泣いた。その曇った瞳の中に三人の姿を認めた、三人はフル装備でセミオートマチックライフルを持っていた。すぐ誰かわかった。

ロバート酋長は怪我人がいないか見て回り、敵味方なく死体を集めて厳かに葬儀をした。ケケは怪我人の中にいたが、幸いにもまだ生きていた。二、三日の内に回復するだろうとのことだった。

すべてが片付いた後、セカラ族とウエナチ族は一緒に座って仲直りをする儀式をした。これは原住民の伝統的な儀式でマリワナをパイプに一杯詰めて皆で回して吸うものであった。ジェイは辞退したがクールとヴァレリーは参加した。

誰もこの戦いの終わりを予期していなかったが、誰も不平をこぼす者はいなかった。この戦いでセカラは八十名の兵士が死に、ウエナチは二十五名が死んだ。セカラ族は彼らの領土をロバート酋長に渡し、そしてもちろん報復はしない。その領土に住んでいる誰に対しても特権を与えない。人々は平和で穏やかに暮らし、その生活を脅かす者に対してのみ戦う。

三人の出現は酋長を大いに驚かした。煙で緊急事態を知らせたが実際に山の洞窟にたどり着くのは無理だとわかっていた。渓谷の入口には敵意を剝き出しにしたセカラ兵が固まっていた。にもかかわらず、彼らは来た。今ここで、彼の目の前で仲直りの証である煙草を燻らせて座っている。これまでにウエナチは彼らについていろいろ聞いていた。特にジェイについてはほとんど伝説のように語られていた。ヴァレリーはクールが渡してくれた平和のパイプをふかしながら酋長の隣に座った。彼女は煙草を彼に渡す前に少し吸った。そして彼に話しかけた。

「私たちが着いた時、あなたはセカラに囲まれていて、私たちはパニックになったわ。ジェイは周りを歩き回って良いアングルを探したの。シラーだけを撃つのはほぼ不可能だった。周りのセカラの犠牲はやむなしと考えたその時、シラーが地面に倒れた。それは信じられない出来事だった。でもとにかくあなたのスピーチは素晴らしかったわ」

彼女の最後の言葉で酋長は赤くなった。ヴァレリーは微笑んで彼にハグした。

「私たちはあなたがいなくなって寂しかった。無事だったのが本当に嬉しい」

「俺らも本当に嬉しい」

近くに座っていたヌトカが声を上げた。

「俺たち、セカラ族はほとんどシラーを尊敬してなかった。俺たちの酋長だったから従うしかなかったんだ」

平和のパイプが彼の手に渡ってきた。

「だけど今日ロバート酋長は自分の命を諦めたと言った時、俺はシラーを尊敬してない、と気づいた。シラーは酋長の資格がないと思った。ロバート酋長は俺を奮い立たせたのです。俺はあなたが俺らの酋長であるのが嬉しい。誇りに思います。なあー。みんな」

彼は円形に座っている兵士たちを見渡して平和のパイプを上に掲げて、叫んだ。

「俺らの本物のリーダー、ロバート酋長に乾杯！」兵士たちの間で歓声が上がった。

（三十一）

ある意味エリックの家とカーターズの本拠地を襲ったことは、新たな敵を作ったようだった。世界を襲った原爆の後、仲間同士で北へ、カーターズ入江へ向かった時にはなかった生きがいをエリックに与えてしまったようだ。奴を倒す。彼は勇敢さと冷酷さを混ぜて、直接男たちを指導し始めた。勝利への強い願望が剝き出しであった。残ったカーターズを最初の農場とその周りに移動させて食料供給を強化した。カーターズ道路を除いてすべての監視小屋を捨てた。そして農場の近くの家々に住むことにした。彼の部下がどのくらい忠誠心を持っているかいつもテストしていた。一方農場の労働者にはもっと厳しく働くよう強制し、不平を言ったり彼が望むように働かなかった者には素早く罰を与えた。

労働者たちは襲撃について知っていて、彼の敗北は当然として受け入れられていた。彼は警戒を強化する為に監視員の人数を増やした。長い労働時間と鉄のげんこつでルールを作った。部下たちは実際彼の気まぐれな気性を恐れた。しかも彼は見せしめとして罰することもいとわなかった。

エリックは、負けるのは時間の問題だと言った男を、捕虜たちの前で死ぬまでシャベルで叩きのめした。また手下の一人が見張り当番で眠ってしまった時、彼を殴るだけでなく十二時間休憩なしで立たせ続けた。その場で立ったままおしっこもし、食べることも誰かと話すことも許さなかった。

一方、忠実な手下をいつも優遇した。良い食物、女の囚人などを褒美として与えた。女たちは未だかつてないほど、日常的に性の接待を強いられていた。パトロール中に捕まった人は誰でも捕虜になるか、その場で撃ち殺されるか、どちらかである。今や兵士の数が少なくなったので、ほとんどパトロールができない。この辺りをコントロールする代わりに基地の強化に集中した。そしてパトロールの仕事はただ一つ、ジェイと仲間を捕まえることでありどこに隠れているかを見つけることであった。

カーターズは約百人の捕虜の労働者と四十人に満たない兵士で、捕虜はかってないほどの酷い扱いを受けていた。一日中農場で働くか、牢屋の増築に携わっていた。手榴弾の襲撃からたった五日しか経っていなかったが、エリックは短期間でカーターズの構成を完全に変えた。彼は今までにないほどやる気を起こし睡眠時間も四、五時間でほぼノンストップで働いた。一日に一回は自らパトロールをした。この二年間一度もそんなことをしたことがなかった。

襲撃から六日目、海岸線と並行して走っている道路をパトロールしている時、エリックと十人の部下は彼らが探しているいくつかの足跡を見つけた。その日のうちに彼はこの道路に沿って、二人ずつ部下を配置した。木の後ろに隠れたり、家の屋根に座らせたり、道路わきの雑草の中に隠れたり。そんな時、部下の一人が顔見知りの男二人が森から現れたのを見た。彼は二人の後をつけた。二人は明らかにどこへ行くのかわかっているようだし、道路から離れた一軒の家まで迷うことなくその家へ入っていった。彼は急いでエリックに報告した。彼は集められるだけ部下を集めてその家へ向かった。そこの状況を少し調べてから、襲撃した。

三人の男が玄関から、裏口からは四人、ガラスの引き戸からやはり四人。逃げ出す者がいるのを想定してエリック本人は三人の部下と外にいた。

驚いたことに家の中の男たちは皆無防具で抵抗する者はいなかった。もっと驚いたのは元カーターズの兵士たちが居間で本を読んだり、食事をしたり、トランプをしたりして和やかに過ごしていることであった。

エリックは少し遅れて部屋に入った。

「おや、まあ、まあ、これはどうした」

エリックは皮肉な笑顔で言った。

「ここで何をしてるんですか？　サム、ボブ、マイク様」

もう一人の元カーターズの男を見つめて、

「名前は思い出せんが、顔は覚えているぞ」ザークを指した。

「お前は死んだんじゃあなかったのか。ブロックトン岬の襲撃で」

ザークは目を大きく見開き脅えた。

「お前が生きていると知ったら、さぞお前の妹は喜ぶだろうよ」

周りに立っている部下たちに、

「他の部屋も調べたか？」

「この階だけです」

「そこの二人、二階を調べろ、それからそこの二人は地下室、外から見ると地下室があるはずだ」

数分後地下室を調べていた手下が戻ってきてエリックの耳元で囁いた。エリックは元カーターズのグループに向かって大声で言った。

「お前たちの誰か地下室のキーを持ってないか」

誰も答えない。

「正直に言え、面倒なことになるぞ」

彼は名前を憶えてないと言った若者の前に立って、ライフルの柄で彼の腹を突いた。

「さあー」と静かな声でもう一度促した。

「地下室のキーは誰が持っているのだ？」

皆お互いを見たが誰も答えなかった。エリックがライフルを持ち上げてザークを撃とうとした時「俺が持っている」

サムが立ち上がった。ポケットに手を入れて、キーを取り出しエリックの方へ行った。エリックが受け取ろうと手を伸ばした瞬間、サムは割れたガラス窓からキーを外に放り投げた。キーは家を囲っている林の中へとんでいった。

エリックは彼を睨んでため息をついた。

「バカなことをしてくれた」

すばやくライフルを回して、サムの顎を殴った。彼はたわいもなく倒れた。それから苦痛で呻きだした。血が飛び散った。床に横たわっているサムにエリックは肋骨に深く蹴りを入れた。サムはごろりと向きを変えて上向きになった。手下の一人が彼を掴んで起き上がらせた。エリックは前に立ってサムの髪を摑んだ。サムは呻きながら弱弱しい声で、

「ポケットの中にもう一つ持っているが欲しいか？」

「もちろんだ、ばかやろう」

サムは手でポケットをまさぐっていたが、数秒後、手を動かすと突然エリックの右胸を

スイス製の軍用ナイフを突き出した。が一インチの差で胸には届かなかった。無傷であったが驚いたエリックは後ずさりしてライフルをもったまま倒れた。台所にいたカーターズの一人が素早くサムの頭を撃った。白くてきれいな戸棚に赤い血が飛び散った。

「この間抜け野郎」

エリックが怒鳴った。手下は困惑した。

「俺は奴を生かしておきたかった。生かしておいて奴らの隠れ家へ連れていってもらいたかったんだ」

「悪かった、ボス。出しゃばったまねをして」

手下はおどおどして謝った。

「地下にいる連中をどうしよう。キーがないから放っておいてもいいのだが、キーが探せるかもしれない。林を探してくれ。リコ、エド、ジャック、それとマーク、キーを探しに行け。トムは俺と一緒に階下に下りて、キーがなくとも奴らを解放できるか見てみる。残りはここにいてこの者たちを監視しろ。俺は地下室の部屋の前に縛られていたアリスとウィルに少し話を聴きたい」

エリックは台所の横にある地下室へ下りるドアの前で振り返って、

「そこをしっかり見張ってろよ。他に誰かが来るかもしれないからな。それとサムの死体を片付けておいてくれ」

　エリックが捕虜の二人と話しているとリコが手にキーを持ってきた。

「見つけましたぜ、」嬉しそうに報告した。

「簡単に見つかった」

「よし、俺にくれ」

　エリックはリコからキーをもらうと素早く二人の捕虜の手錠を解いた。二人はゆっくりと起き上がった。エリックは二人が腕をマッサージや背中を伸ばすのを待って提案した。

「上へ行って話を続けよう」

　台所のテーブルに座るとウィルは上目使いに話し始めた。

「リーダーの名前はジェイ。奴はグリーンベレーかネイビーシールズの一員で本物の戦闘家だ。よく訓練されている。戦闘準備に長け、リーダーシップもある。ここ数日、見てないので今どこにいるかわからん」

　エリックは頷き、それからもっと話を続けるよう促した。

「奴には息子がいる。クールという。女が一人名前はわからん。二人の原住民ロバートともう一人、それから若いのが一人。ここ四、五日間俺たちは奴らの誰とも会っていない。会ったのは上の階にいた奴らだけだ」

「お前たちは日がなここで繋がれていたのか」

「そうだ、家畜のようによ。ザークとかサムが時になると食物を持ってきてくれた。それから風呂に入らせてくれたがサッと入るだけた。一度奴らは我々を殺そうとしたことがあるな。何でも俺らは捕虜に酷いことをしたとサムか誰かがチクリやがったんだ。だから地下にこうして鎖でつながれているのさ。他の奴らは家の周りを自由に歩いているというのによ」

「奴がどこに住んでいるか知ってるか？」エリックは期待した。

「自分は知らないが、サムとザークは知っている。一緒に住んでいると思う。二人がここを出る時たぶんそこへ行くはずだ」

「さて、サムが死んでしまったのでザークに聞いてみよう。何を知っているか、二人の原住民については？」

「どう関係してるか知らん。一人は酋長か何かだろう。だがそれ以上はどんな関係があるのか見当もつかん」

「俺は奴らの関係を知っているぞ」

エリックは得意げにニンマリした。

「もう一人男がいる。けどしばらく奴も見ていない、名前も覚えていない」

「今はこれで十分だ。あとでもう少し話そう。お前は潔白になった。すこし休んで、うまいもんでも食え。たぶん誰かが来る前にここを出る方が良さそうだ」

エリックはリコに向かって、

「縄があるか見てこい。逃げられないように三人組を一緒に縛るのだ」

その夜チンはザークに尋問を始めた。ザークは農場に着いてから金属製の柵に手錠で繋がれていた。チンは彼の方へ行き手錠を外した。そして家の中へ誘導した。その家は前は基地だったが今は彼の住居として使っていた。二人の手下が粘着テープでザークを椅子に縛った。チンは椅子を引っ張ってきて彼の前に座った。

「なぜお前がここにいるかわかるか」

「あんたの捕虜だから、何か情報が欲しいんだろ」

「うむ、それも一つの理由だがそれだけではない。一番はジェイとその仲間はどこに住んでいるか、だ」

ザークはチンの目を見つめて何も言わなかった、そして顔を横に向けた。チンはザークの顎を摑んで顔の向きを直して答えを待ったが何も出てこなかった。顔を殴った。容易く彼の鼻は折れた。血が顔から流れ出て首から、シャツに吸収された。ザークは明らかに震えていて恐れおののいていた。彼はまだたったの十八歳だ。

誰かがドアをノックし、返事も待たずにすぐ開けられた。誰が入ってきたか見ようとザークが頭をドアへ向けた。手下の者が縛られた女性を連れて入ってきた。ザークの妹だった。ザークは驚いて声を上げた。

「まあ、ザーク生きていたの」

彼女は男の腕を振りほどこうともがいた。

「あの椅子にテープで縛れ」

チンが近くにある椅子を指差して言った。

「妹に酷いことしないでくれ」ザークが懇願した。

「奴らがどこに隠れているか教えてくれたら傷つけるつもりはない」

「彼らは家から家へ。森の中でキャンプしたりして一ヶ所にはいない。だから捕まらない」

「鍵のかかっていない家はすべて見た。しかも何回も。お前は嘘を言っている。奴らが最後にいた場所はどこだ?」「キャンプだ」

「それは質問に答えてない。最後にステイした家はどこだ、いつ?」

「グレイドン道路の終わりにある大きなグレーの家でたぶん一週間ぐらい前は」

「お前は昨夜どこにいたんだ」

「キャンプだ」

「そのキャンプはどこだ」

「ウインストン山へ登る途中だ。そこはよく使っている」

チンはすでに折れている鼻を再び殴った。素早い一撃であった。ザークにはよく効いた。

彼は痛さで呻き声を上げた。

「ザーク、お前が嘘を言っているのはわかっている。時間の問題でお前の嘘はばれる。どれくらい痛さに耐えられるか、それが問題だ。お前が嘘をつき続けたらお前を殺す。本当のことを言え、奴らが住んでいる所へ連れていけ、苦痛のうちに死ぬ代わりにお前に褒美を与えよう。お前の妹のこともあるぞ。どのくらい彼女を見ていられるか」

彼はテーブルのナイフを手に取りさやを抜いた。ザークを見てから妹の所へ行った。彼女は恐怖で青い目を大きく見開いていた。チンはナイフの先で彼女の柔らかな頬を優しくなでた。

「こんな可愛い顔を傷つけるのは気がひけるが」

それから刃をシャツまで下げて優しく胸を撫でた。ザークを見て、

「アフリカでは兵士の士気をくじく為に女の胸をくり抜いたそうだ。お前が本当のことを言わなければそうなるぞ」

ザークの方へ歩み寄った。「俺はそんな野蛮なことをする代わりに、お前の爪を一つずつ剝がしていく。嘘をつくたびに」

彼は左手でナイフを持ってザークの手の皮膚を軽く切った。血が少しずつ指に流れた。

「もう一度聞く。やつはどこに住んでいる?」

ザークは選択を迫られた。少し躊躇っていると、すかさずチンがザークの手にナイフを

深く突き刺して、骨に届いた。

「わかった。やめてくれ。言うよ」

「その方が楽だろう。続けろ」

「湖の畔を下った所、カーターズ道路とグレイドンの角にある広い土地だ。入口は森の中に隠れている。そこが彼らの棲家だ」

「よし、ザーク、今もそこにいると思うか？」

「いや、いない。でもケイシーと家族がいる。ジェイ、ヴァレリー、クールは酋長を助けに行った。四日前だ。朝俺が出てくる時はまだ帰っていなかった」

「今からそこへ連れていってくれ」

「妹や俺に危害を加えないと約束するなら」

「約束をしよう。お前が嘘をついたり、こっそりと仲間に知らせたりしたら、お前も、妹も母親も殺す。わかったか？」

（三十二）

ケイシーは最近気分がよくなっていた。体力が戻った。傷が治ってきたせいだ。肩はまだ時々疼くが、基本的には元の身体に戻っていた。その日は妻のリサと台所のテーブルで朝食を取っていた。

　誰かが鉄の入口のドアをノックした。三回ノックして一回休み、そしてまた三回ノック。彼の目が不安気に開いた。

「大変だ」「どうしたの？」

「三回ノックしてポーズが一回、そしてまた三回ノックは誰かが捕まって、地下壕を壊しに来るという合図だ」

「確かなの？」

「ああ。確かだ。ここに来た時ジェイがまず初めに教えてくれた。大事なサインだ」

「どうしたらいいの？」

「まず武器を全部持って緊急出口のトンネルを通ってここを出よう。地下壕の入口を壊して中へ入るには時間がかかる。ここにある武器を渡すわけにはいかん」

　また三回ノックがあり、一回休み、そしてまた三回。

「これは大変だ。リサ、落ち着いて。子供たちを連れて武器室へ行け。そこで会おう。俺はここを片付けて、ここにいたという痕跡を残さないようにする」

「服や食物はどうするの？　どこへ行くの？」

「隠れる所はたくさんある。捕まるよりましだ。必要な物だけ持て。まだ時間はある」

　ケイシーは急いで片付けて、武器室へ行きできるだけ沢山の武器と弾薬をダッフルバッグに詰めた。リサと子供たちが来た。

「なんでここを出なければいけないの?」

ヘザーが聞いた。

「悪い奴らがここに入ってきそうなのだ。大丈夫だ。心配するな。ジェイおじさんはとても賢い人でここを作る時このことも想定していた。大丈夫だ、ただ静かにして俺が言ったことをやってくれ。できるかな?」

「できるわ」

「ケイス、このダッフルバッグを持ってきてくれ。出口のドアを開けに行く」

ケイシーは武器室の奥の方へ歩いていって出口へ通じるドアを開けた。懐中電燈をリサに渡して「先に行け」と言った。それからヘザー、ケイスそしてケイシーの順で長くて狭いトンネルを這っていった。トンネルの終わりに来た時、皆の首が痛くなっていた。リサがケイシーの方へ振り向いて叫んだ。

「このハッチの開け方わかるの?」

「いいや、俺はここには一度も来たことがない。やっているうちにわかるだろう」

リサは二、三分ハッチのドアをガチャガチャやっていたが引っ張るドアの横にレバーがあるのを見つけた。彼女は最終的にそれを引いてドアを開けた。皆後に続いた。ケイシーが最後に外へ出た。後ろでハッチのドアを閉めた。驚いたことに木々の後ろから突然男たちが現れて銃で彼らを狙っていた。

エリックがケイシーに近づいて、

「俺が当てる」と微笑んだ。

「お前はケイシーだね」彼は頷いた。

「そしてこちらはお前のワイフと二人の子供、このバッグの中身は何だ？」

「食糧と武器だ」ケイシーがしぶしぶ答えた。

「俺に持ってきてくれたのか？　それはありがたい」

「どうやってここがわかった」ケイシーが聞いた。

「そんなことどうでもいい。俺は俺のやり方がある。この下にまだ誰かいるか」

「いいや」ケイシーが答えた。

「嘘はつかない方がいい」

「嘘はついてない」

「ボス、これを見てくれ」

エリックの手下がダッフルバッグの中を見て叫んだ。

「マシンガン、ライフル、弾薬、手榴弾、スナイパーライフル、装薬弾などの品々、懐中電燈、喉から手が出そうな物ばかりですぜ、ボス」

そこにいたカーターズの各々がバックの中を見ようと近づいてきた。ケイスは黙っていた。誰もケイスを見ていなかった。彼は二、三歩後ずさりして誰かが気づいているか見渡したが誰も気づいてなかった。彼はもう二、三歩下がった。そして木の後ろにひょいと隠れた。ヘザーだけが気づいた。ケイスは指を唇に当てて黙っているよう手振りで示した。彼が十メートルほど離れるとできるだけ速く走り始めた。久しぶりに外へ出た感激とともに走った、走った。森の中や外へ巧みに身をかわして丘の上を走っていった。焼け落ちた家、それはその昔サムの家だったが、ケイスはもちろんそれを知らない。彼はそこで止まり休みを取った。岩の上に座って誰かがついてこないか耳を澄ました。何も聞こえなかった。初めて脱出は成功したとわかった。行く場所はわかっていた。原住民領でジェイを見つけることだった。

数分後、リサとケイシーはケイスがいなくなったのに気づいた。エリックはケイシーの頭に銃を突きつけて、息子を呼び戻せと命令した。ケイシーは言われた通りに大声で呼んだが彼は戻ってこなかった。エリックは不機嫌に肩をすくめ銃を置いた。

エリックと手下は地下壕の見事さに感嘆の声を上げた、よくシステム化していた。彼らは部屋を見てまわり、運び出せる物を集めた。すべてうまくいった。思っていた以上であった。ジェイを捕らえるのは時間の問題であった。ケイスがいなくなったのが少し気掛かりであったが、それよりも地下壕を発見したこと、収獲は期待以上であったことに満足して、ケイスのことは些細なことのように思えた。ケイシーと家族は捕虜として農場へ連れていこうと考えた。だが自分はジェイが捕まるのを自分の目で見届けたいのでここに留まることにした。

ケイスは歩くことが好きな少年であった。ボーイスカウトに入っていて海岸へ行くと原住民領に入るのを知っていた。また山の稜線の周りの道もよく知っていた。いりくんだ道は特に詳しかったが今は食料と水無しである。敵のセカラに見つからないで行くにはどうしたらいいか岩の上に座って考えた。初めて家族から離れて一人ぼっちになった。心細さに泣きそうであった。しかし泣いたからとて物事は進まない。ジェイたちを見つけて家族を助けてもらわなければ。十四歳の少年は折れそうな心を奮い立たせてまた走り始めた。

ジェイとロバート酋長はセカラが二日前に登ってきた崖の端に並んで座っていた。
「昨夜も言ったように、お前さんに協力するのは構わんが、今回のように戦いに巻き込まれている時はもう少し時間がいる」
「できるだけ早く終わらせますよ。誰も先のことなどわからないですから。俺らだって家へ帰る途中で殺されるかもしれない。それともあんたが助けに来るまで、地下壕でおとなしく無事に過ごしているかもしれない」彼は小石を崖から投げた。小石はカラコロと不安気な音をたてて転がっていった。

「今は地下壕へ帰って、しばらくおとなしくしてるがいい。そのうち皆落ち着くだろう。わしは自分の領地を守るのに何人かの兵士を残しておかなければならんが、四十人ぐらいは連れていけるかもしれん」

「四十人いればカーターズ入江のギャングを一度で全部やっつけられる」

「ここでわしに三日時間をくれ。四日目にカーターズ入江に向かう」

「今日から四日だな？」

「そうだ。どこで会おうか？」

「酋長たちは大勢の兵を連れているから目立つ。カーターズが今どこに住んでいるかわらないし」ジェイは少し考えてから言った。

「分かれ道からハイウエイを少し行った所はどうだ？　あそこなら一緒にアタックできる。お互いに出会うチャンスをミスることもない」


帰りのボートは穏やかであった。入江に入ると荒波に迎えられた。クールが操縦し、ジェイとヴァレリーが前に座った。波しぶきを避ける為に二人はくっついて座った。

「運転大丈夫か？　クール」ジェイが声をかけた。

「大丈夫だよ、父さん。昔もっと酷い波に乗ったことがあるから」

ジェイはヴァレリーを見た。日に焼けた褐色の肌、大きな黒い瞳、長い睫、褐色の髪を肩の所でなびかせて水面を見つめていた。ジェイは彼女を美しいと思った。

「そろそろブロックトン岬だよ」

クールが大声で言った。

「ゆっくりと岸に近づけろ」

ジェイは真っ直ぐに座って、上陸にいい場所を探した。それからヘルメットをつけるよう指示した。

「あらゆることに備えて用意してくれ」

入江の入口をぐるりと回ってブロックトン岬の家を通り過ぎながら、

「あの家をアタックして燃やしたのはずいぶん前のように感じるわね」

ヴァレリーがコメントした。

「本当だ。俺らがお前に会ったのはたった四週間前なんだ。もっと長く一緒にいるような気がする」

「一ヶ月前あなたたちは地下壕に住んでいて私は一人で暮らしていた。恐くって、かろうじて生き延びていたわ。ほとんど生きるとか死ぬとかはどうでもよかった。でも今は生きたい、生き延びたいと思う。ジェイと一緒にいたいから」

「まずカーターズをやっつけなければ、俺もお前と一緒に生きたいからさ」

ジェイは海岸に建っている茶色の家を指差した。彼らの少し前方にあるあの家の中で人が動いているのが見えた。

「皆、用意はいいか。クール、あの海岸から少し離れた所へ行ってくれ。近すぎると我々に向かって発砲しないとも限らないからな」

クールは海岸から離れてオープンベイに入っていった。

「父さん、どこへ行ったらいい？」

「あの家には確かに誰かがいる」

彼はもう一度望遠鏡を見た。そして誰かが家の中から飛び出てきて、焦って手を大きく振っているのを見た。

「あれはケイスじゃあないか」

「何だって？」ヴァレリーが言った。

「ケイシーとリサのケイスなの？」

「そうだ。ボートの向きを岸へ変えてくれ」

「わかった、父さん」

ドックがないのでできるだけ海岸に近づきケイスに綱を投げた。

「ここで何をしてるの？」

ヴァレリーが叫んだ。ケイスは綱を摑んでそれからボートに乗り込んできた。

「奴らが地下壕に来たんだよ。母さんと父さん、妹を連れていったが僕は逃げてきた。どこへ行ったかわからない。とにかく僕はあんたたちに知らせようと走ってきた」

「落ち着いて。まずボートから降ろさせてくれ。それから何が起きたか話してくれ」

彼らはボートから降りた。ジェイがケイスの話を聞いている間にクールはボートを杭にくくりつけた。

「それで奴らは地下壕を見つけて、お前の両親と妹を捕虜として連れていったというのだな。ザークとサムはどうした?」

「二人はそこにいなかった。捕虜の家へ行っていた」

「それ以来見てないのか」「見てない」とケイスは首を振った。

「どうやって逃げてきたんだ」

「奴らが武器を調べていて夢中になっていて僕のことに注意を払っていなかった。それでこっそりと逃げてきた。最初はダンロップへ行こうと思ったが徒歩で行くには遠すぎる、それに危険だ。たぶんあんたたちがボートで戻ってくると考えた。それで海岸の家にいて帰ってくるのを待っていたんだ」

「両親が捕まったのは何日前だ」「二日前」

「きっと俺らが地下壕に戻ってくるのを待っているだろうな」ジェイは言った。

「どうする?」クールがジェイに聞いた。

「地下壕に戻れないのは確かだ。どうしよう。さしあたってダンロップへ行ってそこでケイスを置いて援軍を頼もう」

「僕はジェイといたい」

「危険すぎるよ、ケイス。お前に何か起こったらお前の親にどう説明するんだ」

それから彼はヴァレリーに聞いた。

「奴らの農場へ行く裏の道を知らないか」

「そこへ行く正当な道なら知っているけど。三人でそこへ行って襲撃するのはちょっと危険だと思う。私たちはもはや奇襲の決め手になるものを持ってないのだから」

「地下壕はどうするの？　諦めるつもり？」

クールが聞いた。

「たぶん、俺らが戻ってくるのを一団となって待っていることだろう。良い方法が見つかるか、二、三分時間をくれ。少し考える」

彼は家の方へ歩いていきパテオに続く階段に腰を下ろした。皆ジェイが考えている間静かに座って待っていた。突然、左側の森から音がした。森の中を歩いている人の足音だった。それから話し声も聞こえた。ジェイは立ち上がった。

「クール。ケイスをボートでダンロップへ送っていってくれ。ロバートを見つけて、我々に助けがいる、と伝えてくれ。できるだけ大勢の兵士を連れてきて欲しいと。お前もボートで何人か乗せて戻ってこい。あと一つ、前に話した場所で会おうと」

ジェイが言った時、家の角をまわってきた二人の男に出くわした。彼らはライフルを肩にかけたままだった。ヴァレリーが反射的に一人を撃ち落とした。もう一人の男は素早く家の裏側に逃げた。

「クール、行け、急げ」ジェイが強く言った。

「もし何かの理由で会えなかったら、裏山の頂上にあるカルデサクで会おう。言っている場所わかるか?」

「うん、じゃあ行くよ」

「運転に気をつけて二時間後に会おう」

クールとケイスはボートに飛び乗った。道路の方から人の話し声がし彼らの方へやってきた。クールは急いでスピードを上げた。ボートは最初バウンドして上下に動いていたが、すぐスピードをとらえて岸から離れた。ジェイとヴァレリーは敷地の周りの灌木の茂みに隠れた。二人はいつでも銃を撃てるように構えていた。ボートを追って三人の男が庭から海へ向かって走ってきて、走りながら発砲していた。スピードを上げているボートには届かなかった。ジェイとヴァレリーは彼らの後ろから発砲した。三人の男たちは弾がどこから来たのか知る前に倒れた。

「ピース」ヴァレリーが微笑んだ。

後ろから足音がした。二人が同時に振り向くと男が一人彼らに銃を向けていた。

「動くな、さもないと殺すぞ」

ジェイとヴァレリーは自分たちの地下壕へ連れてこられた。後ろで手を縛られて台所の床に座らされた。明らかにここを任されていると思しき男は意味もなく威張ったり、脅したり、ヴァレリーを見て、二人だけでいいことをしようと口説いたりした。彼女は顔をしかめて顔をそむけていた。ついにジェイは我慢できなくなってその男の膝をキックした。男は悲鳴を上げて床に転げまわった。

その時エリックが入ってきた。彼は床に座らされているジェイの方へやってきて、彼と同じ目線の高さになるよう跪いた。この一ヶ月間随分苦しめてくれた男にやっと会えた。勝ち誇った笑みがこぼれ出ていた。

「これは、これはジェイ、俺がエリックだ。お前に会えて嬉しいぞ」

彼は立ち上がって今度は見下すように、

「お互いにもっと知る時間がないのが残念だが死ぬ前に少し時間をやる。俺はお前の女友達も殺してやる。お前が俺の家を爆破した時、俺は恋人が目の前で死ぬのを見てたんだ。お前にも同じ目に遭わせてやる」

「何の話をしてるかわからん。俺はお前の家を爆破なんてしてないぞ。第一お前がどこに住んでいるのかさえ知らないんだから。俺をディナーに招待しとけばよかったな」

「そうすればよかったな。でも今となっては虚しい。お前は間もなく射殺されるんだ」

「それはちょっと酷いじゃあないか。俺はお前の家なんか爆破してないぞ」

「じゃあ、家が勝手に自爆したというのか。もういい。俺の手下が彼女を殺す。俺に頼みこんで彼女の助命を懇願しないのか」

「どんな奴が彼女に触れても、殺す。お前だって」

「お前は自分の置かれた立場がわかってないようだ。俺たちはお前の家を占拠して、武器は全部奪った。その上お前は縛られていて、敵に囲まれている。どうやって俺を殺せるというのだ。強がりはやめろ」

エリックは勝ち誇ったように笑った。

「そんなの俺には痛くも痒くもないが」

ジェイは自信あり気に言った。彼は時間を稼いでいた。クールが酋長を連れてくる時間を計算していた。

「でもここで俺は一旦お前に兜を脱ぐとしよう。お前は生き延びるに足りる偉大なリーダだ。お前の手下たちは幸せだ。お前を尊敬し、ついてきている。どうやってるんだ。どうやってカーターズを束ねているんだ。冥土への土産に聞かせてくれ」

エリックは少し困惑したがおだてられて悪い気はしない。どうせ死ぬ男だ。

「恐怖さ。だからついてくるんだ。カーターズを制圧するにはこれが一番。俺にはあの原爆はよかった。文明の終わりというやつも。こんな時でないと俺はリーダーにはなれんからな。コンピューターもインターネットも、銀行もない。ばかばかしい社会のルールもない。犬が犬を食べ、適応できるものだけが生き延びる。殺すか、殺されるか。これは道理にかなっている。俺は前より今の方が好きだ」

「前は何をやってたんだ?」

「俺か。政府の会計検査官だ。上の奴らの不正の帳尻を細工していた。この仕事も生活も嫌だった。これをしろ、あれはしてはいかん、たくさんの規則があって毎日が同じことの繰り返し。土曜日は日課の買い出し。日曜日は何かおもしろいものを見つけに公園へ行く。でも何も見つからないから、ハトを捕まえて、首を絞めて殺していた。せいぜいこんなみみっちいことで憂さを晴らしていた。ハムスターが輪の中で走っているようなものだ、走っていると思っているのはハムスターだけで、本当は走ってなんかいない。今は政府のことや家族のことを考えなくてもいい」

「家族がいたのか?」

「ああ、子供はいなかったがうるさいババアが一人。あのどさくさで離れてしまったがな。生きているか死んでいるか考えないことにしてる。今はサバイバルだけ考えていればいい。俺はこういうのが好きだ。俺はカーターズ入江の王だ。やりたいことは何でもできる。この周りを破壊することも気にいらない奴を殺すことだって、奴らに税をかけることも」

「俺には税をかけんでくれ」

エリックは笑った。

「お前はおもしろい奴だな。すぐ死ぬのがわかってないみたいだ」

手下の一人が二人の話に割って入ってきた。

「ボス。チンが来ました」

「よしすぐここへ来るように言え」

言葉が終わらない前にチンが入ってきた。

「紹介する。ここにいるのがジェイとヴァレリーだ」

エリックはジェイの方を向いて、

「しかし、本当に残念だ。もう少しお前のことを知りたいが、お互い知り合う時間は終わった。チンがこの後代わりにやってくれる。その間俺は外へ出て、素晴らしい天気を堪能してくる。お前の呻き声を聞いているにはもったいない天気だからな」

エリックは上機嫌でチンに、

「終わったらこいつを外へ連れてこい。奴が自分の墓場を掘るのを見ていたいからな」

出ていきながらヴァレリーに声をかけた。

「お前の大事な人の前でお前を殺してやろうかと思ったが、気が変わった。殺すには惜しい美貌だ。俺の手下の慰みに使う方がよさそうだ。とにかくチンがあいつに質問をしている間ここにおれ。もう少し愛想よくな」

「くたばれ！」

ヴァレリーは軽蔑を込めて言った。彼は笑って歩き去った。

二人の手下がジェイを摑んで台所の外へ引きずっていきドアを閉めた。そして椅子に革紐で彼を縛った。足と手には粘着テープを使った。これで彼は身動きできなくなった。チンは手下にできるだけ強く殴って彼を弱らせるように言いつけた。二十五年前海軍にいた時、尋問のトレーニングを受けたことがある。どのように苦痛から逃れるか。教えられたことは特別の情報を提供することである。その情報が嘘でも本当だと尋問者に信じさせることである。一番良いことはできるだけ長く話に熱中させて時間を稼ぐことであった。だが二十五年前は訓練であった。木で作った棒で叩かれながら、教えられたことを思い出していた。肝心なことは声を上げないこと、というのもあったが、それは不可能だ。

十分にジェイを弱らせた後チンが質問を始めた。主にロバート酋長との関係であった。原住民領で何があったのか。ジェイが言い淀んでいるとチンは彼の指に突き抜けるほど木のスティックを深く突いてきた。彼はもっと大きな声を上げた。最初の痛みが過ぎると感覚がマヒしてきた。チンはもう一本を違う指に突き刺した。親指以外は全部突いた。

「それでお前は絶対セカラが勝ったというのか？　もし俺の手下がここへ来なければ俺はここで待っている意味がない。俺は忙しいんだ」

「意味ないんじゃないかな」ジェイが力なく言った。

「どういうことだ」

チンは椅子を摑んで彼の前に座った。二人はたった五十センチ離れてお互い顔を突き合わせた。

「奴がまだ来ないというのは何の意味もない、ということだ。ウエナチと戦ったのは今朝たった二、三時間前だ。今は後始末に追われているはず。勝ったとしても奴だって殺されているかもしれないし」

「それはあり得るが、奴は信頼できる奴だ。何らかの方法でできるだけ速く俺に報告に来るはずだ」

チンはあごの無精髭をなでた。

「どうなったかわかるまでもう数時間待ってみよう」

チンは立ち上がった。ドアの方へ行って、

「その間、俺はヴァレリーと楽しんでくる。ここへ来た時彼女は目で俺を誘っていた。だから受けて立つのさ」

彼は部屋にいた二人の男に向かって、

「お前たちも俺が済んだらやっていいぞ」

くぐもった声がジェイの口からもれてきた。椅子に縛られている手を強く引っ張ったので指先から強烈な痛みが押し寄せてきて彼は意識をなくした。

エリックは地下壕の上の原っぱに立って部下たちと話していた。彼はサディストだけれども、誰かが拷問にかけられているのを聞くのは耐えられなかった。彼の周りには五人ほど男たちが立っていた。ジェイとヴァレリーを捕らえたことで彼らの間で安堵が拡がっていた。

エリックが話していた男の頭が破裂した時、彼は話の途中であった。エリックの顔に男の血が飛び散り、銃弾を浴びせられた身体は地面に倒れた。周りに銃声が鳴り響き、男たちは次から次へ撃たれた。怪我をした男たちの叫びは突然ウエナチ兵の上げた声でかき消された。地下壕のある入口めがけて兵たちは原っぱを突っ切って三方から走ってきた。エリックは地下壕の入口に辿り着いたが、突然止まった。入口を守っていた二人の男が彼の前で死体となって転がっていたのだ。次に気づいたものは十代の男と中年の原住民だった。入口を背にして数メートルの所で立っていて彼にピタリとマシンガンを突きつけていた。

「えーと」若者は彼を見て「お前はエリックだな」

エリックはちょっと二人の男を見つめ左側へ走りだした。ウエナチの兵士がひょいと木の陰から出てきて彼の顔をストレートに殴った。ボクシングよろしく彼はノックアウトされて仰向けに倒れた。

チンは粘着テープでヴァレリーの口をふさぎ、両手をテープで留めた。彼女はチンから顔をそむけ、閉じられたドアを見つめていた。そこから誰かが助けに来てくれるのを待っているように。チンが身体を近づけてくると、彼女は嫌がって身をよじる。それがチンには快感になるようだった。彼女の下着を脱がし、自分も下半身はすっぱだかになった。

クールとケケと二人のウエナチ兵が部屋へ入ってきた時、チンはヴァレリーの後ろに立って、何か卑猥な言葉を耳に囁いていた。クールは指を口に当てて声を出さないよう指示した。チンは誰かが部屋に入ってきたのに気づいたが、振り向きもせずに吠えた。

「済むまで外で待ってろと言ったはずだ」

クールはチンから三メートルの所にいた。彼の頭に銃を定めたまま、さらに近づいた。

「ヤー、終わったかね」

チンは振り向いた。彼のパンツは足元にずり落ちていた。信じられないというように目を大きく見開いてクールを見た。言葉を発することもなく、動くことさえできなく、その場に立ち尽くした。勃起した彼のものは虚しく揺れていた。クールはチンに銃を突きつけたまま彼の前に立った。そして左足でできるだけ激しく彼の股間をキックした。チンはたわいもなく倒れた。股間を摑んで胎児の格好で転がった。顔はゆがんで、口からもれる呻き声が響いた。クールはベルトからナイフを取り出してヴァレリーを縛っているテープを切った。彼女は自由になった両手を振った。

「大丈夫か」

「台所にジェイと一緒に何人かの手下がいるわ」

地面に落ちている下着を拾ってはきながら彼女は警告した。クールはチンに、

「変なことをしたらすぐお前の頭を撃つぞ」

チンの答えは呻き声の中にあった。

クールはマシンガンをヴァレリーに渡した。

チンは床に転がったまま包帯を巻かれるようにテープで巻かれた。

台所のドアは開いていた。ジェイを見張っていた兵士をケケが撃っていたので、部屋に入るのに銃撃戦はなかった。

（三十三）

ジェイが意識を取り戻した時、彼は亡影を見ているに違いないと思った。自分のベッドに横たわっていて、クールとヴァレリーがベッドの両側で心配そうに見つめていた。彼女が涙を拭っているのを見て、

「誰か俺は夢を見ているのじゃあないと言ってくれ」

「夢じゃないわ。あなたは夢を見てるんじゃあないわよ」

彼女は安堵のすすり泣きと喜びの笑いをミックスしながら答えた。

「私たち二人とも生きているのよ。クールとケケのおかげよ」

ジェイはクールを見て、

「やったじゃあないか、お前たち」

クールは微笑んで見せた。不死身の父親がほとんど殺されかけた。そして今酷く殴られてあざを作っている。以前では決してなかったことだ。身体中包帯で巻かれている。クールは頭の中で考えがグルグル回っていた。もし物事が違う方向へ転んでいたら。もしあの時自分が遅れて着いたら父は殺されていたかもしれない。彼は父親が殺されるということを考えたことがなかった。二人が直面したすべての危険な状況でも、不思議に胸に十字架を切ったことはなかった。父親はいつも死を超越しているように見えた。危険に対する免疫、大胆、そして不死身。彼は父親をこの世で全面的に頼っていた。その人を失ったかもしれないと瞬間的に思った時、どうしていいかわからなかった。父親の意識が戻ったのを見て、彼の頬に涙が流れ落ちてきた。そして気がついたら声を上げて泣いていた。

「どうしたんだ？」

ジェイが聞いてきたのでクールは我に返った。急いで涙を拭いた。

「何でもないよ、父さん」慌てて答えた。

「大丈夫か？」彼はしつこかった。

クールはちょっと考えた。何か言いたかった。部屋にいる人は皆彼を見ていたが何も言わなかった。部屋は静かだった。まるでクールが何か言うのを待っているようであった。涙はまた流れてきた。彼は話そうとしたが何を言ったらいいのか言葉が浮かばなかった。少なくとも単語ではなく、意味のある言葉で。

「父さんをもう少しで失うとこだった。もしそうなっていたらと思うと僕はどうしていいかわからない。父さんあっての僕だ」

クールはチンとの対決ではよくやった、と言えるが何と言ってもまだ二十歳前だ。恐かったはずである。

ヴァレリーがベッドを回って彼の方へ行きハグした。

「泣き虫さん、大丈夫、父さんは大丈夫よ。よくなるわ」

涙はまだ彼の目から流れていて頬を濡らしていた。クールはヴァレリーに幸せと戸惑いの混じった笑顔を見せた。

「なぜ泣けるのか自分でもわからないが、感情が高まっていて自分の中で走りまくっている」

クールは父親の方へ屈んでハグした。

「アイラブユー、父さん」

そう言って部屋を出ていった。部屋は静かだったが色々な感情に満ち溢れていた。ジェイは喜びで溢れていた。以前には決して見せたことがない息子の愛情に触れたからだ。ヴァレリーもまた潤んだ目をして微笑んでいた。誰も何を言っていいかわからなかった。

「気分はどう?」静寂を破るようにヴァレリーが聞いた。

「誰かが俺の顔をパンチバッグに使ったようだ」ヴァレリーを見て、

「まだ俺のことをハンサムだと思ってくれるといいが」

「あなたがどんな顔になろうと私は好きよ」

ジェイは起き上がって背筋を真っ直ぐにしようとした、がそうすると左手に鋭い痛みが走った。木の棒が指を貫いたことを思い出した。その痛さにたじろぎ包帯に巻かれた左手を見つめた。

「チンはまったく酷い奴だ」

彼はヴァレリーを見た。突然心配になった。

「あいつはお前に酷いことをしたか」

彼女は頭を下げて静かに首を振った。目から涙が出ていた。「奴は死んだのか?」

「いや」顔を洗ったクールが入ってきた。

「外の木に縛られている。エリックのそばでロバート酋長が奴らを見張っているよ」

ロバートの名を言ったちょうどその時、酋長がドアをノックした。そして部屋に頭だけ

突き出して、

「ジェイの声がしたぞ、大丈夫か？」

「見た目よりいいぞ」とジェイ。

酋長は皆の様子を窺いながらジェイと二人だけで話したい、と言った。ヴァレリーとクールはジェイを見た。彼はＯＫと頷いた。

皆が出ていくと酋長はジェイの隣に椅子を持ってきて話し始めた。

「まだケイシー、リサとヘザーの問題が残っている。かわいそうにケイスは今も一人で岩に座っている。今でもすぐ家族を助けに行きたいのだろう」

「心配するな、と伝えたか。できるだけ早く助けに行くと」

「それなんだけど、ケイスが一人でダンロップまでボートを運転したと知っていたか？」

「いいや、ケイスとクールが一緒だと思っていた。ボートが出る時、二人は一緒だった」

「だがケイスはそこを離れてすぐお前が捕まったのを見たんだ。奴はクールにお前たちの後をつけろと提案した。だからわしらが戻ってきた時お前が捕まった場所を知っていたんだ。奴はクールを降ろしてお前たちが捕まった場所から海岸を下って、そして一人でダンロップまで行ったんだ。わしの部下たちがボートで奴と一緒に来た。馬に乗ったり、わしも一緒にだがトラックも使った」

「あんたがトラックを持っているなんて知らなかった」

「まあシラーのだがな」

「それであんたはケイスを連れてケイシー、リサとヘザーを今助けに行きたいんだな?」

酋長は頷いた。ジェイは時計を見た。まだ朝の九時。毛布をのけて起き上がった。

「お前は行かなくてもいいんだ、ジェイ。わしらだけでできるから。わしには五十人の兵士がいる」

「ケイシーは俺の友達だ、行かなくては」

「お前は立つこともおぼつかないし左目は包帯で覆われて見えないはずだ」

「右目がある」

ヴァレリーとクールは台所のテーブルに座っていた。ケケもケイスを連れてきていた。彼らはすぐに両親と妹を助けに行くからと彼に言っていた。ジェイはドアを開けて台所に入ってきた時は武装していた。ヴァレリーは大声を上げた。

「冗談でしょう?」

「心配するな、戦う予定はない。酋長と一緒に行って簡単なアドバイスをするだけだ」

「あなたが行くなら私も行くわ」

「そう言うだろうと思ったよ」

ジェイはゆっくりとケイスの所へ歩いていったが明らかに痛そうであった。

「お前の家族を助けに行くぞ。用意はいいか」

ケイスは目を大きく開けて跳び上がった。

「僕も戦えるの?」

「チャンスはないかも。お前は俺、ヴァレリー、酋長と一緒にいるんだ。俺らは終わるのを待つだけだ」


バッフォードの農場はやはり湖から離れた所にあった。がこの農場はそこへ行く道路があったので大変行きやすかった。ジェイと酋長は戦わないでこの農場を解放する妙案を考えついていた。彼らはエリックとチンをカーターズが所有する二台のトラックに乗せ、シラーのトラックも加えて隊列を組んで行った。そのうえ馬に乗った三十五人の兵士。残ったカーターズが戦わずに降参するように大部隊を装った。

農場の入口の見張り小屋には二人の男がいた。目の前の光景にショックを受けたようだ。一人の男が叫びながら小屋から下りてきた。

「どうしたんだ?」

小屋の下に立っていた男が尋ねた。

「あそこへ上って自分で見てくれ」

彼は梯子を上って、農場に来る道を見た。

「ワア、どうなっているんだ」彼は一目で観念した。

「お手上げだ」

ケケとクールは閉まったゲートから十メートルの所に立っていた。エリックとチンは目隠しをされ両手を粘着テープで縛られて、彼らの前に立たされていた。

「何をしたいんだ」見張り小屋の男が叫んだ。

「責任者と話がしたい」クールが答えた。

「俺がそうだ」ハンクが叫んだ。

「ここへ下りてきて我々と話をしないか」

ケケが手を挙げて言った
「俺の後ろに五十人以上の兵士がいる。原住民領のすべての集落から来てる。お前たちは仲間の一人とその家族を捕虜として連れていった。俺たちは家族を返してもらいに来たんだ。木のゲートを開けるか三メートルの盾を立てるか、俺たちがお前たちを殺したければ今すぐでもできるんだぞ」

二分後ゲートが開けられて農場から三人の男が現れた。何も言わずに二つのグループはお互いを見上げたり見下げたりした。どうするのか彼らは判断していた。ジェイは彼らを見た時すぐにこの戦いは終わると思った。

「わしは原住民領のロバート酋長だ。後ろにいるのはわしの部下の兵士たちだ。こちらがジェイコブ・ヒラー。傷を負っているがお前たちが今まで会ったことがない最も勇敢な兵士だ。わしらに戦いを挑んだとしても絶対に勝てないと断言する。だがわしらはもうこれ以上血を見たくないので、この戦いを終えることができるかどうか見に来たのだ」

「どうしたらいいんだ？」

「降参するんだ。捕虜を解放して平和に暮らすようにするんだ。ここにいて平和に暮らせるならいてもいい。これからは違ったものになる。お前たちが選ぶことだ」

「ジェイが有能な人だとこの辺りで言われている。あなたはこの三年間地下に住んでいたのでこの周りの悲惨さを知らない。俺たちは生き残る為に何でもしてきた」

「随分酷かったと聞いているからわかる。人は生きる為には何でもするもんだ」

「わかった。俺たちはエリックにカーターズを解散してほしい、と要求する」

躊躇なくその男は答えてホッとした表情を浮かべた。


十分間の交渉の後、農場への門は開かれた。指示ごとにカーターズの兵士たちは手を上げて出てきた。ジェイ、ロバート、ヴァレリーは開いたゲートをトラックで通り農場の中へ入っていった。ケケとクールは最初のトラックのフロントにケイスと座っていた。ケイスの頭は絶え間なく右から左と動いて家族を探していた。まるで回転椅子のように。

エリックとチンはまだ目隠しをされ縛られていた。口を粘着テープで塞がれて、トラックの荷台で原住民の兵士たちに囲まれて座っていた。トラックの後ろには馬に乗った十五人ほどの原住民の兵士たちがいた。真ん中まで来た時、畑にいた労働者たちは信じられないとお互いに囁き始めた。幾人かの労働者たちは道具を放って立ち上がりその車の列に近づき始めた。不機嫌で日焼けした面々は解放のニュースに信じられない様相であった。彼らは道路の片側に一列に並んで立って車の列が通ると腕を振り、通り過ぎるとぞろぞろと後ろをついていった。

ヴァレリーとロバート酋長はトラックから素早く降りた。ジェイは片足を引きずっていて、見るからに痛そうであったのでそのままトラックにいた。尋問されている時、二、三回強打されて右膝は酷い痣を作っていた。

ケイシー、リサそしてヘザーが出てきた時、ケイスはトラックから飛び下りて彼らの方へ走った。彼は母親の広げた腕の中へ飛び込んだ。そして家族皆で抱き合った。

いつものようにケイシーは無頓着にジェイ、ヴァレリー、ロバートが立っている所へブラブラと歩いてきた。

「酷くやられたな、ジェイ」

彼はそう言って彼を抱きしめた。

「だが会えて嬉しいぞ」

それからケイシーはヴァレリーに大きなハグをしてロバート酋長の方へ行った。

「俺はお前がまた酋長になると信じていた」

「そうだ酋長だ」

ロバートは友人の姿に微笑んで答えた。

「よかったな、でシラーは？　死んだか？」

「そのことは後で話そう」

三人は空いている荷台に上り、ロバートは右手を挙げて皆に静かになるよう身振りで示した。そして待っている群衆に話しかけた。

「カーターズ入江の男と女と子供の皆さん」彼は大声で話した。

「今日は永遠に忘れられない日になります。わしの名はロバート・イウユイ。ウエナチと原住民領の酋長だ。皆に一人の男を紹介したい。わしは彼を友達と呼ぶのに誇りを感じる。彼は猛々しく、勇敢であるがそれと同じくらい思慮深く優しい。わしが今まで会った誰よりも尊敬できる人だ。もし彼がいなかったらわしは今日こうして生きていられなかった。そしてお前たちの自由もなかった。エリック・ジョンソンとカーターズは終わった。そして新しい時代が始まった。カーターズ入江の皆さんにわしは紹介する。ジェイコブ・ヒラー」

包帯で巻かれて、片目のジェイは一歩前に出て手を挙げた。人々は大歓声で応えた。ヴァレリーは彼のそばにいて身体のバランスを取るのを助けている。二人はこれからも一緒に生きるという決断をしていた。つまり結婚をしようと決めていた。結婚を登録する場所がないのでここで宣言して皆に証人になってもらいたかった。

「ついでにここで結婚式をあげたらどうだ？」

ケイシーが提案した。リサが農場の道端に今は盛りとばかりに咲き誇っている、野菊の仲間であるアスターを手早く取ってきて花束を作った。ヴァレリーは花束を胸に抱いてジェイと並んだ。人々の祝福の歓声に包まれて彼女は感激した。

実際人生というものは何がおきるかわからないものだ。たった一ヶ月前までは二人とも相手の存在すらしらなかった。一ヶ月前ジェイとクールは周りに何が起きているかわからないまま地下壕から出てきた。まさかこんな出会いがあるとは思ってもいなかった。一方ヴァレリーは生き延びる為に自身を消耗していた。生きる意味さえわからなかった。しかし今は生きたいと思う。この出会いが彼女を変えたのである。

左側にある湖は太陽の光を反射してキラキラと光り、この解放劇と二人の結婚を祝福していた。山は青々として生命に満ち溢れていた。

どうしてこんなに美しい所でたくさんの死と絶望がうまれてしまったのか。なぜ人間は破壊へ突き進むのか。ヴァレリーはここの自然を守りつつジェイと穏やかに暮らしていけたらそれでいい、と強く思った。

（三十四）

数時間後クールとケケはグラマシー島へ向かう為に入り江を横切っていた。ボートはキラキラと輝く波の上をすべるように走っていた。太陽は西に傾いていたがまだ高く、二人は勝利の興奮がさめてないようで陽気であった。父親の命令はエリックとチンをどこかの島に置き去りにすることであった。

グラマシー島は大きいが人は住んでいない。ダンロップから約五十キロ離れている。クールはチンが父親とヴァレリーにした仕打ちの仕返しに、一人ぼっちでゾッとするような体験に直面させたかった。島に着くとまずチンを降ろした。そして生まれた時と同じように裸にした。口はテープで塞いでいるのでチンは何も言うことができない。

「ここにいると海岸に流れ込む川へ鮭の群れがやってくる。それを狙って狼やグリズリーが来るのだ」

チンがくぐもった声を出した。目は恐怖におののいていた。口を塞がれてなかったら彼は命ごいをしたはずである。

「安心しろ。お前用にテントを持ってきた」

ケケがボートに積んでいた荷物を下ろしたそこには数枚の毛布、寝袋、サバイバル用品一式、いくらかの食べ物、そしてライフル銃と弾まであった。

「これは親父からのお情けだ。運が良ければお前は生きのびられる。でもこれだけは覚えておけ。カーターズ入江にはもう来るな。もしお前の姿を見たらすぐ射殺する」

クールは大人びた言い方をした。この体験が彼をいっぱしの大人にしたのかもしれない。チンは裸のまま砂場に座ってうなだれていた。クールとケケはボートに戻るとすぐエンジンをかけてその島から離れた。

彼らにはまだエリックをどこかの島に置き去りにする仕事が残っていた。

エリックもまた手と足を縛られてボートの後ろに座っていた。彼の口には粘着テープが貼られていた。これからどこへ行くのか、自分はどうなるのか彼は恐怖で一杯であった。

この周りは大小の無人島がたくさんあった。ボートは三十分ほどで一つの島に着いた。その島もやはり無人島であった。

クールとケケは岩だらけの浜にボートを引き上げた。巨漢の彼を抱き上げて海辺に引きずり下ろした。それからチンと同じように一つのテント、数枚の毛布、寝袋と食物をボートから下ろした。サバイバル用品一式、ライフルと弾も。

「親父からのプレゼントだ。うまく生き延びたら今度こそ良いボスになれ。でももうカーターズ入江には来るな。もしお前の姿を見たら直ちに射殺すると親父は言っていた」

荷を下ろし終えた時二人は彼の手と足のロープを切った。

二人はボートに戻りエンジンをかけた。

エリック・ジョンソンは二人を追いかけようともせず、浜に流れ着いた丸太に腰を下ろして、ぼんやりと太陽の光に反射する波を見つめていた。この日の朝の太陽は自分のものであった。カーターズのキングだと御満悦の体だったのである。一体どうなったのか？放心したエリックの姿は哀れであった。

クリス、ハシモトとワッチはマリワナと酒の取引をもう少し煮詰めようとその朝チンの家へ行った。チンはいなかった。なんでもジェイという大悪党の隠れ家が見つかったそうでそちらへ行った、と彼の手下が地図を描いてくれた。三人は早く商談をまとめたくてクリスの車で行くことにした。

海岸線を南にドライブすると昔パブだった所に来た。そこを左に曲がって少し坂を上ると広い原っぱに出る。

三人はそこまで来るとすぐに異常事態に気づいた。夥しい数の原住民の兵士がいて、あるものは馬に乗っており、あるものはライフルを片手に立ち止まっていた。原住民の兵士に見つかると襲撃されるおそれがあったので、彼らはトラックをバックさせて森に隠した。それから徒歩で木々の間をぬって原っぱの端にでた。ちょうどエリックとチンが縛られてトラックに乗せられているところであった。

「どこに連れていくのだ。冗談じゃないぞ。俺たちの大切な相棒をよ、取り返そうか」

とワッチが言えば、

「よせよせ。反対に捕まるだけだ」クリスは言った。

エリックたちを乗せたトラックが動き出すと三人はその後を隠れながらついていった。

途中でワッチはトラックを取りに戻った。

「いいか、ワッチ、道が分かれている時は目印の石を十個並べて置く。石が並んでいる方へ進め」

一時間ほどで隊列は止まった。そこは農場の入口であった。しばらくすると入口のゲートが開かれて隊列は中に入っていった。クリスとハシモトは灌木の茂みの中に身を潜めてワッチが来るのを待った。ほどなくしてトラックの音がしたので二人は茂みから出てみると、エリックとチンが乗ったトラックが目の前を通り過ぎていった。荷台の二人は手と足を縛られ、口にはテープが巻かれていた。

「おい、どうする？　またどこかへ連れていかれるぞ」

ワッチは困ったように言った。

「よし、どこかでチンを横取りできるかもしれない。ついてってみよう」

エリックとチンを乗せたトラックはマリーナの一つのドックに着いた。そこで二人はボートに乗せられた。

「俺の船が近くに止めてある。それで追跡できる。行こう」

ハシモトはワッチを急き立てて彼のボートが繋留しているドックへ急いだ。


クールとケケのボートが岸から離れて見えなくなってから三人はグラマシー島に近づいた。大きい島だけれど人が住んでいないと彼らも知っていた。船を浅瀬に泊めて砂場に降りたった。みるとまだチンが放心状態で裸のまま転がっていた。

「何やってるんだ、チン、ここで日光浴か？」

クリスがそこらに放ってあるチンの服を集めて持ってきた。チンは一瞥しただけで動こうとしない。クリスはチンに下着を穿かせた。彼の身体は傷だらけであった。

「誰にやられたんだい？」

彼は答えない。ハシモトが船から水を持ってきて飲ませた。

「チン、しっかりしろ、誰にやられたんだ」

「ジェイ」チンがやっとか細く答えた。

「誰だ、そいつは。マフィアか何か」

「ギャング　ハンターだ」

「ギョッ、じゃあ次は俺たちがターゲットか」

ワッチが自分の胸に指でさした。

「ワッチ、俺たちは大丈夫だ。エリックは大きくなりすぎた」

ハシモトが冷静に言った。

「ところでお前たち、どうしてここにいる?」

チンがやっと現実に戻って、不思議そうな顔つきで三人の顔をまじまじと見つめた。

「この前見せてくれたマリワナと酒の取引を始めようと思って」

三人はここまで来た顚末を話した。

「なあ、チン。俺たちと一緒にサンダースに帰ろう。そこで取引のことを考えようや」

「いや、私は帰れない。帰ったら殺される」

「そうか、それならここでマリワナを栽培しよう。俺は百姓だからチンに教えてもらえば俺でも作れる」

「じゃあ俺が必要なものは船で運ぶ。無人島だから誰にもわからないように作れる」

マリワナでサンダースを制圧した後、マリワナ製造はワッチとチンに任せてクリスとハシモトは原住民が食べているワイルドライスに目をつけた。二人は原住民領を訪れてロバート酋長に会い、それを作れる人を紹介してもらった。そのワイルドライスは飢えに苦しむ白人たちを大いに救ったのである。

エピローグ

数年後彼らが作ったマリワナは売れに売れて、その島はマリワナ王国と呼ばれるようになった。大勢の人々がその島にやってきて、三人はその島のオーナーになり巨万の富を手に入れた。だがチンは一度も人前に出ることはなかった。

一方ケイシーと家族はジェイの隣に地下壕を造った。ロバート酋長も地下壕の快適さを認識していた。特に冬の厳しさにそなえるよう集落の人々を奨励して集落一団となって地下壕を作った。冬は暖かく、夏は涼しい。

ジェイは人々に地下の安全性を説き、大気汚染の憂いがなくなるまでは地下で暮らそうと提案する。エリックたちが作った農場はそのまま農場として使い、人々は地上で働き、地下で眠る。地下には領土争いもなく、掘った分だけ自分の住居地となった。地下住居間の通路は住人同士が望めば地下通路の往来は自由であった。そしてジェイは地下集落の長になって、未来図をえがいた。商業施設は地上で、住居は地下そして彼のスローガンは地下には銃はいらない。銃持込禁止であった。

十数年後その地下壕は地下都市を形成し世界の人々のモデルケースになったのである。

完

あとがき

高校生の時夢中で読んだ本の一つに『チボー家の人々』がある。内容はもちろんのことその訳者の山内義雄氏の訳文に魅せられた。語彙の豊富さと的確な表現。何ヶ所もノートに写した経験がある。外国の文学をこんな風に日本語にできたらいいなあーと思ってきた。

しかし外国の本を訳すのは個人の趣味の範疇なら問題はないが、出版となると、まず原作者の許可がいる。それだけではない。その本を出した出版社の許可なども。そして私の得意分野の英語の本はほとんどすでに日本語に訳されている。出版は夢物語であった。

でも夢を抱きつづけていると、チャンスはくるものである。友人のマーク・ダーランド氏が私の夢を知ってか知らずか、我が家に六ヶ月滞在した時に小説を書いた。それをゴミ袋の中に捨てて帰ったのである。彼が帰った後部屋を掃除していて偶然見つけた。あまりに重いゴミ袋に不審を感じて開けたら、三百五十枚のA4サイズ紙の束がでてきたのだ。読んでみるとれっきとした小説で、しかも完結していた。彼がなぜ私に告げずにこれを捨てて帰ったのか。たぶん彼的には未完成だったのかもしれない。彼の許可を得て訳すことにした。

このたび文芸社さんのおかげで長年の夢の翻訳家デビュウ。人生の晩年に夢をかなえることができました。ありがとうございました。

著者プロフィール
マーク・ダーランド
1969年２月５日生　51歳
ボストン大学卒
カナダ在住

訳者プロフィール
白頭 泰子（はくとう やすこ）
1943年４月23日生　77歳
愛知県出身在住
京都外語大（短期）卒
ELS teacher's course in Washington D.C.
英語教師資格収得
1976年、夫の白頭正男とブリッジ英語学院を設立、現在に至る

そして地下都市へ

2020年11月15日　初版第１刷発行

著　者　マーク・ダーランド
訳　者　白頭 泰子
発行者　瓜谷 綱延
発行所　株式会社文芸社
〒160-0022　東京都新宿区新宿１－10－１
電話　03-5369-3060（代表）
03-5369-2299（販売）

印刷所　株式会社フクイン

ISBN978-4-286-22047-5